微微一笑很倾城

顾漫 著

九州出版社
JIUZHOUPRESS

图书在版编目（CIP）数据

微微一笑很倾城 / 顾漫著. --北京：九州出版社，2022.4（2025.6重印）

ISBN 978-7-5225-0820-7

Ⅰ. ①微… Ⅱ. ①顾… Ⅲ. ①长篇小说－中国－当代 Ⅳ. ①I247.5

中国版本图书馆CIP数据核字（2022）第025641号

微微一笑很倾城

作　　者	顾漫 著
责任编辑	陈丹青
出版发行	九州出版社
地　　址	北京市西城区阜外大街甲35号（100037）
发行电话	（010）68992190/3/5/6
网　　址	www.jiuzhoupress.com
印　　刷	三河市中晟雅豪印务有限公司
开　　本	889毫米×1280毫米　32开
印　　张	10
字　　数	290千字
版　　次	2022年7月第1版
印　　次	2025年6月第3次印刷
书　　号	ISBN 978-7-5225-0820-7
定　　价	36.00元

★ 版权所有　侵权必究 ★

目 录

001· Part 1 被抛弃了
004· Part 2 微微抢亲
008· Part 3 被求婚了
012· Part 4 婚礼前夕
018· Part 5 盛大婚礼
023· Part 6 跟班微微
027· Part 7 小雨家族
031· Part 8 路遇
035· Part 9 决斗

039· Part 10 阴险太阴险
044· Part 11 视频
050· Part 12 白衣红影
056· Part 13 他不是我
062· Part 14 变态任务
069· Part 15 江湖再见
077· Part 16 和我一起
083· Part 17 给我家夫人扔着玩
089· Part 18 决赛

094 ·	Part 19	了悟		157 ·	Part 29	史上最雷队伍
099 ·	Part 20	我知道		164 ·	Part 30	高手风范
103 ·	Part 21	我在等你		169 ·	Part 31	美人师兄
111 ·	Part 22	是他		175 ·	Part 32	流言
118 ·	Part 23	最不可能情侣		180 ·	Part 33	狭路
125 ·	Part 24	篮球告别赛		186 ·	Part 34	真实
130 ·	Part 25	闪电战		194 ·	Part 35	补嫁妆
136 ·	Part 26	都是自己人		203 ·	Part 36	一路顺风
143 ·	Part 27	我会吃不消		209 ·	Part 37	陌上花开
151 ·	Part 28	路过了		218 ·	Part 38	缓缓归矣

224·	Part 39	我害羞了
230·	Part 40	小实习生
236·	Part 41	他的世界
242·	Part 42	泳……裤
250·	Part 43	游泳啊游泳
257·	Part 44	光华
264·	Part 45	让我做你跟班吧
269·	Part 46	"圆满"的暑假
275·	Part 47	永不落霞
280·	尾 声	

外传

294·	外传一 A大美女排行榜
296·	外传二 大神宿舍的排行

婚后生活撷趣

298·	01. 肖宝贝取名记
301·	02. 肖宝贝……们
307·	03. 哥哥弟弟之床前明月光
309·	04. 哥哥弟弟之琼琼养弟弟

Part 1　被抛弃了

"微微,来忘情岛,我们把婚离了。"

贝微微一上游戏,就看见游戏里的"老公"真水无香发过来这样一条消息。

微微不由得有点傻眼。不是吧,不过是宿舍宽带坏了,修了半个月,才这十几天的工夫,就"情变"了?

微微老半天才回过去:"为什么呀?"

真水无香:"微微,抱歉了,原因你别问了,我送你一套仙器装备作为补偿。"

还有赡养费?微微有点发窘:"不用了啦。"

游戏里结婚本来就当不得真的,当初会和真水无香结婚,也是为了做任务。有个任务奖励很好,却只能夫妻去做,于是帮派里的单身男女们纷纷结婚,真水无香发了条消息问微微能不能和他结婚,微微想了想就同意了。

到现在结婚也有好几个月了,虽然微微从不肉麻兮兮地老公来老公去,一直直呼真水的名字,但是合作默契,并肩作战多了,似乎也有点革命感情了。

然而游戏嘛……

微微回消息过去:"我马上就过去。"

微微游戏里的人物"芦苇微微"骑上马,开始向忘情岛奔去。

"芦苇微微"是一个一身劲装的红衣女侠。

微微玩的这款《梦游江湖》是目前市场上最热的武侠网游之一,其实这款游戏其他方面并没有什么突出之处，唯独美工非常强大，角色也特别多，男女角色各有十八个可供选择。微微选择的红衣女侠是比较少有人选的，倒不是说女侠外表不漂亮，而是因为她的武器是一把巨大的刀。

巨大的刀，比起优雅的翠玉笛子，比起舞动的雪白丝带，比起秋水如泓的软剑，比起峨眉刺，实在很没美感，很没女人味，所以选择的女孩子很少。但是微微喜欢，微微觉得很彪悍，很符合她的形象。

跑到忘情岛，两人一起喝下忘情水，系统宣布：芦苇微微与真水无香感情破裂，宣布离婚，从此男婚女嫁各不相干。

真水无香要给微微一套仙器装备，微微点了取消，没有接受，发了个笑脸，红衣女侠很豪迈地走掉了。

结果第二天中午，微微吃完午饭上线，帮派里来往比较多的一个女孩子雷神妮妮就发消息过来："微微，怎么回事？你和真水离婚了？听说他晚上八点要和小雨妖妖结婚哎！"

微微："……"

雷神妮妮："真的离了啊？"

微微："是啊。"

雷神妮妮："好可惜哦，真水人蛮不错的，没想到也会为色所迷啊。不过那个小雨妖妖的确蛮漂亮的哦。"

妮妮所说的漂亮当然不是指游戏人物，而是指现实中的。三个月前，游戏公司举办了一次玩家真人秀评选活动，得票前三的玩家会得到高级套装、经验等奖励，小雨妖妖凭着几张照片、一段视频，以超高的人气夺冠，系统赠送称号"江湖第一美人"。这事立刻就轰动了微微所在的服务器，小雨妖妖也成为本服众色狼垂涎的目标。

"前夫"转眼就娶了别的女人，虽然和真水只有一些革命感情，微微还是忍不住郁闷了，用头磕桌子（这孩子郁闷了就这样……），大喊："不带这样的，以貌取人啊！！！"

这句话微微不是在游戏里喊的,而是在宿舍里,于是微微立刻被舍友用枕头砸了。

"贝微微!你这个名副其实的大美女还这么喊,我们还要不要活了。"

的确,贝微微是美女,而且是超级大美女。可是美女也分好多种的,有优雅型的,有知性型的,有甜美型的,有温柔型的,有贤淑型的……

还有微微这种——花瓶型的……

虽然微微一直好好学习天天向上努力向学识型靠拢,然而……

美艳的眉眼,勾人的眼波,永远嫣红的唇色,火爆的身材,贝微微就算穿着 A 大那套很矬的校服出去,也不会有人觉得她真是一流名牌大学的大学生。

微微想起了生平恨事,继续用头磕桌子。

电脑里雷神妮妮继续八卦:"以前听说小雨妖妖要嫁给等级榜上的那谁,没想到会跟真水一起哎,不过前阵子常常看见真水和她一起练级。"

果然是在她不在的时候发展了"奸情",微微发了个黑糊糊烧焦的表情过去。

"其实也不怪真水啦,微微啊,其实……"

"其实什么?"微微磕完桌子了,拿起茶杯喝水,单手打字。

"其实……你操作这么强大,PK 榜上排第六,而且从来不问男的要装备,其实大家都怀疑你是人妖哎!"

"噗!"微微把水喷显示屏上了。

Part 2　微微抢亲

晚上八点整。

红衣女侠背着大刀威风凛凛地站在长安城朱雀桥上。

这是结婚时花轿必经之处。

《梦游江湖》里结婚可以很豪华，可以很朴素。当初微微和真水结婚就很朴素，就去月老那公证了一下，那时候大家都穷嘛，而且是为了任务而结婚的，不必太在意形式。

而今天真水和小雨妖妖结婚的场面无疑是超豪华的。

上百发的礼花，锣鼓开道，八人抬花轿游街，高级酒楼包场婚宴，据说婚宴现场每人还会派发 888 金的红包。

游戏里早就为了这场婚礼议论纷纷了，毕竟小雨妖妖名气在那，而真水无香也不是无名之辈，据说这事连别的服的玩家都惊动了，还有人注册了小号来看婚礼的。

朱雀桥上，红衣女侠继续一动不动地站着，身影单薄，表情肃杀。

此时此刻，世界频道已经炸了。

『世界』[花吹花雨]：大家看到没有，我看见真水无香的前妻站在朱雀桥上！

『世界』[伤心桥下春波绿]：看见了，叹息，我觉得她的背影好悲伤。

叹世间，从来只见新人笑，哪曾见得旧人哭。

『世界』［哦呵呵］：我靠，又见火星文，老子最讨厌火星文！

『世界』［◎ olo ◎］：早就看到了，我就站在她边上，今天有热闹看了！我觉得她要抢亲。

『世界』［一贱九州寒］：支持芦苇微微抢新郎！！！小雨妖妖归我！！！

『世界』［巧克力奶茶］：支持芦苇微微抢新郎！一贱滚一边去，小雨妖妖是我的！

『世界』［哦呵呵］：……

接着打抱不平的出来了。

『世界』［anny］：虽然小雨妖妖是美女，可是我也要说，这事她做得不地道，抢人家老公还这么招摇，不怕天谴哦。

『世界』［霹雳叫哇］：是啊，芦苇微微人挺好的，挺仗义的。

『世界』［伤心桥下春波绿］：你看芦苇，伤心得一句话都不说。

『世界』［稻草520］：第三者……卿本佳人……何必呢……

『世界』［小雨妖妖不要脸108］：嘿嘿，为什么这么招摇，抢了人家的老公当然要出来显显啊，小雨妖妖不要脸不要脸不要脸不要脸不要脸不要脸不要脸，￥％％￥※×……（脏话被系统屏蔽。）

这个"小雨妖妖不要脸108"是小雨妖妖的死对头，不知道有什么深仇大恨，平时没事都会出来骂几句，据说也被杀过很多次。但是越杀越勇，被禁言了就重新注册，他ID后面的数字就代表被禁次数。

此人一出，小雨妖妖的亲友团也忍不住了。

『世界』［小雨霏霏］：那个不要脸闭嘴！还有，谁说妖妖是第三者，不要太看得起自己了，够格让我们妖妖做第三者吗！！！

『世界』［小雨青青］：谁要来抢亲试试啊，不要以为上了PK榜就了不起，我们小雨家族都在这里，就怕人不敢来呢！

『世界』［wsn］：上 PK 榜的女人肯定是巨型恐龙，真水的选择没错。

随着世界频道炸频，人民群众纷纷跑往朱雀桥。

贝微微从洗手间里出来，走到自己的电脑前，就看到这么一幅景象，红衣女侠的周围重重叠叠挤满了人，但是很有默契地在女侠周围空出一个圈来，让女侠孤独地、背影凄凉地站在中间。

然后周围那些人头顶不停地冒出字来，频率最多的是——"支持芦苇微微抢亲！支持芦苇微微抢亲！支持芦苇微微抢亲！支持芦苇微微抢亲！支持芦苇微微抢亲！支持芦苇微微抢亲！支持芦苇微微抢亲！支持芦苇微微抢亲！"

微微目瞪口呆。

她不过是上了游戏，然后站在朱雀桥上，然后去上了个厕所，最多不过五分钟，发生了什么事？

抢亲？

对，游戏中的确是可以抢亲的，不过一来要交纳系统巨额的费用，二来要连续 PK 三场全赢，最后还要得到被抢对象的同意……要是对方不同意，还是判定抢亲失败，所以除了被爱冲昏头垂死挣扎的，脑残才去抢亲。

她到底干了什么让大家误会她要抢亲啊？

微微满脸黑线地看来看去，心里琢磨着如果她现在狂奔而去的话，会不会被这群八卦的群众判定成伤心泪奔啊？

微微一边在奔与不奔之间挣扎，一边点着跳个不停的好友栏，都是朋友们来询问怎么回事的，微微一个都没回复，统统关闭。帮派频道里也是议论纷纷，男的多数支持真水，女的多数支持微微，还有一些人在劝微微不要想不开，都是一个帮的，别做得太绝。

这时好友栏又跳起来，微微点开，来信人是真水无香。他大概也有点火了,语气并不客气:"怎么回事,你昨天不是很爽快吗?而且我也给你补偿了,你自己不要的。"

微微欲哭无泪,无力地敲字回过去:"同学,我只是来看热、闹、而、已……"

Part 3　被求婚了

微微进退两难，落荒而逃很不女侠，站在这里很像劫匪，于是微微急中生智，一撩衣服，坐下了。

《梦游江湖》里人物坐下，可以是休息，可以是打坐修内功，还有一种就是微微现在这样——坐下摆摊卖东西。

当微微打出摊名"药品便宜卖"的时候，周围玩家的头上不由得纷纷冒出黑线。微微飞快地打字吆喝："瞧一瞧，看一看啊，满级药师新出炉药品，八折便宜卖了！"

此句一出，本来等着看热闹的玩家们顿时沸腾了。

开玩笑，满级药师做的药品系统商店可是没得卖的，只有打怪偶尔能爆几个，属于有价无市的东西，虽然本服满级药师有好几个，但是他们都是为自己的帮派服务的，很少拿自己做的药品出来卖。现在居然有便宜的满级药卖！朱雀桥的玩家们激动了，顿时一拥而上，眨眼就把红衣女侠小小的身影淹没了。

花轿来了，花轿飞快地去了。

一直慢悠悠的花轿不知怎么地，路过朱雀桥的时候忽然加快了速度，瞬间就消失在桥头。

微微的药也在很短的时间内抢购完毕，玩家们看没什么好戏可看，纷纷散了，平时就很少人来，只有玩家结婚时才会热闹一把的朱雀桥上一时又恢复了冷清。

微微收起摊子站起来，正准备离开，忽然看见桥下有人喊她。

"芦苇微微。"

微微朝那个玩家看去。

河畔桥边斜栽着一棵杨柳，那人就站在杨柳树下，有风轻送，柳枝微拂，树下的男子一身白衣纤尘不染，携着一把古琴，衣袂飘飘，很有几分潇洒出尘的味道。

微微眼睛都看直了。

看直了当然不是因为白衣男子很帅，虽然的确很帅，但是这个白衣琴师的形象游戏里并不少见，看多了也就麻木了。

是因为男子的名字。

一笑奈何。

本服第一高手一笑奈何。

在这个游戏里，一个人被称为第一高手，不仅仅是等级高而已，他必须装备强，必须PK猛，必须操作准，最关键的一点是，必须人民币多。

所以芦苇微微第一次见到一笑奈何，忍不住一眼冒红心，一眼冒金币。

大神啊！

偶像啊！

有钱人啊！

微微跑下桥去，打了个笑脸："奈何兄久仰了，你叫我啊？"

一笑奈何"嗯"了一声，然后系统提示微微：一笑奈何加你为好友。

微微连忙点了同意，顺便加上了一笑奈何。一笑奈何可不是这么容易加的，顶级高手们的好友开关都是常年关闭的，微微有时候加的人多了，也会关闭一下。

一笑奈何片刻后发消息来："你觉得这场婚礼怎么样？"

微微窘，难道大神也是来八卦的？微微很外交地回复："很盛大啊。"

一笑奈何:"那你想不想要一个更盛大的婚礼?"

微微呆。

一笑奈何:"跟我结婚吧。"

微微觉得,幸好自己今天没有在喝水,不然显示器估计又要被喷了。微微心有余悸地把手边的茶杯放远点,看向屏幕。

屏幕上,一笑奈何的人物还是安静地站在柳树下,几分飘逸,几分洒脱。微微看了半晌,发过去:"大神……你被盗号了么?"

一笑奈何显然不是很欣赏微微的幽默,难得地发了个"默"的表情:"你有没有看官网的最新消息,关于夫妻PK大赛的。"

微微:"等等,我去看下。"

微微打开官网,一眼就看到页首"夫妻PK大赛"几个大字。快速地浏览了一下,大致有了了解。夫妻PK大赛,顾名思义,就是以夫妻为单位进行的PK大赛,报名的玩家夫妻先在本服PK,每个服务器的前三名可以得到一定的奖励,然后每个服务器的第一名在全服PK,前三名可以得到超级奖励,第一名的奖励更是丰富得让微微垂涎三尺。

微微:"你找我结婚就是为了这个PK大赛?"

一笑奈何:"嗯。"

微微:"汗,为什么找我啊?"

一笑奈何也不废话:"你是唯一上PK榜前十的女玩家。"

微微有点心动了,这位奈何先生可是很强的,PK榜上第一,财富榜上第一,武器和宠物都是神级的,如果和他联手,本服的第一起码有一半的把握。但是她第一次结婚是为了任务,难道第二次结婚是因为PK?

微微忍不住黑线。

不过话说回来,如果不是为了任务,不是为了PK,她又干吗去跟个陌生人结婚呢?而且奖励那么丰厚……

微微一咬牙:"结吧!"

既然下了决定,微微就很爽快,"走,我们组队去月老那。"

"等等。"

"怎么?"难道她答应得太爽快,奈何先生反而被吓跑了。

不过事实显然不是像微微想的那样,一笑奈何说:"我需要准备一下,三天后,八点。"

微微一愣,打字飞快:"准备什么?"

"婚礼。"

微微:"公证一下就好啦,只是为了比赛结婚,不用太隆重吧?"

一笑奈何:"不行,我一笑奈何的婚礼怎么可以随便。"

微微:"……"

Part 4　婚礼前夕

既然决定要结婚,那大家就算认识了。

咳,这句话的逻辑似乎有点怪……

于是微微接下来两天一直跟着一笑奈何混,还加入了一笑奈何的固定队伍,奈何的队伍里也都是高手,其中有两个微微还和他们PK过,不过对他们的认识也仅限于ID而已。

微微第一次和他们见面是这样的。

猴子酒："hoho,新人。"

愚公爬山："奈何,这个mm是谁?"

一笑奈何："我未婚妻。"

他说得还真自然,微微黑线了一下,打出笑脸:"大家好(笑脸)"

莫扎他："哇,三嫂。"

愚公爬山："我靠,万年光棍也要结婚了。"

众人七嘴八舌地调侃了一番,恭喜了一番,忽然有人说:"三嫂的ID有点熟悉。"

"你这么一说我也觉得了,三嫂似乎上过榜?"

心直口快的猴子酒说:"我想起来了,芦苇微微,不是真水无香的前妻吗?"

队伍里顿时安静了,气氛有点古怪。微微正要说他们是为了PK大赛结婚,就见奈何很淡定地打出一行字:"嗯,你们三嫂她以前所嫁非人,大家不要歧视她。"

微微被薯片呛到了。

从此微微就有了一个觉悟：和奈何兄一起打怪做任务的时候，千万不要吃零食不要喝水。否则一旦他语出惊人，不是她被呛，就是显示器被喷。

和这群人刷 Boss 做任务无疑是巨爽的，首先大家相处融洽，其次效率实在是高。以前微微和帮派里的人组队要打老久的 Boss，这里居然几下就搞定了。说到这里不得不提一下奈何大神，他的职业是琴师。琴师这个职业，在《梦游江湖》里有点尴尬，属于什么都会一点，但是又什么都不顶级的那种。简单地说，就是他会单砍，会群攻，会助攻，会疗伤，但是攻击不如刀客剑客，助攻疗伤不如专门的辅助职业，实在是有点鸡肋。

但是在奈何大神身上就不一样了。

奈何大神的疗伤技能跟职业医生比居然毫不逊色，然后操作强大，跑位精确，队友们全无后顾之忧，也不必分心照顾他。有一次，在 Boss 打得差不多的时候，一直充当医生角色的一笑奈何忽然从古琴中抽出剑，一招琴中剑刺中 Boss 的致命部位，Boss 头顶冒出巨大的红字后轰然倒地。

琴中剑是琴师唯一还算拿得出手的攻击技能，微微见过许多次了，但是从来没见过这么大的伤害值，都快赶上她了，微微嫉妒得想流泪，一定是他的装备太强了啊啊啊！

有这个事例在前，等微微见识到一笑奈何的宝宝的时候，已经没什么想法了。

奈何的宝宝是一只白色的小猫。

微微的宝宝是一只威风的老虎。

当老虎都打不过小猫的时候，微微还能有什么想法呢。

倒是奈何，看见微微的宝宝后端详了很久，然后说："等我们结婚后，宝宝们也结一下婚吧。"

宝宝能结婚是《梦游江湖》不同于其他网游的另一项功能，男女玩家如果结婚，然后宝宝种族又相同的话，宝宝也可以结婚，然后会随机产生一个小技能，据说触发一定的条件后，还有可能生下后代。

微微说:"可是它们种族不同啊。"

一笑奈何说:"我这只是变异幼虎。"

原来这只小猫也是老虎啊,怪不得额头有"王"字花纹,微微总算找回了一点自尊心,老虎输给老虎,也不算太丢脸了。

"好啊好啊,让它们结婚。"微微喜滋滋的,人家小猫可是神兽级,她家老虎不过是自己捉的普通老虎,怎么想都是高攀了,微微随口问,"你这只小猫是母的?"

"不是,公的。"

"……我家老虎也是公的。"

微微郁闷了,果然,神兽媳妇不是这么好娶的……

*** *** ***

结婚那天是周六,一大早微微照常跑去图书馆上自习。说起来,微微同学还是很刻苦的,不刻苦不行啊,在这样的学校,在计算机这样的系,哪个学生不是脑子一流,稍稍落后就要挨打的。

自习到下午四点多,微微有点坐不住了,不停地看表,五点一到迅速地收拾好书本奔向食堂。吃完饭回宿舍上游戏,一笑奈何不在,队伍里其他人的名字也暗着,升级狂人贝微微独自背着大刀去砍怪,正砍得happy,舍友回来了。

微微的宿舍是四人间,除了微微外,还住了晓玲、丝丝和二喜,都是计算机系的,而她们四个也是计算机系大二仅有的四个女生。

"微微,别玩了,马上六点钟我们系和生化系篮球赛,一起去看啦。"晓玲边换衣服边说。

微微砍着怪摇头:"你们去吧,今天我有事。"

"少来了,你能有什么事,不就是玩游戏嘛,走啦,大钟说今天肖奈会来哦。"

"啊！真的吗？肖奈！"丝丝和二喜一起喊起来。

微微也星星眼地转头。

晓玲虽然要的就是这种效果，可是看到舍友这样："受不了你们了，花痴不花痴啊，你们看微微，多镇定。"

微微连忙举手："别冤枉我，我也花。"

说实在的，微微宿舍的四个女生已经算很不花痴很不花痴的那种了，但是这世界上总有这样的人物，叫人觉得不花痴一下都不正常。

比如说肖奈。

计算机系的肖奈，A大顶尖风云人物，如果A大也像游戏那样弄个等级榜的话，那么肖奈排No.1绝对是众望所归。先不说他在计算机软件方面那令人惊异的天赋，以及入校三年多领队在ACM等国际编程大赛中为学校夺得的荣誉，只他居然能者无所不能般地擅古筝围棋，还曾作为游泳选手代表学校参赛夺金，就令一众学子望尘莫及了。兼之其人外表清俊雅致、风采绝佳，实在是想不令人倾倒都很难。

不过花痴归花痴，本系的女生们是没人敢上前跟他搭讪的，一方面是他很少来学校，虽然一个系却不熟悉；另一方面是他实在站在太高处，也实在太傲慢，神情中仿佛总带着几分旁若无人的味道，让人不敢接近。

微微只少少地、远远地见过他几次，其中一次就是见他拒绝一个别系的女生，那个女生拦住他递给他信件一类的东西，大概是情书吧，结果人家别说接信，连眼睛都没瞄一眼，脚步都没慢一下，就走过去了。

奇怪的是，他这么傲慢，在男生那边人缘却不错，本系的男生都很服气他，据说他早早就在外面注册了个公司，本系不少高手都被他挖去了。

关于肖奈的传说还有很多，不少还是从老师那传来的，因为他的父母是本校历史系和考古系的教授。据说肖奈父母都是清高古板且固守清贫的性格，到肖奈却基因突变，初中就知道找亲戚合资开网吧，那时电脑很不普及，正是网吧生意最好做的时候，还有传说他炒房炒股大赚的，纷纷杂杂，已经不知道真假了。

作为计算机系的一只小虾米,微微当然也是拜大神派的,她电脑里几个很好用的小软件就是大神 N 年前的闲暇手笔。大神今年已经大四,以后在学校肯定更看不到他了,微微看向游戏,一笑奈何的头像还暗着,再看看时间,五点四十,当机立断地关了电脑,和舍友们一起奔向篮球馆。

到的时候篮球馆里已经人声鼎沸,晓玲的男友大钟站在门口接她们,把她们带到预留的位置上。

晓玲边走边看说:"大钟,肖奈呢,你不是说他会上场的?"

大钟不满:"你是来看我的还是看肖哥的。"大钟是计算机系篮球队的主力后卫,今天肯定上场。

晓玲不屑他:"当然是看肖奈的,你有什么好看的。"

其余三个女生一起点头,大钟气绝,郁闷了好久才说:"肖哥肯定不上场,来不来看不一定,好像临时有事。"

女生们顿时有些失望,如果说刚刚眼睛里还闪着一百瓦的光,现在大概只剩十瓦了,不过还好,篮球馆里热烈的气氛很快又让她们兴奋起来。

正等着球赛开始,一个高大的穿着计算机系球服的男生走到了她们面前,准确地说,是走到了微微面前,低着头,支支吾吾说不出话的样子,耳朵都是红的。

晓玲她们心里登时冒出三个字——又来了!

果然,扭捏了半天,高大健朗的男孩期期艾艾地说:"微微师姐,如果我们赢了,我能不能请你去吃夜宵?"

微微表情镇定地看向他,反问说:"你会输吗?"

"当然不会!"男孩受激地扬起头。

"那加油啊!"微微露出长辈般慈爱的微笑,很大姐大地鼓励小师弟。

"嗯!师姐!我一定会赢!"

小师弟很受鼓舞地抱着皮球跑进球场热身去了。

"……"

"……"

"……"

以上为晓玲、二喜、丝丝三人的心声。

二喜说:"这个小师弟真好骗啊。"

丝丝不以为然:"最讨厌这种小P孩,拿球赛输赢来要挟人,要是微微拒绝了,会不会打输了还要怪微微啊。"

晓玲:"咱们微微拒绝人的手段真是越来越厉害了啊!"

微微"嘿嘿"笑两声,故作谦虚状:"过奖过奖,次数多了嘛,唯熟练尔。"

接下来某人毫无疑问地被暴打了,典型的欠扁啊。

Part 5　盛大婚礼

球赛最后是计算机系赢了，正式进军校际联赛四强。计算机系的人自然欢天喜地，只是肖奈始终没有出现，女生们不免遗憾。

微微比赛一结束就迅速地溜回了宿舍，打开游戏，好友栏里一笑奈何的头像已经亮了，微微发了个消息给他："不好意思，来晚了。"

一笑奈何："没事，来月老庙。"

微微骑马赶到月老庙，立刻被面前的人山人海吓住了，奔到月老庙里，还好月老庙里人不多，只是几个人站着说话。

微微走到一笑奈何身边："怎么这么多人？"

微微自己一个朋友都没叫，一来是没当回事，二来是迅速再婚有点不好意思。

一笑奈何说："你问他们。"

微微看向其他几个人，其中一个叫及时雨的人说："嘿嘿，恭喜恭喜。我叫我们帮里没事的人都来了，一会儿骑马跟在花轿后面，估计很壮观。"

另一个人也说："我们帮的也来了。"

及时雨说："大家都等着奈何的红包呢，哈哈哈哈。"

微微汗死了，外面说不定有几百人，每个人都发红包，奈何不会破产吧？

正在这时，微微接到了一笑奈何的交易请求，交易栏里放着几件装备，都不用细看，光看装备发出的光芒，就知道这些装备起码是仙器级的。微微吃了一惊："这是？"

一笑奈何言简意赅："聘礼。"

微微流泪了。

这、这就是传说中傍大款的感觉吗？

真是，真是太太太爽了。

不过微微很快就从脑抽状态中冷静下来，点了拒绝交易。这些装备可不便宜，她还没这么厚脸皮白拿人家的东西。

一笑奈何又发消息过来："接受，将来PK要用的。"

原来是这样，微微想了想，心里有了主意，便点了接受，然后把自己最好的装备，一枚加速度的戒指递给了他。

一笑奈何打了个问号过来。

微微说："嫁妆。"

电脑这边的微微有点脸红，这两天跟队伍里的人调侃惯了，说这种话居然也能这么顺口。而且自己的"嫁妆"跟人家的"聘礼"严重不成正比啊，微微窘窘地补充了一句："少了点，以后补。"

一笑奈何打了个微笑的表情："好。"

然后又说："其实你人过来就好了。"

微微继续脸红。

聘礼嫁妆交换完毕，两人站在月老像前拜了堂，系统宣布：芦苇微微和一笑奈何情投意合，在月老庙中互许终身，今生今世，不离不弃，永结同心。

此消息一出，毫无意外地，世界频道又炸了……

微微一边坐着花轿游街，一边看着世界频道玩家们刷屏，因为新娘不用走路，微微闲着没事，又顺手拿了张六级模拟卷子做做。

『世界』世界频道上的人毫无例外地都在议论这三天里前后两场婚礼，有说好话的，也有冷嘲热讽的，还有人嘲笑一笑奈何捡了真水无香的破鞋，微微都给无视了，不过把这人的ID记了下来，决定以后见一次砍一次。

还有个挺有意思的玩家这么比较。

『世界』[夹裤衩压水花]：

新郎，一笑奈何 VS 真水无香，一笑奈何胜！

新娘，芦苇微微 VS 小雨妖妖，小雨妖妖胜！

婚礼场面，看看礼花数量就知道了，一笑奈何完胜！

立即有熟人冒出来。

『世界』［愚公爬山］：谁说小雨妖妖胜，我们三嫂比小雨妖妖强多了，不信来 PK。

『世界』［猴子酒］：来 PK 来 PK 来 PK 来 PK 来 PK 来 PK 来 PK 来 PK！

微微笑抽。

游街是十分缓慢的，微微心不在焉地做着卷子，时不时瞄一眼游戏，忽然在世界频道上看见这么一段话。

『世界』［雪花飘］：我以前看见过一笑奈何和小雨妖妖走一起。

『世界』［祸水 123］：我也见过，看见他们一起打怪，好像没几天前，上个星期吧。

『世界』［alexz］：这么说，难道是芦苇微微被真水无香抛弃了，一笑奈何被小雨妖妖抛弃了，然后他们就伤心人跟伤心人重组家庭？

『世界』［瓦列］：那一笑奈何跟芦苇微微岂不是怨男怨妇的结合？

奈何和小雨妖妖认识？还一起打过怪？

微微不自觉地咬了下圆珠笔。

虽然说只是为了 PK 结婚的，但是如果前后两个"老公"都和同一个女人有关系的话，那也很纠结哎。微微向来不喜欢在心里憋事情，直接问奈何："你和小雨妖妖认识啊？"

奈何回："不认识。"

微微犹豫了一下，打过去："有人说看见你们一起打怪。"

奈何："那算认识？愚公加过她一次队，技术太差，我踢了。"

微微："……"

虽然说不应该……但是微微爽到了。

花轿游街了十几分钟，然后便是婚宴。想到婚宴，微微就心里抽痛，前天去酒楼订宴席，奈何是带了她一起去的，然后她就眼睁睁地看着奈何订了最高级的酒席——宾客吃了，一天内血法上限增加20%的那种……

为什么要让这么多人白吃白喝啊，微微好想不开，再想到以前别人结婚，她从来没白吃白喝到过……

真不是一点点郁结！

整个婚宴过程就是一堆人吃了走了，又一堆人吃了走了，再一堆人吃了走了……差不多九点钟，婚宴才结束，在一帮朋友的欢送下，微微和奈何进入洞房。

微微和真水无香结婚的时候，《梦游江湖》还没洞房花烛这一环节，这是最近系统更新才搞出来的东西。

玩家夫妇在男方的房间里待满十五分钟，就算洞房完毕，然后赠送亲密度Ｎ点，这之后每天玩家夫妇都可以同房一次，每次十分钟，也增加亲密度，但是远远没洞房花烛那么多，周年庆（游戏里是指一个月）的时候同房亲密度会比较多。

《梦游江湖》的洞房花烛很变态的，玩家不能离开房间，也不能打坐修炼内功或者制药等等，基本上只能干两件事情——

一、站着聊天。

二、坐着聊天。

所以洞房花烛又被戏称为"不盖棉被纯聊天"。

至于微微的洞房花烛夜，则连聊天都省了，因为一进洞房，一笑奈何就说："稍等，接个电话。"

于是微微就一个人在奈何的房子里转悠。

微微还是第一次来奈何家，一点不意外的，他的房子也是最高级的，有好几间屋子，还有花园，微微的房子和他的比起来简直就像柴房。

因为无聊，微微又开始专心做六级卷子……

最后一道阅读题做完，微微抬头看电脑，奈何已经回来了，白衣琴师骑在马上，比之平时的潇洒秀雅又多了几分英姿勃发。

"上马。"

微微加了奈何的队,两人同乘一骑,去了天山雪池、西湖湖底、雪海冰原、蓬莱仙岛……微微越来越觉得不对,开始还以为奈何有什么任务要一起去做呢,可是……

微微忍不住问:"我们在干什么啊?"

奈何:"看风景。"

……怪不得去的都是风景优美的地方,微微汗了半天,忽然灵光一闪说:"难道是……度蜜月?"

说完自己都窘了,奈何却没有否认,随之场景一变,奈何又把她带到了云雾山顶,看着云雾山缥缈的雾气,仿佛仙境般的景色,微微憋了半天说:"……大神,你真是太敬业了。"

Part 6　跟班微微

虽然说已经成为夫妻了,但是微微是这么定义奈何和自己的关系的。

大神和跟班。

当然,奈何是那个大神,她是那个跟班,砍怪冲在前面,跑腿抢在第一……至于微微为什么有如此觉悟,当然是因为那套仙器啦。

白拿人家东西实在不好意思,微微决定做苦力还债!

婚后的日子说起来也没什么不同,大部分时间微微还是和愚公他们一起做任务升级,只是时不时会和奈何脱离队伍去过下二人世界。

而所谓的二人世界,其实就是做夫妻任务啦。

在《梦游江湖》里,男女玩家结婚后,会随机产生三项夫妻技能,如果夫妻同时进行战斗,这三项技能会有一定的概率主动释放。而三项技能的升级,主要是靠夫妻的亲密度,亲密度的获得,除了让人很无语的同房外,最速成的就是做夫妻任务了。

其实男女玩家在30级的时候就能结婚了,所以对于"晚婚"的微微和一笑奈何来说,前期的夫妻任务简直就像吃白菜那么简单,所有打斗都用不到奈何大神上场,微微一个人就能搞定了。

于是常见的画面就是,红衣女侠冲在前面砍啊砍,而白衣琴师则坐在树下溪边,悠闲写意地弹着琴。

……

不管怎么说,画面看上去还是很神仙很眷侣的。

这天微微和奈何又去做任务,愚公爬山和猴子酒闲着无聊,硬要跟着凑热闹，结果连遇几场打斗，都是微微上阵杀敌，奈何在一旁看看风景散散步，偶尔才给微微加一下血，两人不由得大为愤慨，指责奈何："你太无耻了，居然躲在嫂子后面白拿经验！"

奈何半点羞愧都没有，发了个叹息的表情，答曰："软饭吃多了，慢慢就习惯了。"说完还意犹未尽地补充，"你们这种没夫人保护的人是不会懂的。"

愚公爬山和猴子酒被猛烈地刺激了，愤怒地组队和奈何PK，可惜二打一还是输了，躺在地上装死不肯起来。微微正好杀完怪回头，一个不留神，从他们尸体上踩过去了。

愚公爬山立刻哀号："嫂子不领情就算了，居然还踩我们，我死不瞑目啊！"

猴子酒："果然夫妻同心，家务事果然不能管啊。"

微微黑线万丈。这些家伙肯定又被奈何欺负了，转而来调侃她。这些人一调侃起来就没完没了，反正今天的任务做完了，微微连忙说："我去采药。"

扔下奈何飞快地闪了。

游戏里采集药材很无聊的，就是在指定的地点点击采集，然后就开始傻站。微微一边采集，一边又拿了六级卷子开始做。今年微微报了六级考试，其实去年宿舍里就有人报了，不过微微那时候没把握拿优秀，就没跟着报。

采了一会儿，好友栏闪起来，点开是奈何的消息，"来天山雪池西。"

微微飞快地跑过去。

天山雪池是目前最高级的场景之一，怪物都很生猛，所以玩家并不多。微微一眼就看到雪池西边的一笑奈何，他身边还站着另外一个男玩家，不过那个男玩家身上却闪着绿色的光芒，仿佛是中了"定身咒"的样子。

定身咒是非常高级且变态的法术，一旦中了，连逃跑都不能，只能傻站着挨打等时效过去，奈何家的神兽小猫就有此技能，果然走过去就听奈何说："我用宝宝把他定住了，你慢慢砍他。"

微微疑惑，砍她理解，但是，"慢慢？"

"嗯，换最差的武器，一点一点慢慢砍。"

一点一点……汗，大神难道和这个人有仇？微微看向那个玩家的ID，魔道誓血，似乎有点眼熟的样子。

这时魔道誓血骂起来："一笑奈何！老子不就是骂你一声捡破鞋吗，有种直接把老子砍死，喊你女人来玩我算什么。"

窘！

微微想起来了，怪不得这人的ID这么眼熟，原来是结婚那天在世界频道里面嘲笑一笑奈何捡真水无香破鞋的那个，当时她还记了他的ID，想着见一次砍一次的，不过最近玩得太高兴就忘记了。

没想到……

微微看向站在一边白衣飘飘的一笑奈何，还以为他根本没注意呢，没想到他不仅看到了，还记得这么牢，而且在这之前他提都没和她提过，仿佛没这回事似的……

微微一边巩固着大神绝对不可以得罪的信念，一边不停地在包裹里翻东西。

魔道誓血看芦苇微微久久没有动作，心中不由得生出希望，以为女人毕竟心软不会把他怎么样，不料一会儿却见她头上飘出一个大大笑脸和一行字："哈哈，找到了，幸亏我的新手装备没有扔！"

魔道誓血简直要气昏，眼睁睁地看着女侠拿着把破刀砍来，自己头顶袅袅升起一个红色的伤害值——"1"。

一点！

以他几千的血量，他岂不是要被砍几千下！

微微按了自动，愉快地看着游戏里的红衣女侠左砍右砍上砍下砍，魔道誓血不停地叫骂，不过内容都是要一笑奈何给他一个痛快。

"我嘴贱你杀我一次我也认了，给我个痛快！"

一笑奈何悠悠道："不用担心，你不会死，血快没的时候我帮你疗伤。"

微微觉得有点奇怪，既然魔道都想死了，那不如下线好了。打斗中玩家下线，系统会按照具体情况做出逃跑或者死亡的判断，魔道反正死都不怕，干吗站着让他们砍呢。

微微发消息给奈何："他是不是气傻了？干吗不下线啊。"

很快奈何的消息回过来："他在做连环任务。"

微微彻底绝倒。

大神你真是……真是令人发指！太阴险毒辣了。

连环任务，《梦游江湖》里最变态的任务就是连环任务，此类任务变态在于，不管你做了多少环，只要没完成最后一环，就一点经验都没有，而如果完成了最后一环，那经验和奖励是超级丰厚的。另外，连环任务规定玩家中途不可以死亡，也不可以下线，否则就要从头再来。不过后来玩家们抗议得实在太猛烈，所以系统修改了一下，按照任务的难度，玩家在任务中可以死亡一到三次，但是仍然不可以下线，必须一次性做完。

微微也做过好多个连环任务，回想一下，要到天山雪池的似乎只有那个最变态的终极连环任务，99个环节的那个，而且没记错的话，天山雪池是最后一环了……

Part 7　小雨家族

想起做这个任务的悲惨经历,微微开始有点同情他了,不过同情归同情,这人说话实在讨厌,砍一阵再说,反正是按了自动电脑操作的,她的手又不会酸。

于是微微就泡泡茶喝喝水,和奈何聊几句,奈何似乎也有别的事情在做,回答得并不迅速,微微干脆又低头做起题目。

等到一篇阅读做完抬头,却见天山雪池旁多了三个女玩家,ID分别是小雨青青、小雨霏霏、小雨绵绵。

小雨家族?

她们怎么会在这里?

小雨青青正在说话:"喂,你怎么不理人的?"

微微皱眉,打开之前的聊天记录(游戏里的聊天记录会把当前场景所有玩家的对话都记下):

『当前』[小雨青青]:哇,一笑奈何。

『当前』[小雨绵绵]:那个女的也在,好过分,欺负等级低的。

『当前』[小雨霏霏]:是耶,而且故意折磨人,一点一点血地杀。

『当前』[小雨绵绵]:哎呀,是魔道誓血。

『当前』[小雨青青]:你认识?

『当前』[小雨绵绵]:给我仙踪鞋的那个,帮过我几次任务。

『当前』[小雨青青]:要不要管?

『当前』[小雨霏霏]:打不过吧?

『当前』[小雨青青]：讲理呗。

『当前』[小雨青青]：喂，一笑奈何，你可是高手高高手耶（笑脸表情），欺负等级低的，算什么英雄好汉。

『当前』[小雨绵绵]：就是，还二打一。

『当前』[小雨青青]：喂（生气表情），你怎么不理人的？

所有的喊话都是对着一旁闲着的一笑奈何去的，直接砍人的微微倒被忽视了。奈何不知道是不在还是不想搭理，并没有回话。微微虽然觉得她们这个头出得莫名其妙，但是还是耐着性子解释了下："我们在解决私人恩怨，路过的请继续路过。"

小雨绵绵："有什么私人恩怨要这么折磨人，游戏而已。"

微微有些恼了，正要打字措辞强硬些，奈何说话了："多事，不想死的立刻消失。"

同时微微接到他的私聊消息："刚刚离开了，你继续，我来解决。"

……

微微窘。

大神你确定你是在解决，不是在挑衅么？

小雨青青等人果然爆了。其实她们虽然举着路见不平的旗子，对一笑奈何这样的高手，心中也不无仰慕和幻想的，不过一笑奈何这句话立刻把这种仰慕和幻想给碾碎了。

小雨青青："喂，你们太过分了！"

小雨绵绵："就是！本服第一很了不起吗？对女生这么说话太没风度了。"

切，微微不屑。她们用"那个女的"来称呼人，很有礼貌很有风度么？微微乐呵呵地把话还给她们："游戏而已，生什么气。"

小雨霏霏："游戏就可以乱骂人吗？！游戏就可以等级高的随便欺负等级低的吗？！我生气了！"

微微无语望天，真是典型的双重标准啊，和这种人对话，对一个学理科且逻辑不错的人来说真是一种折磨。

微微最怕跟自相矛盾且自以为有理的人说话，干脆地说："江湖规矩，PK吧，你们四我们二，赢了你们把人带走，以后我们都不会找他麻烦。"

一笑奈何说："你休息，我来。"

白衣琴师上前一步，姿态优雅地站在了红衣女侠身前。微微想到大神平时那彪悍的操作，发了个笑脸说："好，那我旁观（笑脸）。"

小雨家族的三人却没有应战，刚刚芦苇微微发出战书的时候她们还有信心一试，然而一笑奈何这样轻描淡写地一说，她们却被他的自信弄得犹豫起来。

一个琴师，再厉害再强大，真的可以以一敌四？

她们的人物站着不动，用私聊商量着，一直沉默着的魔道誓血头顶冒出几行字："什么PK，怎么回事？大姐，你怎么不砍了？继续啊，老子洗了个澡回来还没砍完。"

小雨绵绵："誓血，是我。"

魔道誓血："绵绵，你怎么在？"

小雨绵绵："我来帮你。"

魔道誓血翻了翻聊天记录，不禁头大，这个小雨绵绵他还蛮熟悉的，一起组队过很多次，不过以前没见她这么打抱不平过啊，自己竟然这么有面子？要是来几个高手，那么恩怨两清也不错，但是这几个女人能顶什么事，而且还是小雨家族的。魔道誓血不禁想起了小雨妖妖，虽然她不在，但是说起小雨家族，肯定先想起小雨妖妖，小雨妖妖据说甩了一笑奈何，又抢了芦苇微微的老公……

他还想好好玩游戏呢，可不想莫名其妙地被拖进本服最八卦的恩怨情仇里面，而且一笑和芦苇这对怨夫怨妇又记恨又变态，实在不好惹，被他们惦记上了绝对没好事。尤其是一笑奈何，中午他就遇见过他，当时一笑奈何好像没看见他似的，结果晚上居然等在天山雪池……

难道他知道他在做连环任务，所以故意在最后一关等他？

不可能啊，他怎么可能知道。

魔道誓血越想越冷汗，眼前绝对任务第一，为了做这个任务连续上网八九个小时了，绝对不能有错，死一次没关系，反正前面他还没死过。这样一想他连忙说："不用了，有点恩怨解决了也好，再说美女是用来疼的，哈哈哈哈，怎么能让你们动手，那我多没面子。"

几个义愤填膺的女人没想到"受害者"竟然如此不领情，一时竟没有话讲，小雨青青哼了一声，三人愤愤地离开了。

魔道誓血说："大姐，你继续砍，还有两百点血，我再去把衣服洗了，你总能砍完了吧。"

微微不禁好笑，原来刚刚三个人都是一心二用，各干各事去了。这人可恶归可恶，倒也有几分有趣，就是嘴巴太坏，微微收起了刀，"算了，不砍了。"

微微："浪费电费上网费，还不如去采药。"

一笑奈何："嗯，走吧。"

眨眼间，两人共骑消失了，而魔道誓血虽然没人砍了，却仍然闪着绿光留在原地……

定身中……

Part 8　路遇

回到采药的地方，微微很快就把小雨家族那三人置之脑后，倒是有件事有些好奇，边采药边问奈何："你怎么知道他在做连环任务？"

"下午我上过一次线，看见他在世界上喊要收七种羽毛。"

奈何略略解释了一下，微微才知道，原来奈何下午上线，恰好看到魔道誓血在世界频道上喊要收购七种羽毛过任务，于是奈何就知道魔道誓血在做连环任务了。

微微有点蒙，为什么收集七种羽毛就是做连环任务？

"有好几个任务都要收集羽毛啊。"

奈何："嗯，但是发任务的NPC不同，收集羽毛是连环任务的36环，我到36环的NPC那等了一下，很快他就出现了。"

除了膜拜，微微没其他想法了，他他他居然连第几环都记得！居然连第几环会遇见什么NPC都记得！这记忆力太惊人了吧！想到自己至今英语单词还只背到P，微微不禁小泪纵横，很心酸地赞美他："你记忆力也太好了。"

忽然又想到，大神下午就看见魔道誓血了，居然没立刻收拾他，而是算好时间晚上等在了天山雪池……

这计算能力和算计能力也很惊人啊……太狠了。

***　***　***

微微玩《梦游江湖》的时间不知不觉地增加了。

以前微微有个很 IN 的绰号叫"宅式美女",现在已经被舍友称为"宅式霉女"了。以前微微还经常和舍友去逛逛街买买衣服,现在已经完全没兴致了,除了念书就是游戏。

这天傍晚,舍友们要去逛街,苦口婆心地拉她去,丝丝说:"微微,就当运动啦,天天坐电脑前身体不好的。"

微微晕:"你也好意思说运动,天天早上要我帮忙跑操打卡的不知道是谁,天天忘记打水要我带的不知道又是谁。"

丝丝语结,晓玲上阵:"微微你身上穿的衣服还是去年的吧,去买件新的啦。"

微微满不在乎地挥手:"衣服够穿就好了嘛。"

晓玲指着她,手抖啊抖,"你一个美女说这种话,真是太可耻了!你再这样下去,会被踢出校园美女榜的。"

她不说还好,想到那个美女榜微微就郁闷,那个榜排就排吧,居然还弄个不安全指数,经过公众投票,她还高居不安全指数榜首!公认的最容易红杏出墙!

微微撇头做不屑状:"踢掉最好,我向来跟别人比内在的!"

二喜终于怒了:"贝微微!你不去谁来杀价!你敢不去今晚大刑伺候!"

微微:"……"

这才是她们拉她去的真正目的吧,为了她无敌的杀价本领……

最终微微还是屈服在二喜的暴力下,被拖上了街。说是逛街,其实就是在学校周边的服饰店转转,并没有跑多远。

没逛多久,微微手里就多了大包小包,都是舍友买的东西。倒不是舍友奴役她,只是她们时不时要试衣服,放来放去麻烦,不买衣服的微微干脆就全部拿过来了。

又进了一家店,晓玲试了衣服出来,正好听到微微坐在那里自言自语:"难道我最近走跟班命?"游戏里也是这样,奈何大神现在是越来越习惯差使她了……不过那都是她自找的。

晓玲在旁听着不由得好笑,这家伙居然还在哀怨呢,一脸的不甘不愿,游戏有那么好玩吗。走过去安慰地拍拍她:"好啦,别抱怨了,看在你帮我还了不少价的分上,本大款今天晚上请你吃天香居的红酒鸡翅,这总行了吧。"

天香居是家很好吃的菜馆,就在学校附近,不过因为价格昂贵,去吃的学生并不多,也只有晓玲这种有钱的败家女才会常去。所以她此言一出,立刻迎来大家一阵欢呼。

微微说:"我劳苦功高,鸡翅我要一半。"

丝丝没好气地说:"谁跟你抢,我还要减肥的。"

微微得意洋洋:"我吃不胖你就嫉妒吧,哈哈哈哈。"

她得意的样子实在欠扁,明明很瘦却号称"喝水都会发胖"的丝丝咬牙切齿地说:"晓玲,关门,放二喜,咬她!"

几个人早就饿了,剩下的店也没兴趣再逛,一齐笑闹着往天香居走去,说说笑笑间,天香居已经近在眼前。丝丝正兴奋地说着系里男生的八卦,忽然停下了脚步,望着天香居门口,激动地抓住微微的手:"快看,那是不是肖奈!"

马路对面的天香居门口,一群衣冠楚楚的人正从里面走出来,微微一眼就看到了肖奈,在一群中年男人中,在灯火璀璨下,年轻挺拔的肖奈格外地显眼炫目。和以前见过的那几次不同,他今天穿着一身正式的西装,脸上甚至带着几分淡淡的笑意,依旧是清俊雅致带着几分清傲的样子,却又似乎多了一丝世故沉着。

"啊,快过马路。"

虽然肯定不会上前打招呼,不过近点也好啊。丝丝激动地拉着微微飞快地穿过马路,但是已经来不及了,那群中年男人已经上了一辆商务车,肖奈也已经拉开了另一辆车的车门,不过大概她们的动作太大了,肖奈在临上车前,仿佛有所察觉地向她们的方向看来。

　　和刚刚在灯光下看到的笑意不同,此时的肖奈眉眼间堆满了漠然,眼神淡淡地平静地滑过她们,然后车门关上,车子开走了。

Part 9　决斗

吃饭的时候，丝丝犹在懊恼没有早点来，否则说不定可以和肖奈邻桌而食。

二喜打击她："别做梦了，和肖师兄一起的人看上去都是社会人士，人家要谈事情的，肯定在包厢。"

晓玲在一旁欲言又止了半天，说："我听说，好像肖师兄的公司出了点问题。"

"不会吧！"丝丝惊呼。

微微和二喜也一副不相信的样子，对计算机系的师弟师妹来说，肖奈那是神级存在，怎么可能会有问题。

"我听大钟说的啦，大钟有个篮球队的队友，毕业了在肖师兄公司上班，前天他和大钟吃饭，喝多了不小心漏了点口风，好像是投资方出什么问题了吧，就这几天的事情。"

丝丝说："我还是不太相信，肖奈哎！"

微微正咬着鸡翅膀不能说话，闻言猛点头表示附和。肖奈哎！如果一个人很厉害很强大称之为牛，那么肖奈绝对是犀牛。犀牛，就是稀少的牛，罕见的牛……他也会有搞不定的事？

不过想起刚刚灯光下肖奈的神色，人前还是淡淡的笑意，转眼就是漠然，微微又不太确定了。

二喜若有所思地问："投资方？那是资金的问题？"

"不知道。"晓玲说着强调，"不保证可信度，不过就算是假的你们也别说出去哦。"

"嗯嗯嗯。"微微咬着鸡翅含糊不清地点头,"保证不说,和今天的鸡翅一起消化掉。"

天才的世界毕竟太遥远了,几个女生讨论了一阵,很快又聊起别的话题。吃完饭回到宿舍,微微第一时间上了《梦游江湖》,可诡异的是,好友栏里居然一个人都不在,微微百无聊赖,想起夫妻PK大赛的事情,又跑去游戏论坛。

以前微微是很少逛论坛的,攻略也不怎么研究,因为她一直觉得玩游戏的乐趣就是探索,什么都知道了,就一点意思都没有了。不过后来和奈何结婚,出于对大神负责的心态,微微常常会去论坛逛逛,研究一下夫妻技能之类的东西,有阵子还研究了下生孩子,不过当看到生孩子需要洞房一小时,而且怀孕后女方技能会减弱,打斗多了还可能流产……

微微立马打消了生孩子的念头。

这个游戏真是太变态了!

在论坛逛了一会儿,微微没看到PK大赛的新消息,倒是看到了真水无香发的帖子,很热地飘在首页,主题是"(视频)『参赛』我们的故事——雨落水心涟漪香"。

"我们的故事"这个活动微微是知道的,是新近比较热门的活动之一。活动要求玩家用游戏录像的功能,录制一段《梦游江湖》里的爱情故事,长短不限,奖励丰厚,得奖者将由玩家投票选出。其实就是相当于用《梦游江湖》的录像功能录一段小电影的感觉,做起来并不难,所以不少玩家都参赛了。

看来真水无香也参赛了?

微微好奇地进帖,帖子里是一个视频加几段文字,微微点开视频看了几分钟,貌似是讲述一个英雄救美,然后英雄追求美女的故事,主角正是小雨妖妖和真水无香,小雨家族的人也有在里面出现。

再看了几分钟，却渐渐觉得不对味起来，为什么里面竟然有个叫鲁猥猥猥的女配角？

而且这个鲁猥猥也是红衣背刀的女侠，她不时地出现在真水和小雨的身边纠缠真水，频频做出痛哭花痴之类的丑态，语言更是粗鲁不文，还带着芙蓉姐姐式的自恋，跟小雨妖妖时不时来句诗词的文雅成为明显对比。

视频的结尾，小雨妖妖真人出来说了几句话，大意是希望大家支持之类的，视频下面的文字是真水的，情真意切地讲述了自己对小雨妖妖的感情，希望大家投票支持他们，说虽然奖励无所谓，但是很希望得到那套全服唯一的七彩情侣套装，因为老婆很喜欢。

微微越看越火大，这算什么！你要秀真情可以，为什么要拉别人出来搞笑料。关掉帖子上游戏，真水无香不在线，微微满腔怒火没处发，愤怒地敲了个消息过去。

"这样影射丑化别人很有意思吗？没想到你是这种人！"

消息发了过去，仍然觉得气愤，可是好孩子微微又想不出什么恶毒的话来骂人，只好加倍郁闷地关了游戏睡觉了。

第二天微微一天的课，晚上九点才上线，一上线，好友栏就狂跳，点开，是真水无香的消息。

"OK，技不如人，我愿赌服输，视频我会删掉，和小雨重拍一个。不过就算这样，我也要解释一下，那个鲁猥猥不是我和小雨搞的，开始根本没注意，以为有人捣乱，也没联想到你的名字，你应该看出这个角色说的话和剧情一点关系都没有。后来拍完才知道是小雨家族几个朋友恶作剧，不过视频都拍好了，重来太麻烦，就没重做。这点我给你道歉，现在我也掉级了，算偿还你，我们恩怨两清。"

微微一愣，回过去："什么愿赌服输，掉级又是怎么回事？"

真水无香在线，却没有回复过来。

微微看看好友栏，奈何大神的名字闪闪发光，微微窘窘地敲过去："大神，你是不是杀了真水啊。"

奈何："苍翠山下，过来，Boss。"

微微赶到苍翠山下，愚公爬山一看到她就喊："嫂子，快来补一刀。"

微微很汗地在 Boss 身上补了一下，本来就只剩下一层血皮的 Boss 轰然倒地，微微平白分到了一堆经验。

Boss 爆出来不少东西，大家分完，微微问奈何："你是不是杀了真水无香啊？"

奈何："嗯。"

呃，微微也不知道说什么好，貌似又麻烦到大神了呀。虽然是夫妻，可是微微更觉得自己和大神是合作关系，所以自己的事情应该自己解决才对。

微微："麻烦你了。"

奈何："不会，我想杀他很久了。"

微微："……为什么？"

大神和真水都没见过吧，怎么会有仇？

奈何："不顺眼。"

微微："……"

果然是典型的大神答案。

愚公爬山插嘴："嫂子，你知道视频的事？"

微微："嗯，昨天你们都没来，我无聊去逛论坛了。"

莫扎他："本来还想瞒着你。"

微微："对了，真水无香怎么会掉级？PK 不会掉级啊。"

PK 属于切磋范畴，就算输了也不会掉级的。

猴子酒："不是 PK，是决斗。"

Part 10　阴险太阴险

决决决斗？！

微微惊得差点打结了，半晌才说："真水怎么会愿意决斗？"

怎么看真水无香都不像那么冲动的人啊。

在《梦游江湖》里，正式的单人比试有两种，一种是切磋，也就是常说的PK，另一种就是决斗。切磋就算输了也没什么要紧，不掉经验不掉级，就战绩差点。决斗不同，决斗输一次，等级掉一级。如果级别低还好，掉一级很快就补回来了，级别高的，像微微和真水无香这样的，掉一级大半个月就白干了。

真水无香说起来也是肯花钱玩游戏的人，装备什么的都是最顶级的，但是和同样装备顶级的奈何大神决斗……

基本等于找死！

微微和两人都搭档过，所以非常了解他们的实力。不得不说，他们的微操水平差距实在太大了，奈何大神那是天外飞仙，已经非人了，而真水无香至多不过和微微伯仲之间罢了。

所以微微强烈怀疑真水无香是不是想不开了。

愚公回答她："不是他愿不愿意的问题，老三在世界下战书，那战书缺德的，不来他以后就没脸在本服混了。"

还下战书了，好正式……微微窘窘有神地问："怎么下的？"

猴子酒说："他向真水无香邀战三场，说只要真水无香胜一场，就算真水赢，视频的事他不再过问，而且决斗时他不带神兽。你说，这样的战书要是都不应战，真水无香还算不算男人，输了也比不来的好。"

不带神兽……

这样也能赢？

微微持续地窘来窘去，就说大神非人吧，事实再一次证明了。而且这战书的确很……很让人不知道该怎么说。要是奈何邀真水无香公平决斗，那真水就算不应战，承认自己实力不如奈何，也不会太丢脸，毕竟奈何实力摆在那。可是如今这样的邀战却让真水不出战都不行，否则真的没脸混了。

猴子酒说："后来我倒同情真水无香了。可怜哪，要是一场定胜负，那他就只掉一级，要是三局两胜，那两局输了立刻认输也就掉两级。偏偏奈何玩这手，人家明知第三局仍然会输，还要为面子熬到第三局。"

愚公爬山："阴险真阴险。"

奈何说："你们想多了，不想费口舌而已。"

微微想想也是，要是公平邀战，真水那边估计会找托词不出战，说来说去的确很费口舌，大神这个战书倒是一击必杀。

莫扎他："真水无香也算硬气，也没带宝宝出战，你是不是早考虑到这一点？"

奈何轻描淡写说："考虑他做什么。"

就是！微微在心里默默地念叨，大神才不用考虑别人怎么样呢。念叨完，微微后知后觉地发现了关键词："三级？"

红衣女侠吃惊地跑到琴师身边，吃惊地问："你杀了他三级？"

奈何："嗯。"

微微："……"

怪不得真水无香不回她的消息，估计现在想死的心都有了吧。三级，那起码要两个月才能练回来。

莫扎他说："你也该给自己留个余地，万一你输了一场，比如说你家停电或者网络忽然断了,那视频真的随他去了?"

一笑奈何随意地说:"输就输罢,我输了还有夫人在。"

猴子酒赞成:"嘿嘿嘿,对对,奈何只说他不管,可没说嫂子,嫂子水平可比老三强多了,你没看应付怪物都是嫂子上,奈何就是那吃软饭的。"

微微:"……过奖过奖。"

愚公爬山又来感慨:"阴险太阴险。"

刚刚打完 Boss,猴子酒他们都有点不想动,懒洋洋地坐在苍翠山的草地上打坐兼聊天。微微因为苍翠山也是采药的地点之一,便开始采药。

采了一会儿,微微眼尖地发现系统刷新了一则消息。

『系统』:惊天大盗孟东行从天牢越狱,夜入皇宫,盗走香雪公主的梳妆盒,胆大妄为,罪在不赦,请天下英雄捉拿孟东行送交官府,必有厚赏。

微微说:"孟东行又出来流窜了,去抓不?"

孟东行属于《梦游江湖》里比较辛苦的 Boss 之一,每天都要从天牢越狱一次,一出狱立马敬业地去行窃,然后系统发布通缉令,众玩家开始追捕,捉到后送交官府押入天牢,第二天孟东行继续越狱。不过孟东行同时也是最受欢迎的 Boss,因为一旦捉住他,他盗的东西会作为奖励送给捉拿他的玩家,而孟东行偷的东西通常情况下都是很不错的。

微微有次就运气很好,孟东行劫了一箱镖银,微微恰好遇见,单枪匹马九死一生地把孟东行搞定,那箱镖银就归她了。当然也有运气差的,比如有一次系统说孟东行盗了东方不败随身携带的刀,此公告一出天下哗然,东方不败的刀啊,那肯定是顶级神兵,于是玩家们不管等级高低,纷纷扔下手边的任务去捉 Boss,最后孟东行被一个等级榜上的高手捉住了,然而那高手拿到那把刀一看,气得差点就不玩这个游戏了。

因为那把刀的说明是——

东方不败当年自宫用的刀。

猴子酒说："公主的梳妆盒？没兴趣。"

莫扎他："不想动。"

愚公爬山："我在逛论坛，视频已经删了。"

猴子酒："唉，这小子怎么这么听话。"

微微："为什么我觉得你好像蛮遗憾的。"

猴子酒："那是十分地遗憾！"

愚公爬山："如果他不删，我们就，嘿嘿嘿嘿。"

猴子酒："黑他电脑。"

愚公爬山："清他号。"

莫扎他："那我干吗？卖他老婆？"

愚公爬山："现在他都删了，我们师出无名啊。"

微微："你们太卑鄙了。"

愚公爬山谦虚："过奖过奖，跟奈何比那是九牛一毛。"

微微汗，九牛一毛能这么用么？

奈何："微微我们走。"

"嗯，去哪？"微微边问边加了他的队。

"没他们的地方。"

才加上队，画面就是一变，眨眼间，微微发现自己已经站在了落霞峰。

落霞峰上看落霞。

这是游戏里最美最人烟稀少的地方，因为这里没有怪没有任务，没有经验可拿。不过认识奈何后，这里也是微微最常来的地方之一。

落日半躲在云朵之后，绚烂的霞光四射，映衬得伫立峰顶的红衣女侠越发灿烂艳丽，而白衣琴师越发孤傲出尘。

微微撑着下巴看了半天，慢慢地打字："这里真漂亮。"

奈何："嗯。"

一时两人都无话，良久奈何说："这件事本该等你来处理，不过世界上关注的人太多，我想还是速战速决好。"

电脑前的微微眨眨眼，愣了好久，才意识到他是在向她解释他邀真水决战的原因。

其实他不必向她解释的，他帮她处理得很好啊……可是不知道为什么，微微心中竟缓缓生出一丝类似于感动的情绪。

这种情绪在他给她盛大婚礼的时候没有产生，在他给她报仇出气的时候没有产生，却在此时，在如斯画面下，因他这句平淡无奇的解释产生了。

微微忽然不知道该说什么好，手指在键盘上停滞了半天，最终发出一个笑脸的表情。

奈何没有再说话，微微也只静静地站在他身边，没有操作，也没有离开，看着静止的画面，只觉得此时此刻，宁静悠远。

Part 11　视频

如果不是雷神妮妮的信息轰炸，微微简直怀疑自己会站到时间尽头。

当然，所谓时间尽头就是——宿舍熄灯。

雷神妮妮："微微给我视频啊给我视频啊。"

微微："什么视频？"

雷神妮妮："你老公单方面殴打真水那个啊，决斗视频！我虽然买票去看了，可是观众不能录像。"

单方面殴打……微微被她的形容窘到："我家奈何很斯文的……"

这句话敲出来，微微又被自己窘到了，她为什么要在奈何前面加个"我家"啊？！为什么会不知不觉打出这两个字来？

肯定是受了愚公他们的影响，他们经常"我家三嫂""你家奈何"这么乱喊。微微黑线着把这句删了，重新打字发过去："你居然买门票！"

看决斗要花钱买门票，是《梦游江湖》又一变态之处。买了门票后，点击看大门的皇宫侍卫，就会把玩家传送到决赛现场。一般来说，决战双方等级越高，门票越贵，当然，并不是每场决斗都有人去看的。

雷神妮妮："真水被打得那么惨，录了也不会放出来，你老公肯定录了吧。"

微微："呃……他没录。"

这个问题都不用问，以她对大神的了解，大神才不会录这么一场无关紧要的战斗。

雷神妮妮："惨，我看得太紧张截图都忘了啊，死了死了，我要去死，而且我上来得太晚了，只看到系统发布的决斗公告，传说中的战书都没看到，后悔死。"

微微："比我好了，我还是传说中的女主角呢，什么都没看到。"

雷神妮妮："哈哈哈，那我平衡了，系统公告那张截图要不要，我发你。"

微微："好。"

微微把《梦游江湖》的信箱给她，不一会儿就收到了她的信，信件里就一张图片，正是系统的决斗公告。

微微把图片点击放大，第一行便是系统在奈何邀战后的公告，然后每五分钟系统公告一次被邀请方的反应。

『系统』：一笑奈何邀真水无香决战于紫禁之巅。

『系统』：真水无香尚未应战。

『系统』：真水无香尚未应战。

……

连刷五条后。

『系统』：真水无香应战。

『系统』：一笑奈何与真水无香将于 20:00 决战紫禁之巅。

不过几行字，不过是冷冰冰公式化的公告而已，微微却翻来覆去地看了好几遍，看着看着，心中竟渐渐有些热血沸腾起来。

按捺不住心中的情绪，看看身边白衣飘飘的奈何，微微犹豫再三，很不好意思、很破坏气氛地开口："大神……你要不带神兽和我 PK 一场吧！"

奈何却会错了意，只当她是无聊了，建了队说："走，我们去杀 Boss。"

"哪个？"

"孟东行，愚公叫我们过去。"

猴子酒他们今天人品爆发，不过是在山脚下打打坐，以往千辛万苦都未必能找到的孟东行居然带着嫁妆投怀送抱上门来。

微微和奈何回到苍翠山的时候，猴子酒他们已经在战斗了。奈何上前施放妙手回春，给他们加血，微微却犹豫了一下，没有立刻加入战斗。

愚公叫道："嫂子，别见死不救啊。"

微微知道其实他们三个人就游刃有余，喊她不过是想让她分经验，于是发了个笑脸说："你们打吧，我加入他的攻击值会变高。"

说起来，孟东行实是妙人，若只有女玩家攻击他，那么他会因为"怜香惜玉"，攻击降低一半，以前微微就是因为这个才能单枪匹马打败他。而若男女玩家一起攻击他，他会因为"嫉妒"，攻击力提升一倍。只有单纯男玩家攻击他的时候，他的攻击力才是正常值。

愚公他们基本上一直是纯男人队伍，还没见识过，听微微这么说反而来了兴趣。

"听说这家伙还会调戏女玩家，我还没见过，嫂子你砍一刀让我见识下。"

微微听得满脸黑线，不过还是依言加入了战斗。果然，一刀砍下去孟东行的攻击力明显上升了，还发出了技能"熊熊妒火"，烧得猴子酒他们的血条猛掉。

同时孟东行头顶出现一段话："好好一个美人儿，不养在闺房，倒出来走江湖舞刀弄棒，不如从了大爷我，包你吃香的喝辣的。"

猴子酒："真的是调戏！"

愚公爬山："居然敢调戏嫂子，把他一百遍掉！"

于是，可怜的孟东行就被暴力地一百遍掉了……

孟东行一倒地，官差立刻出现把他拘走了，留下公主的梳妆盒作为奖励。猴子酒好奇，抢着拾起来，打开一看，差点倒地。

愚公追问："是什么？装备就给嫂子。"

猴子酒："这个给嫂子奈何会P了我。"

奈何："什么东西？"

猴子酒："男人的头发。"

愚公爬山："……"

猴子酒："公主情人之发，无任何属性。"

大家都汗了，没想到这么人品的事情这回给他们遇上了。

愚公爬山："总比东方不败的刀好。"

猴子酒："也比峨眉老太的裹脚布好。"

莫扎他检讨："难道我们刚刚踹得太暴力了？"

看微微一直没说话，猴子酒说："嫂子不会被打击了吧？"

微微："没有，行走江湖这么多年，我早就淡泊名利了……"

莫扎他："……"

愚公爬山："我怎么觉得这口气很熟悉？"

猴子酒："像奈何？"

莫扎他："不像，奈何从来都不在嘴上自恋，他都在心里自恋。"

奈何发了个叹息的表情："近墨者黑，以后还是不能让她和你们多待。"

微微："对的，我就是被你们影响了……那啥，刚刚我在想视频的事。"

微微："我也想做个视频了。"

猴子酒："……"

微微："孟东行给我灵感了……"

既然是孟东行给的灵感，那当然和贼有关。

微微的剧本是这样的。

芦苇微微是个占山为王的女贼。

一笑奈何是个文弱的琴师。

某日,一笑奈何路过某某山,被女贼相中,于是被抢到山寨里做了压寨相公。

"后面的还没想好,刚刚打 Boss 忽然想到的,孟东行的台词可以直接用。"

猴子酒说:"也是参加那个活动的?"

微微:"嗯,忽然觉得很好玩,不过我是想着玩玩的啦,一时心血来潮。"

奈何没说什么,只是重复微微的话:"压寨相公?"

微微以为他被刺激到了,正要说不拍也行,就见他问:"是不是打劫的时候直接躺下就可以?"

……看来她严重低估了大神神经的韧性,微微说:"基本上就是这样吧。"

其实她自己也不太确定,目前只是瞎想而已。

奈何却说:"拍吧。"

奈何:"苍翠山不错,就在这里抢。"

大神答应得如此干脆利落,行动如此积极主动迅速,微微女贼猛地产生一种自己是被逼着抢人的感觉。

转眼大神已经开始统筹安排:"我从这边山下走过,你从树林骑马出来,自己录自己的部分,后期剪辑一下就可以。"

在奈何导演的指挥棒下,微微晕乎乎地上了马。

愚公跳出来:"导演,我们也要上戏。"

猴子酒说:"女贼没跟班怎么行,我们做嫂子的跟班吧。"

微微拒绝:"不要。"

猴子酒悲痛欲绝:"为什么!"

微微:"单枪匹马比较帅。"

愚公说:"不行不行,你们这样不行,要有打斗场面,不如我们做奈何的保镖,然后嫂子你就依次打败我们三个,这样才精彩。"

这次愚公的建议总算得到了大家的认可,主要是得到了奈何的认可。这几个人都是行动派的,超级有效率地商量好了一切,反而是提出拍视频的微微晕了,赶鸭子上架般地被驱赶到树林。

树林里,微微骑着马,忽然很紧张。

等到奈何走到指定的抢劫地点时更紧张。

紧张的后果就是微微冲了出去,冲到奈何面前,但是把孟东行那段猥琐的台词给忘了,于是微微急中生智,只好把最古老的抢劫台词稍作改动。

"此山是我开,

此树是我栽,

要从此路过,

留下男人来!"

开场白说完,照理下面是愚公跳出来骂人,然后开打。然而愚公的人物却一动也不动,微微等了好半晌,奇怪地问:"愚公呢?"

猴子酒非常平静地说:"他从椅子上摔下去了。"

Part 12　白衣红影

　　愚公过了会儿上来，虚弱状说："我受伤了。"
　　莫扎他嘘他："男人屁股摔一下也叫受伤。"
　　愚公恼羞成怒："内伤！我说的是内伤！"
　　微微："你们住一起的啊。"
　　其实微微以前就从他们的对话中察觉到他们在现实中是认识的，而且似乎是大四的学生，因为有次看到他们说到毕业实习。不过微微在游戏里从来不好奇别人现实中的事，所以也没问过，这次却是顺口。
　　猴子酒回答："我们一个宿舍的。"
　　果然！
　　微微不自觉地看向奈何，那么大神竟然和自己一样是学生？为啥觉得有点不可思议呢，大神他就应该是……
　　想不出来应该是什么……

　　愚公说："三嫂，奈何经常夜不归宿，你要好好管管。"
　　莫扎他："他白天也不归宿！"
　　微微窘。
　　奈何说："什么时候宿舍里没有你们半个月的袜子，我立刻搬回去。"
　　莫扎他立刻说："你还是住外面吧。"
　　微微汗了，早听说有男生积累了十几双袜子一起洗的，没想到这几只就是，忽然又想起之前愚公他们说黑人家电脑，不由得有些怀疑地问："难道你们是学计算机的?"

"正解!"

好巧。

微微说:"……我也是。"

"……"

"竟然是小师妹!"

愚公爬山:"完了,计算机系九男一女,小师妹如此彪悍,难道其实是小师弟!"

微微发了一个无语的表情。

微微被他说得有点不好意思了:"真的很彪悍吗?我是说开场白……"

居然把愚公都震内伤了。

愚公说:"没有没有,挺好挺好,那效果振聋发聩。"

振聋发聩……

微微觉得自己也内伤了,"振聋发聩"这么用,愚公以前的语文老师不知道会不会哭。

猴子酒提出意见:"好是好,不过那个'留下男人来'最好改改,这里有四个男人,谁知道你要劫哪个,观众会产生误会。"

奈何说:"不会误会,不用改。"

猴子酒:"???"

奈何说:"你们没有被劫的价值。"

于是……

PK又轰轰烈烈地开始了,这回是三打一。

微微无语望天,她还没开始打劫呢,被劫的就开始内讧了。

总之,在愚公同学带伤上阵的情况下,在闹了无数笑话之后,视频终于在两天后初步录好了。

抢劫之后的情节仍然是微微编的，微微编剧为了拉长时间，极尽狗血滥俗之能，博采众电视剧之所长。

具体情节如下：

白衣琴师被抢回山寨（游戏里就有强盗窝的场景），女贼爱慕他斯文俊秀，想尽办法讨他欢心，白衣琴师不为所动，终日不言不语，在后山莲池旁郁郁弹琴。

女贼终于决定放他回去，但又依依不舍，在他身后悄悄地跟着，恰好白衣琴师遭遇怪物，眼见就要丧生，女贼跳出来救了他。琴师被感动了，接受了女贼，女贼欢欢喜喜地办喜事，不料洞房花烛夜，竟有官兵（愚公他们在贼窝外大喊一声"带新人"，一堆新手冲上来，现成的群众演员啊）攻打上山，贼众（强盗窝里的NPC们，可怜才20级）因为喝多了，毫无抵抗地被屠戮。女贼本领高强，官兵抓不住她，转而攻击琴师，女贼把琴师护在身后，琴师却从琴中抽出剑来，毫不犹豫地刺入了女贼的后心。

原来，白衣琴师竟然是钦差，因这窝贼人占着地形复杂的优势始终剿灭不掉，来做卧底的。

结局部分乃全剧狗血之精华。

女贼死后，白衣琴师忽然醒悟到他已经爱上了她，抱着女贼的尸首从落霞峰上跳下去了。

……

好吧，微微承认，这就是在恶搞。

微微以为这个剧本拿出去必然会遭到众人唾弃，不料大家看后竟然都觉得不错，不过深入研究下，奈何大神觉得不错的原因是——他台词少。

愚公他们则是因为——没想到后面还有出场机会，还是正面角色，顿时欣喜若狂！

微微只能再度无语了，果然是学计算机的一群，没有文艺细胞哇……

然而几天后，当奈何把视频后期做好发给她，微微就万分忏悔地把"没有文艺细胞"这句话收了回去。

没有文艺细胞的是她和愚公他们，绝对不包括大神！

大神大神，无所不能！

收到视频那天微微又是晚课，回到宿舍上游戏，奈何已经下线了，给她留了一句话。

"有事先下，视频已经发到你信箱。"

微微急忙打开信箱。

视频的后期制作包括剪辑、音乐、字幕、美工等，本来微微想自己琢磨着做的，因为自己才大二，肯定比大四的人空闲。不过奈何却说他做，出于对大神无条件的信任，微微当然一点意见都没有。

下了十几分钟视频才下好，微微迫不及待打开，只看了几秒钟，光片头就把她镇住了。

太精美了。

其实说简单也简单，不过是黑底红字，但是不知道奈何从哪里找来这么合适的字，气势万钧而苍劲洒脱，分解成一笔一笔写上去，再做了个光的效果，一层浮光从字面上越过，简单却又华丽，非常有感觉。

微微反复把片头看了几遍，才意犹未尽地往下看。

大神显然是用足了心的，剪辑、字幕、配乐无一不恰到好处，尤其是配乐，让微微很惊喜。并没有像很多参赛视频那样用的是流行乐，而是多用民族乐器，开头抢劫部分是欢快的笛子，之后则是古筝，非常适合白衣琴师的身份。

嗯，这样淙淙的乐声应该是古筝吧，微微对乐器没研究，以前初高中的音乐欣赏课都是用来偷偷写作业的，还是第一次像今天这样听得入神。

一切都没有可挑剔的地方，微微干脆就纯欣赏了。

虽然这个故事是悲剧，但是由于一直抱着恶搞的心态，再加上录制过程中笑料太多，微微看得很是欢快，然而情节到白衣琴师拔剑的那刻，筝音中忽现杀伐之气，长剑毫无停滞地刺入女贼的后心，音乐在同时"铮"的一声中倏然静止。

微微的心剧烈地一跳。

而后，微微还没缓过神来，竟发现下面的剧情变了。

本来之后的情节应该是白衣琴师抱着女贼站在落霞峰准备跳崖了，可是画面却变成了白衣琴师和领兵上山的青衫武将（愚公同学扮演）站在了一座坟前，静静地望着坟墓。

青衫武将说："你可以不杀她。"

白衣琴师只是沉默，很久才道："与其让她活着恨我，不如死了。"

微微怔住。

心中忽然意识到，从这句话开始，视频中的白衣琴师已经不再是她剧本中所描绘的那个了。

他变成了一个隔着迷雾的陌生人。

白衣琴师从此隐居在山脚下的一间小屋中，微微认出这是游戏里一个小场景，落霞峰下无人居。小屋外有几丛翠竹，白衣琴师终日坐在竹林中寂寂抚琴，又或徒步走上落霞峰，站在落霞峰上静静地看着落日。

青衫武将又一次出现。

"你立下大功，世袭爵位唾手可得，为什么要隐居在这荒郊野外？"

白衣琴师没有回答，只是弹着手中的琴，神兽小猫在他身边欢快地跑来跑去。

眼前竹林清影的画面忽然水纹般破裂，场景变成了后山莲池，仿佛是琴师的回忆，带着朦胧的色彩。白衣琴师在抚琴，女贼坐在他身边，音乐在此刻已经消失，一切静静的，偶尔一声蝉鸣，接着微微就听到了自己的声音。

这段声音是前天奈何叫她录的，说可能要用。录的台词是女贼放琴师走之前说的一段话，狗血无比，微微万分不好意思地念了一遍匆匆交差，没想到真的用进去了。

好像已经处理过了，她的声音显得模糊而遥远，仿佛来自虚空。

"我爷爷是强盗，我爸爸是强盗，所以我生来就是一个强盗，除了强盗我不知道做什么，什么也不会做，还有这整个寨子的人。

"你这么讨厌我，其实我没杀过人，不是最坏吧，不过还是坏的。

"我也想和山下的姑娘一样，养点小鸡小鸭，日出而作日落而归，平平静静地过日子。不过这只是一个梦而已，永远不会实现。

"你走吧，我放你走。"

画面又转回来，青衫武将激愤地质问："你有大好的前程，为何要在这荒村野地荒废人生！"

然后是一个清淡而缥缈的声音："这也是我的梦。"

整个视频的对话都是用字幕完成，只有最后这几句是真人的语音，石破天惊般出现，然后戛然而止，筝音重新响起，哀哀欲绝，渐渐消散。

最后的画面是红衣女贼和白衣琴师在莲池旁，琴师抚琴，女贼舞刀，两人衣袂飞扬鲜活灿烂，而后画面越来越淡，逐渐变成黑白。

定格。

画面上抚琴的白衣琴师依旧白衣飘飘。

舞刀的红衣女贼一身红衣已经苍白。

微微心中一恸，眼眶忽然湿了。

Part 13　他不是我

播放器设置的是循环播放,尚在微微出神间,视频已经开始重播了,欢快的笛声响起,画面上的红衣女贼一身绚烂,正骑着马气势无比地冲下山来。

微微迅速地把它关了,知道了后面的结局,前面的恶搞看着都觉得郁闷起来,一点都不想看第二遍。

打开最小化的游戏,微微给奈何发消息:"我看完了,很好看。"

干巴巴地打完这几个字,微微没了,其实明明有满腔的情绪的,可是却不知道说什么好,难道说自己差点看哭了?

那似乎很傻哎。

于是没话找话般地又问了句:"结局你改了啊?"

消息刚发出去,奈何的名字就亮了起来,飞快地"叮"的一声,他的信息回过来。"嗯,改了,否则时长不够。"

"你回来啦,时长?什么时长?"

微微有点疑惑,是说视频的时长么?可是她记得是不限长短的啊。

奈何:"参赛细则里,视频长度达到半小时,夺冠后经验等奖励翻倍。"

奈何:"既然做了,该拿的就都拿回来。"

微微窘了,她的确没注意到这个细则,但是……大神同学,你这么确定我们一定能夺冠吗……

不对不对,这不是重点,重点是,按大神这说法,难道后面那些差点弄哭她的情节竟然是他为了凑时间加上的?

微微想到这里，不由得打开视频看了下，果然！视频不长不短，恰好三十分钟，连一秒都没多出来。

……

虽然事实如此明显而残酷，但微微犹抱着一丝希望："那你……后面的结局怎么想到的？比原来的结局好太多了。"

奈何："原结局也可以，只是不方便插太多回忆凑时，太露痕迹。"

插回忆凑时？就是插入之前录好的现成片段么？怎么听起来这么像传说中的注水……微微想起现在这个结局也有很多回忆，不由得很艰难地问："那现在的结局……难道是因为方便插回忆凑时间？"

"大致。"

微微被打败了。

原来大神不仅凑时间，而且为了凑时间还大量地塞回忆注水，大神那结局一切都是从拖延和偷懒出发，什么感人啊，什么生死两茫茫啊，都是天边的浮云……

微微忽然就觉得，之前很感动的自己实在太白痴了……

当下，微微怀着复杂的心情，把视频发去了官网。至于为什么是她发而不是大神发，那当然是因为大神懒得注册。

发完视频，微微就和奈何去做任务了，等做完任务一刷帖子，立刻被点击和回复惊到了。

怎么会有这么多回帖？！

有些回帖甚至是在她发帖的一分钟内回复的，这点时间，根本来不及看视频吧。不过看了一下这些回帖的内容，微微明白了。

说到底，还是受到之前小雨妖妖撤视频重拍和一笑奈何单挑真水无香这两件事的影响，这两件事不仅在本服务器闹得沸沸扬扬，连论坛上都异常火爆，至今仍然是热门话题，所以微微的视频一贴出去，立刻就有一堆看热闹的人过来惊叹——居然一笑奈何和芦苇微微也参赛了！是为了和小雨妖妖打擂台？明显是吧！甚至有人猜测视频里会有小雨妖妖的身影，当然，是作为被丑化的角色出现的。

微微看了忍不住心里暗暗"切"了一声！有些人真是小人之心，什么都不看就乱发评论，她的视频中才不要出现什么莫名其妙的第三者呢！

再说了，她和大神这么光辉灿烂的形象，哪里需要第三者来衬托啊。

微微一页一页翻过去，到了第五页，才看到针对视频本身的评论，是一个女孩子回的帖子，她连发了几个哭脸，哭喊着说自己居然看哭了。

嘿嘿嘿，她哭了，微微乐了。

太好了，被大神骗到的人终于不止她一个了！

连续看到几个说被虐到的回帖，微微喜滋滋地跑回游戏告诉奈何："你看回帖没，很多人都说看哭了，不过我帮你背黑锅了，你视频上写的编剧是我哎，大家都说我很变态……"

的确，一个故事如果开头爆笑，中间搞笑，结局悲惨，那编剧不是变态也是欠扁。

奈何："没看，结果出来告诉我。"

明明是他的劳动成果，他怎么一点都不激动呢，微微说："嗯嗯嗯，我会天天看了向你汇报的！"

接下来几天，微微有事没事就守在电脑前刷回帖。

视频越来越热了，这回却不是因为八卦的威力，而是因为视频本身，一些人在赞叹制作的精美，发现制作者是一笑奈何后，更是惊异，一个玩家说："这视频做得！一笑奈何实在太强了，不仅能打，而且技术这么强，文武全才撒。"

更多人却在讨论剧情，讨论那个结局和白衣琴师的选择。

这类讨论太多，看得微微都纠结起来，有次忍不住问奈何："为什么琴师一定要杀掉女贼呢?"

奈何沉默了一会儿,无比理智地回复:"这个情节,我确定是你编的。"

微微:"……"

微微:"是我……"

可是她是在恶搞嘛。

微微继续纠结地问:"那如果是你,你会杀掉女贼吗?"

这个问题一发过去,微微立刻察觉了不妥,似乎不该这么问的,这样好像在探究别人的隐私,可是……又真的好想知道……那句"与其让她活着恨我,不如死了"这几天时不时浮现在她脑海,她忍不住就想知道,真实的一笑奈何,也是会说出这种话的人吗?

好在奈何似乎并没有在意她的逾矩,很快回复说:"不是我。"

微微:"嗯?"

奈何:"他不是我,我不会走到那步。"

微微怔了一下,莫名地,唇角渐渐扬起来。

这期间,小雨妖妖和真水无香的新视频也放了上来,但是热度显然大不如前,毕竟他们无论在情节上还是制作上,都远远逊色于微微他们的制作。

很快投稿期结束,投票期开始,微微和奈何的视频在投票中一路遥遥领先,甩开第二名真水和小雨的视频一大截。这下连微微这么谦虚的人都觉得,他们夺冠的可能性实在是太大了。

然而,就在结果出来的前一天,微微接到了雷神妮妮一条古怪的信息。

"微微,有个问题想问你。"

"什么?"

"你保证不生气我才敢问。"

微微窘,想问就问嘛,还来这招,不过还是说:"你说吧,不生气。"

"真的不要生气哦,其实我也是代人问的,如果,我是说假如,有人给你一大笔钱，你愿不愿意退出视频比赛？"

微微一愣，迅速地反应过来："真水无香？"

雷神妮妮："微微你猜到了啊！"

微微："不用猜。"

这不是明摆着的吗？如果她退出比赛，直接受益者是谁？而雷神妮妮又认识谁？

雷神妮妮："小雨妖妖好像真的蛮喜欢那套衣服的，所以真水无香就瞒着她让我帮他问你一下，他大概不好意思直接问你吧，微微你没生气吧？"

若说微微不生气，那是假的，可要生气，又不值得。其实游戏里买卖东西很正常，就算谈不成也没什么，但是直接拿钱让人退出比赛，就做得太过分了！

微微手指停在键盘上，想着要怎么回复。

当然是要拒绝的，但是面对喜欢拿钱砸人的人，义正词严地拒绝那是很不过瘾的，那根本回击不了他。最好的办法就是比他更有钱，气死他！虽然微微其实没钱……但是可以装嘛！反正隔着网络，又不怕被揭穿。

于是出身工农联盟小康家庭的微微开始财大气粗地敲字："没生气，只是好笑。居然有人想花钱让我退出，太好笑了，他以为他会比我有钱？"

"他家在全球有几处房产？他家的用人买菜开的是什么车？他家的猫是什么血统？他家……"

微微一连抛出N个排比句，直到胡诌不出来了，才很有气势地扔过去最后一句，"要是他没打算花个几万十几万让我退出的话，劝他别说出来丢人现眼了。"

雷神妮妮显然震惊了，几万十几万！真水怎么会花几万十几万，听他口气似乎想给几千最多一万吧。看来芦苇微微真是太有钱了，随便说个数字单位都是万啊！

"微微，原来你家这么有钱，真的看不出来哎！"

微微："……我低调嘛。"

雷神妮妮说:"那就算啦,微微你真没生气吧,其实我也不想帮他问的,可是我觉得他好像真的很爱小雨妖妖哎,有点心软。"

这条消息微微尚未来得及回复,她下一条又发了过来:"你知道吗,他们见面了,现实中也成一对了。"

Part 14　变态任务

说到八卦，雷神妮妮仿佛打字速度都快了些："他们都在 B 市呢，好巧，微微你也在吧？"

微微："嗯，在 B 市念书。"

其实也没什么巧的，这个服务器的名字叫"帝都风云"，B 市的人扎堆实属正常，说起来，大神和愚公他们应该也在 B 市吧……

微微的思绪不禁有些飘远。

雷神妮妮："我在 T 市，555，不然就去找你们玩啦。对了，我有真水和小雨妖妖的合照，真水蛮帅的呢，微微你要不要看？"

微微："没兴趣……"

微微对真水无香长什么样子半点好奇都没有，否则早在"离婚"前一两个月的时候，就看过他的照片了。那时候帮派里另外一对夫妻交换了照片，结果因为双方都无法接受对方的长相，壮烈地见光死了。真水就是在那时提议交换照片的，微微惊讶之下，很尴尬地以"没数码相机，所以没电子照片"这样虽然真实，但是听起来很假的理由拒绝了。

在微微看来，用什么理由拒绝并不重要，重要的是表达出自己没交换照片的意愿。网络萍水相逢而已，不知人不知面更不知心，发照片实在需要慎之又慎。更何况，在"夫妻"的名义下交换照片，实在是有丝暧昧的，而微微十分不喜欢这种暧昧。

不过真水无香显然并不这么想，回想起来，就是从那时候起，真水的态度有些改变了。

雷神妮妮执着地追问:"真的不看?"

微微:"不啦。"

雷神妮妮憋闷:"有卦不能八,微微你太不可爱。对了,你见过一笑奈何了吧?帅不帅帅不帅?"

这话问得电脑前的微微一怔,随手回复"没见过",脑子里却莫名其妙地联想到,要是奈何大神说要交换照片,自己愿不愿意呢?

好像……

愿意的。

那要是奈何说要见面呢?

好像……也是愿意的。

呃……

微微被自己两个"愿意"吓住,随即又想到,照奈何的个性,他才不会提出这样的要求,所以这两个假设问题根本不成立。可这样一想,隐隐又觉得遗憾起来。

和谁都可以相忘于江湖,但是和奈何……

微微忽然不愿意再想下去。

***　***　***

收买的事微微并没有跟奈何讲,小事而已,没啥好说的。

隔天,微微和奈何毫无意外地成了视频大赛的冠军,得到了一大堆奖励,当然也包括七彩情侣套装。

微微拿到套装就穿上了,果然很漂亮,华丽精美,光芒四射,还可以调整色彩,红橙黄绿青蓝紫,正好是彩虹系列,微微挨个颜色调着玩。

愚公对奈何说:"你也穿上看看。"

微微在一旁连连点头,发了个两眼冒红心的垂涎表情。

奈何虽然不喜欢这种华丽繁复的服饰,但见他们这么期待,便点击换上了，清淡的白衣琴师登时变成了贵气的紫衣皇侯。然后又在大家的要求下，依次换颜色看效果，不过他只换了六种颜色。

猴子酒说："六种，少了种颜色啊。"

莫扎他喊："绿色，绿色！"

奈何不搭理他，似乎耐心告罄，瞬间服饰一变，又恢复成白衣琴师的模样。

愚公和莫扎他同时"嘿嘿嘿嘿"奸笑起来。

微微被他们一笑，猛地反应过来，绿色……

大神一贯的头饰是一根白玉簪，七彩套装的头饰却是一顶帽子，绿色套装就是……

绿帽子……

莫扎他故意说："老三有问题，为什么不肯和三嫂穿情侣装，莫非……"

奈何说："我们老夫老妻了，不在意这些表面的东西。"

微微窘。

大神你不想穿就不想穿嘛，找什么借口，还老夫老妻……

接下来几天微微一直穿着七彩套装，倒不是有多喜欢，纯粹是觉得花了那么多力气做视频，不穿太浪费了。其实穿这套衣服挺麻烦的，因为这衣服什么属性都没有，不加防不加攻，穿去打怪那是必死无疑，所以每次打怪前，都要换装。

有次微微没来得及换，结果被个小 Boss 一爪子拍死了，微微郁闷至极，从此就把这套衣服扔在了仓库角落，再也没穿过。

这里还有个插曲，微微那衣服一共才穿了几天，倒有 N 次遇见了小雨妖妖，以前十天半个月都未必遇见一次的。遇见的次数多了，微微自己都觉得尴尬起来，窘窘地想，人家不会以为她是故意炫耀的吧……

不过呢，别人爱怎么想就怎么想吧，管他呢！

*** *** ***

视频大赛获奖名单颁布不久,夫妻 PK 大赛的赛程安排也公布了。

PK 大赛的正式开赛时间是下周五晚上八点,整个比赛将进行一个月,前半个月是各服积分循环赛,之后是各服前十六名的淘汰赛和分决赛,最后是全服淘汰赛和总决赛。

微微特别注意了一下总决赛的时间——六月十三号晚上八点。

六级考试是六月二十号下午,就是说,假如他们能进总决赛的话,比赛完了还可以留出一个星期专心地复习英语。

很好,很完美。

微微满意地点头,开始仔细地分配着下个月的学习和游戏时间,奈何却显得很随意,和微微一起去 NPC 那报了名后,对微微说:"要是有比赛,提前一天通知我。"

微微早习惯做大神的行事日历了,立刻点头答应:"嗯,没问题。"

比起奈何波澜不兴的态度,猴子酒和愚公他们热情多了,比赛前一直缠着他们 PK,说是要做他们的陪练。

猴子酒说:"来吧,把我们当成你们的对手,模拟 PK 一场。"

奈何说:"我们的对手是夫妻,你们谁是夫谁是妻?"

猴子酒说:"当然我是夫。"

愚公暴跳:"我才是夫。"

猴子酒:"我比你高。"

愚公:"我比你重。"

……

两人很幼稚地争论了一会儿,谁也搞不定谁,最后终于演变成轰轰烈烈的 PK……

微微无语地看了他们一会儿,然后很景仰地看向奈何,大神啊,就是杀人不见血。

总之，由于愚公和猴子酒的夫妻名分始终难以界定，陪练是没有了，比赛前，一群人的主要活动依旧是刷 Boss。

微微和奈何仍然不时地离队去做夫妻任务，高级的夫妻任务他们也快做完了，只剩下最后一个没做，就是传说中很变态很变态的"神雕侠侣"。

这个任务有多变态呢，变态到，游戏运营这么久了，居然全服都没人完成过。微微跟奈何一路做过去，发现它果然不负变态之名，每个环节的小任务都是又难又繁。

就拿必不可少的打怪来说吧，任务里有个怪，居然无耻到抗所有非攻击类法术，然后血量降到一定值就给自己来一招妙手回春，气血全满，而且抗探查术，无法探知他的血到底有多厚……后来还是奈何计算出他的血量和施展妙手回春的临界值才过掉的。

微微因此对大神的崇拜更上了一层楼，其实她也在算怪物的血量，但是哪有算那么快啊，简直不是人啊不是人。

此外，"神雕侠侣"任务里除了打怪、收集材料这样的传统环节，还变态地设置了限时猜谜、走迷宫等等，居然还有下棋对对子……虽然那个下棋只要走几步，象棋围棋可选择，但是总有两种棋都不会的玩家吧……

太变态了！

幸好有全才型的奈何大神在。

两人一路还算顺利地过关，到了最后一关，微微终于见识到了什么叫没有最变态，只有更变态。

最后一关，和 NPC 对话完毕后，微微居然在毫无准备的情况下被系统传送到一个地图上没有的神秘地方，然后奈何必须在十六个小时内找到她，如果找不到，那就算任务失败。

微微至此才明白，为什么这个任务叫"神雕侠侣"，这完全是仿照杨过和小龙女分离十六年的设定嘛。

这样说来，难道她现在所在的这个黑漆漆的地方也和《神雕侠侣》书里一样，是在悬崖底下？那奈何找她，岂不是要跳崖？！

幸好系统还没有变态到关闭消息系统，他们还可以互通信息。
奈何："周围的环境是怎么样的？"
微微："环境就是很黑很黑很黑……"
微微描述着自己都觉得黑线，奈何倒是淡定："什么都看不见？"
微微："对。"
奈何："声音呢？"
微微凝神细听了一会儿："好像有水声。"
奈何："嗯，我知道了。"

之后就没再说话了，微微自然不会干坐着等奈何找，在黑暗中慢慢地摸索着，看看还能找到什么有用的信息告诉奈何。顺便也去网上搜索了一下信息，不过正如前面所说的，因为没有人过关过，所以玩家攻略是没有的，而官方关于此任务最后一关的介绍，只有一句——"依靠情侣间的心灵感应才能过关"。

真是活见鬼。

如此过了十几分钟，消息又闪起来，微微以为是奈何的，点开来看，却是自己所在帮派的帮主战天下发来的。

战天下："芦苇，你的队怎么抢我们帮里队伍的 Boss？"

微微所在的帮派叫碧海潮声阁，是本服四大帮派之一，创立者是一个叫蝶梦未醒的女玩家。微微刚玩游戏的时候就和蝶梦认识了，因此在她创帮之初就入了帮，也算帮里的元老之一，不过一直没担任什么职位。

蝶梦未醒两个月前换了个工作，骤然繁忙起来，就把帮主的位置让给了自己的老公战天下,这个战天下微微却是不太熟悉的,真水无香倒是和他很熟。

此时微微接到这样一条消息,一时很莫名。

"什么抢 Boss??我一直在做任务。"

战天下:"愚公爬山、猴子酒,不是你队里的?"

Part 15　江湖再见

愚公和猴子酒？他们倒的确是去杀 Boss 了，但是他们怎么可能抢别人的 Boss，微微对他们这点信心还是有的，八成是什么误会吧。

这样想着，本着澄清误会的心态，微微心平气和地说："事情具体是怎么样的，可不可以说详细点？"

战天下："芦苇你是不是该给我一个解释，你毕竟是我们帮的，你的队抢帮里人的 Boss 怎么也说不过去，而且 Boss 爆的东西是帮里人急要的，你看怎么解决吧。"

对方一个劲地兴师问罪，什么情况却半天讲不清楚，微微懒得再问他，便说："我们帮谁的队伍？你告诉我名字，我去问愚公。"

战天下隔了一会儿回了四个字："小雨青青。"

微微："……"

万分之窘不足以形容微微此时的心情，看看好友栏，雷神妮妮在线，便发消息给她："小雨青青什么时候到我们帮来了？"

小雨妖妖加入碧海潮声阁，微微是知道的，也并不奇怪。结婚后老婆入老公的帮，或者老公跟着老婆跑是游戏里的常事。不过怎么小雨青青也来了？碧海潮声阁的收人标准什么时候这么低了？

雷神妮妮很快回复："上个星期吧，微微你不知道啊？"

微微："不知道，谁收的？"

雷神妮妮："帮主啊，因为真水和妖妖的缘故熟起来就收了。哦，对，她们入帮的时候你不在线,小雨家族都并入我们帮了啊。"

微微:"……"

雷神妮妮:"我说你怎么一点反应都没呢,我都没敢主动提。唉,其实小雨妖妖人倒还不错,但是那个小雨青青就很讨厌,老是对着帮里男的发嗲撒娇,恶心死了。微微啊,悄悄跟你说哦,我看见好几次小雨青青和战帮主单独在一起,还骑在一匹马上……"

微微一个问题,倒勾起了她的八卦瘾,滔滔不绝地说起来。微微此时没心情跟她八卦,对那些乱七八糟的事情也没兴趣,发消息问愚公:"愚公,你们杀 Boss 的时候遇见小雨青青了?"

愚公:"好像是吧,没怎么注意,五六个队一起等着 Boss 刷出来,我手快杀到了,嘿嘿,爆了件好装备,回头给你。你和老三任务做完了?"

愚公如此说,已经没必要追问更多了,微微本来就不觉得他们会去抢别人 Boss,现在心神更定,轻松地回他:"没呢。"

愚公:"逊!老三太逊太逊。"

微微连忙捍卫奈何:"是任务变态!!!"

不要随便诬蔑大神好不好。

微微一边跟愚公描述变态的任务,一边迅速地发消息给战天下:"战帮主,你不妨再问问小雨青青是怎么回事,然后最好给我个解释。"

战天下:"什么意思?芦苇,我知道你对青青她们有意见,但是我希望你能就事论事。"

得到如此回复,微微只能无语问苍天了。

就事论事,她哪里不就事论事了?究竟是谁在胡搅蛮缠啊!

以前就觉得这个战天下处理事情有点缠夹不清,现在看来简直是神志不清。微微不再跟他废话,打开了帮派频道,喊小雨青青。

『帮派』［芦苇微微］：小雨青青。

『帮派』［芦苇微微］：麻烦你跟战帮主解释一下，所谓我的队抢你的 Boss 究竟是怎么回事。

一语激起千层浪，帮里原本潜水的人纷纷冒出来。

『帮派』［雷神妮妮］：微微，什么抢 Boss？

『帮派』［真水无香］：（茫然表情）

『帮派』［阳大光］：怎么回事啊？

『帮派』［芦苇微微］：战帮主刚刚忽然质问我，我的队为什么抢了小雨青青队伍的 Boss，我和一笑奈何在任务中，没去打 Boss，问了愚公爬山和猴子酒，发现说法有些出入，现在想请小雨青青出来当面说清楚。

『帮派』［雷神妮妮］：哎，微微你又不在队伍里，关你什么事情啊。

『帮派』［芦苇微微］：话虽如此，但如果愚公他们抢了，我也会负责。不过按照愚公的说法，只是一起等 Boss 刷出来他们点得快而已。当然，这只是他们单方面的说法，我不会偏听偏信，所以在等小雨青青说明。

『帮派』［reyo］：小雨青青人呢？

『帮派』［孟浩然］：小雨青青你出来说究竟抢没抢啊。

帮众们说得热闹，小雨青青却一直没出现，一会儿，小雨妖妖出来了。

『帮派』［小雨妖妖］：青青现在不在，大概是挂机人离开了。

挂机？

战天下现在也不出来说话了，难道也是挂机了？会有这么巧同时挂机？微微又不是傻子，当下就说："小雨青青，你若不想说，我就在世界上问了，当时好几个队在，相信会有人愿意说一下当时是什么情况的。"

这下小雨青青迅速地出来了。

『帮派』［小雨青青］：我刚刚出去了耶，怎么回事啊？

　　『帮派』［小雨青青］：哦，这事啊。我就说抢Boss啊，我没抢到，说他们抢走了Boss，有什么说错了吗，我又不知道天下会误会了跑去问你。

　　这却是把责任都推战天下身上了，微微本来就不喜欢这个小雨青青，现在更是鄙夷她没有担当。如果她真的只是这样说，战天下会这么理直气壮地来质问她，甚至暗示她交出装备？

　　战天下又不是白痴。

　　『帮派』［芦苇微微］：照你这么说，是战帮主故意曲解了你的话来诬蔑我？那战帮主该给我个解释了？被人冤枉很不好受啊。

　　『帮派』［真水无香］：看来是误会一场，大家就不要这么计较了。

　　误会？微微心中冷笑。

　　雷神妮妮发来私聊："我觉得肯定是小雨青青向战天下撒娇卖乖说你坏话，结果没想到战天下会去问你，结果穿帮了。不过也难说，她经常这样哎，喊帮里的男生去帮她报仇啊什么的，说不定想借刀杀人？"

　　微微不客气地回复她："那她借的这把刀也太钝了。"

　　战天下一直没有回复，微微道："战帮主也挂机了？"

　　等了一会儿依旧没反应，微微也不着急，手指轻盈地打字："虽然刚刚战帮主误会了我，但是战帮主为普通帮众找回公道的行为却着实令我敬佩。只是现在怎么不说话了呢，难道这公道竟因人而异？"

　　战天下终于被逼了出来。

　　『帮派』［战天下］：是我弄错了，是误会当然最好，帮派团结至关重要。不过还有一件事情，芦苇要注意下。

　　这么轻巧就想带过？！而且还有后招？

　　微微无端被责问本来就不爽，但因为发火无益于事情解决，一直隐忍着。

如今见他如此态度，不由得真怒了，她向来愈怒愈冷静，不疾不徐地敲键盘："什么事，请说。"

战天下："真水和妖妖结婚的时候，你在朱雀桥卖的那些药是拿帮里的材料制的吧，照理是不该自己卖的。当然，偶尔一次也没关系，下次注意就行了，呵呵。"

微微被他最后那个"呵呵"给恶心到了，心里明白他是刚刚没了面子，现在要在别的事情上找回来。换个性子软点的人也许就这样让他一步了，但是微微如何肯让，犀利地说："这么久远的事了，难为代帮主还记得。这些药的确是用帮派仓库的药材制作的，但是制作这些药的药材是满级的，帮派里的满级采集师有几个？"

帮派频道一片寂静。

帮主和元老吵架，普通帮众自然不好插口，敏感的人发现芦苇微微对战天下的称呼已经从"战帮主"变成了"代帮主"，就更不好说话了。

没人回答她，微微自己说下去："我没记错的话，是两个，包括我在内，另一个是欢欢喜喜，不过欢欢喜喜是高三生，要高考，已经好几个月不来了。"

微微："所以，所谓帮派仓库的药材，其实是我采的药材，我拿自己采的药材做点药卖，代帮主也有意见？"

战天下恼怒道："芦苇，你话别说太满，虽然满级药要用高级药材，但低级药材也是必需的，那些低级药材总是帮派资源吧。"

微微不慌不忙地接道："好啊，既然代帮主要清算，那我们来算吧，高级药材市场什么价？低级药材是什么价？我免费做了多少次药给帮里？"

高级药材和低级药材的价格是天壤之别，而满级药更是有钱都买不到，战天下傻了才会回答。他本来就是随便扯个事情好让自己下台，哪里想到这个芦苇微微竟是如此的咄咄逼人。

战天下:"给帮派做贡献本来就是帮众应尽的责任。"

微微针锋相对:"但请不要把我的无偿劳动当成理所当然!因为一直给帮里免费制药,所以我竟然连卖点自己药品的自由都没有了?!"

微微:"而我做完贡献,得到的竟然是种种诬蔑么?!"

帮里一位小药师这时怯怯地开口:"虽然微微姐用我们采的低级药材,可是我们也用微微姐采的高级药材练级啊。"

雷神妮妮眼见越闹越僵,怕将来微微在帮里更不好过,赶紧出来打圆场:"算啦算啦,都是一个帮派的,和气生财和气生财。"

她一开口,帮众们也纷纷开始说话劝解。

微微发了个微笑的表情,众人松了一口气,以为劝解有效,不料随即一行字跳出来,把他们震得无语。

『帮派』[芦苇微微]:小雨青青,事情究竟如何你我心知肚明,要么你现在给我道歉,要么以后别让我看见你杀 Boss,否则我就把你今天给我安的罪名坐实。

算了?战天下没提药品之前或许还有可能,她也不是穷追猛打的人,但是现在绝不可能。在现实中处理事情,或许还要考虑周详三思后行,但是游戏不必,游戏若不能快意恩仇,还玩什么游戏,她是来玩的,又不是来受气的。

几乎立即。

『帮派』[小雨绵绵]:芦苇微微!你欺人太甚!

本来因理亏而沉默的小雨××们如雨后春笋纷纷冒出来,辩解的辩解,攻击的攻击。微微看着这满屏的纷纷杂杂,怒意反而渐渐冷却了,忽然就觉得好没意思。

已经不是原来的那个碧海潮声阁了。

一起奋斗过的朋友们消失的消失,退出的退出,仅留下的几个也变得少言寡语,连前帮主蝶梦也开始来去匆匆,如今还多了小雨家族的人……

以后只会越来越令人难以忍受吧。

这样乌烟瘴气的地方,怎么会是碧海潮声阁,物非人也非,还有留恋的必要吗?被一股冲动所驱使,几乎没有思考地,微微留下了这样一句话。

『帮派』[芦苇微微]:该说的都说了,我言出必践。各位朋友,以后江湖再见依旧是朋友。

说完没看大家的反应,微微打开帮派界面,按了右下角——退出。

您是否真的要退出碧海潮声阁?

是。

『帮派』:天下无不散的筵席,芦苇微微退出碧海潮声阁。

随即系统刷新公告。

『系统』:江湖高手芦苇微微退出碧海潮声阁。

本来玩家入帮退帮是不会上系统公告的,但是综合排行榜上前百名的高手却不同,系统会公布他们的帮派归属动向。公告一出,世界频道上顿时一片喧哗。

『世界』[不穿裤裤好凉爽]:芦苇微微退出碧海了?

『世界』[梦溪笔潭]:小雨妖妖去碧海了,芦苇是受不了人家卿卿我我了吧。

『世界』[尼莫]:别乱说了,人家芦苇老公一笑奈何比真水无香牛多了。

『世界』[粉色泡泡]:游戏里牛算什么,真水无香和小雨妖妖是货真价实的帅哥美女啊,我看过照片的。

还有另一种声音。

『世界』[长烟一空]:碧海又走了一个高手啊,看来碧海是彻底不行了。蝶梦一走本来就岌岌可危了,现在芦苇微微都走了,很快就要从四大的位置上下来了吧。

『世界』[天下大义]:芦苇微微,来我们天下大义帮吧,待遇绝对比碧海好。

『世界』[天下大义]:芦苇微微,来我们天下大义帮吧,待遇绝对比碧海好。

『世界』[天下大义]:芦苇微微,来我们天下大义帮吧,待遇绝对比碧海好。

『系统』:玩家天下大义恶意刷屏,禁言一小时。

…………

相比于世界频道,微微的好友栏里更是热闹。

雷神妮妮:"微微,你怎么退帮了,不要啊!!!"

微微不想多言,只是说:"没什么,清净一下。"

雷神妮妮:"那你还会回来吧。"

微微毫不犹豫地回了一个字:"不。"

愚公、猴子酒也有信息发来,愚公是聪明人,立刻就联想到了之前微微的问话,"你退帮跟小雨家族有关?跟我也有关系?"

微微发了一个窘窘的表情。

愚公:"真的有关?"

微微:"呃,不是,我是想说,你还没这么重要啦……"

愚公:"……"

Part 16　和我一起

朋友们的询问微微都草草或技巧性地回复了，奈何始终没发消息来。微微移动鼠标屏蔽了世界频道，一切霎时又恢复了平静。

电脑屏幕上还是一成不变的黑暗，只有红衣女侠周身有微弱的光，隐隐约约地显出个轮廓，微微看着屏幕，慢慢地，心中竟生出几分空落来。

游戏里的帮派固然什么都不是，可至少也是一种记忆，为之付出过，因之欢乐过，忽然离开，纵不后悔，也难免怅然。

何况，还是以这种方式离开。

何况，系统还在这时候把她一个人关在小黑屋里。

微微本不是会多想的人，可是对着寂静灰暗的屏幕，却渐渐有些烦闷了，乱按鼠标操纵着红衣女侠走来走去，走了好几圈，始终不得脱困。正郁结间，忽然"叮"的一声，屏幕上跳出一则消息。

您的夫君一笑奈何通过了最后一关"相思阵法"的考验，恭喜您完成"神雕侠侣"任务。

完成了？

微微不由得一怔。

随着这则消息的出现，黑暗的画面也有了变化，屏幕上方忽然出现了无数光点，光点连成线，慢慢地流泻下来，黑暗被驱散，周遭的一切顿时明朗。

微微发现自己果然是在一处悬崖下，四面是陡峭的山壁，右侧有一个小小的瀑布和深潭，这大概就是水声的来源，潭边长满了见所未见的奇花异草。

而奈何，就在这一片光明中尔雅地徐徐地神仙般地降落在她身边。

是的，降落。

因为他坐在一只雪白的大鸟身上。

微微简直是目瞪口呆地看着这一幕，大神的出现方式也太光芒万丈了吧，比天使降临就差两个翅膀了……

好半晌，微微才想起要说话，很无意识地敲字："你找到我了？"

话一发出去她就窘了……这句话好傻，简直是明知故问嘛。可是，刚刚看到大神的一刹那，脑子里蹦出的就是这句话啊。

他找到她了啊……

心情忽然就灿烂起来。

奈何下了坐骑，尔雅地回她："嗯，劳夫人久等了。"

微微回复了一个大大的笑脸。

就在这时，系统在芦苇微微退帮的公告下，迅速地公布了新消息。

『系统』：一笑奈何与芦苇微微完成终极夫妻任务"神雕侠侣"，获得一百万人物经验，获得"江湖第一神仙眷侣"称号，获得《梦游江湖》第一只飞行坐骑"神雕"。

毫无疑问地，世界频道又沸腾了，飞行坐骑哎，居然《梦游江湖》也有飞行坐骑！

『世界』［好雨］：飞行坐骑！！！

『世界』［大城小非］：不会就这么一只吧，梦游江湖是不是要开放飞行坐骑系统？

『世界』［不穿裤裤好凉爽］：我也要啊！！！

『世界』［大路朝天］：凉爽兄，你骑飞行坐骑不合适吧，你一飞下面人可什么都看到了。

『世界』［不穿裤裤好凉爽］：切，老子不怕看，飞飞更凉爽。

坐骑的话题讨论得热火朝天，除此之外，当然也有讨论人的。

『世界』［yoyo1212］：我发现芦苇微微总是在大家觉得她很惨的时候，无比迅速地风光一把，上次离婚结婚也是。

『世界』［油菜花］：是啊，上次她和真水无香离婚我还以为她被抛弃了，结果转眼她就嫁给第一高手一笑奈何了，强大！

『世界』［阿颖］：难道真水无香才是被抛弃的那一个？

『世界』［愚公爬山］：阿颖姑娘，你真聪明，来，哥哥带你去杀Boss。

『世界』［阿颖］：啊，脸红。

『世界』［猴子酒］：嘿嘿，有人无耻了。

『世界』［莫扎他］：hoho，有人吃醋了。

『世界』［阿颖］：那个愚公哥哥，我是阿颖弟弟，继续脸红中。

『世界』［猴子酒］：哈哈哈哈哈哈哈哈哈。

世界频道上的热闹嘈杂微微一无所知，她屏蔽了嘛，现在的她正带着一种暴发户的喜悦欣赏着那只大鸟。

"这个就是神雕？"

雪白雪白的一只，很大很大的一只，此时正神气地昂着脖子任她打量，微微满怀惊喜地围着它绕了两圈，突然想起什么说："不对啊。"

奈何："怎么？"

微微："我明明记得杨过家的雕是黑色的，这只为什么是白色的，肯定是Bug！"

奈何失笑，说："走，我们去逛逛。"

白雕载着两人，缓缓地飞向长安。

微微一边新鲜着，一边好奇地问奈何："你是怎么找到我的？"

奈何说："其实还是有提示的。"

总算游戏还没有变态到底，真的毫无线索让他找，有时候到某个地方会触发一两条提示，比如"您捡到了您夫人掉落的荷包，难道她就在这附近"之类的，然后根据提示慢慢找到大致方位，最后触发了相思阵法。

微微傻眼："相思阵法，难道是传说中的奇门五行阵……"

奈何："没这么玄，入阵前系统告诉我走法，大约一两千字的提示，十秒时间。"

微微惊了，一方面是为系统的无耻，一方面是为大神强悍的记忆力，"难道你就在10秒内把那些提示全记下了？"

那也太不是人了吧，一目十行都没这么快啊。

奈何沉默了一会儿说："我截图了。"

微微："……"

对哦，可以截图啊，傻子才去硬记……她傻了，脑子都不会转弯了。

问了傻问题，微微有点不好意思，反正想问的也问得差不多了，干脆闭上嘴巴装隐形。默默地飞行了一段，奈何忽然开口："你退帮了？"

微微没料到他会提起这个，略怔了一下回答："你看到了啊，嗯，退掉了。"

奈何说："也好，以后和我一起。"

虽然是打字聊天，听不见声音，看不到表情，可是微微莫名地就觉得大神这两句话很轻描淡写，很随意，不知为何她也心中一松，仿佛豁然开朗般，最后一丝阴翳也散去，微微豪气顿生："好，我们一起浪迹江湖，做一对江湖野鸳鸯！"

她这话是七分豪气三分打趣，不料奈何听了却不满："野鸳鸯？我记得我们明媒正娶拜过堂。"

微微："……"

大神同学你真没幽默感……

奈何说："名分很重要。"

好吧，大神同学其实还是很有幽默感的，就是冷了点……

载着他俩的神雕飞过长安，飞向了城外的山山水水，微微望着画面上浩渺苍茫的景色，心境越发开阔起来，想到自己刚刚居然为退帮的事失落了好几分钟，不觉有点羞愧。

为那种人那种事不开心真是太不值得了，简直就是浪费生命，有那时间还不如跟着大神乱溜达，看看游戏里的风景呢！

虽然是看惯了的景色，可是就算每天看，感觉也会不同吧。就像此刻，她就带着前所未有的心情。

思绪飘散，渐渐地，风景从眼中淡去，微微的目光凝聚在了自己身上。画面上，她和奈何正亲密地坐在大雕上，她依靠在他怀中，他揽着她，白雕、红影、白衣，正飞过千山暮雪，看起来竟真有几分神仙眷侣的味道。

最后，微微的目光落在奈何前缀的称号上——

芦苇微微的夫君。

这是奈何近来一直用的称号，话说他明明有个系统发的风骚无比的称号叫"江湖第一高手"，却从来没见他用过。奈何其实是不太喜欢用称号的人，她也是，可是……

仿佛被什么东西驱使着，微微不由自主地打开了人物面板，动手把自己的称号改成了因为不好意思，一直没用过的"一笑奈何的娘子"。

心中忽然就有些异样的甜蜜。

宿舍里，晓玲正在写论文，写一会儿看一眼微微，看了 N 眼后，终于忍不住担心地开口："微微啊……"

"嗯？"微微应声看她，脸上犹带着浅浅的笑容。

晓玲看着她眼角眉梢掩不住的笑意，更担心了："你会不会游戏上，那个……"

微微只当她要劝诫她少玩游戏，满不在乎地挥挥手说："放心啦，我不会耽误考试的，论文我也写好了。"

晓玲郁闷了。

谁担心她的考试了，谁担心她的论文啦，她担心的是……

晓玲看向微微，昏黄的灯光下，微微原本就盛极的容貌越发显得明艳照人，可是这样一个大大大美女，却对着一台电脑笑得春暖花开春光灿烂的……

晓玲在心里叹息，微微啊微微，你不觉得你现在这个样子，很像在……

网！

恋！

么！

Part 17　给我家夫人扔着玩

所谓冤家路窄，大概就是说现在这种情况吧。

微微看着对面，她和奈何积分赛第一场比赛的对手，忍不住黑线又黑线。

周五，拖了很久的夫妻 PK 大赛终于正式开赛了。先是积分赛，为期半个月的积分赛不开放观战，对手由系统随机分配，参赛夫妻组队点击 NPC，会被传送到一个单独的校场，到了校场才会知道自己的对手是谁。

微微和奈何在愚公他们的欢送下点击 NPC 进入了校场，一进场，微微就囧了——校场那边站着的人居然是真水无香和小雨妖妖。

参赛者进入校场后并不是立刻开始 PK，系统设置了三分钟的备战时间。奈何看了一眼对手，随意地说："一会儿我先解决小雨妖妖。"

微微马上领会了大神的战略。小雨妖妖实力最弱，而且职业是医生，对上奈何根本连出手的机会都没有。奈何先解决了她，然后和微微一起解决真水无香，这样是最快的打法。

不过这样的话，奈何就等于杀了小雨妖妖，小雨家族的人会不会又借题发挥，去世界频道上说奈何欺负弱女子啊。

虽然不可思议，可是她们要是说出这样的话来，微微真的一点都不会惊奇。因为就在前天，小雨青青就是这么在世界频道上哭诉的。

一想起前天那件事，微微就窘窘有神，那叫一个峰回路转一波三折高潮迭起……

还是上次抢Boss事件的后遗症了。

微微退帮前虽然搁话说要抢小雨青青的Boss，但是小雨青青显然还没重要到让她专门花时间去堵，微微本来打算什么时候碰见顺便抢一下的。不过前天和奈何一起做任务的时候，奈何却忽然扔下做了一半的任务，带着她飞到了另一个地方。

那地方，小雨青青正带着人在杀Boss。

然后，理所当然地，微微同学就抢了她游戏生涯中的第一个Boss，还人品爆发地得了一个最近有价无市的材料"寒冰之羽"，上系统公告风光了一回（游戏里得到好东西会上系统公告）。

这下小雨青青不干了。

原来，上次愚公杀到的装备倒不是小雨青青要的东西，小雨青青要的就是这个Boss偶尔才会爆出来的寒冰之羽，这是系统最近新投放的材料，和其他一些昂贵的材料一起，可以制作很牛的新武器。

小雨青青眼见寒冰之羽落入微微的手中，怎会善罢甘休，当即跑到世界频道上装委屈，说一笑奈何和芦苇微微仗着等级高欺负她们几个弱女子。又哭诉自己是为了寒冰之羽才去杀Boss的，她要做的武器就差寒冰之羽这个材料了，收其他材料费了很多钱。结果寒冰之羽被芦苇微微抢了，那些高价收来的材料都变成了垃圾。

她有备而来，好几个人跟她一唱一和，世界频道上便有人被她蛊惑，指责起微微来，小雨青青的帮凶就趁势要求微微归还寒冰之羽。

小雨妖妖竟然也出现了，倒没指责微微，温温柔柔地说了几句话，说是几天前大家言语上发生了一点误会，但是芦苇微微今天这么做会不会太过了呢，冤家宜解不宜结，希望芦苇不要穷追不舍云云。

第一美女的魅力自然是巨大的，此言一出应者如云。

真水无香紧跟其后，表示愿意出高价买微微手中的寒冰之羽。

微微看得好笑。

小雨妖妖这话看似在做和事佬，其实是断她后路，此刻就算她说出前因后果，恐怕别人也会觉得是她心胸狭窄斤斤计较吧。而真水无香呢，则是把"委曲求全"发挥到了极致——看看，就算你抢了我们的 Boss，我们也愿意花钱买你抢的东西，我们多委屈多受欺负多有诚意啊。

微微被恶心得不行，她当然也不是好欺负的，上次她可是把战天下说的话、帮派聊天记录全部截图了，正要反击，忽然有个叫"就是不吃饭"的小号冒出来，指控根本就是小雨青青抢了他和朋友队伍的 Boss，小雨青青才是仗着自己等级高欺负人的人，而芦苇微微是路见不平拔刀相助的。

小雨青青当然不承认，那小号却迅速甩出一段小雨青青杀人抢 Boss 的录像贴到了游戏论坛，这下罪证确凿，小雨青青无言以对，迅速地销声匿迹了。

别说世界频道上的人，就连微微都被这戏剧性的转折搞得目瞪口呆，她也不是笨蛋，仔细一想，心中已然有数。

忍不住就想笑。

世界频道又是哗然，之前盲目附和小雨家族攻击微微的人都不好意思起来，有随小雨青青一起销声匿迹的，也有向微微道歉的。

微微其实对他们的攻击根本不在乎，然而有此机会，放过也太可惜，于是状似很沧桑很平静地说——

『世界』[芦苇微微]：一直没有说什么，以为清者自清，浊者自浊，不过经历了这么一场千夫所指，忽然很灰心。

微微强烈地被自己酸倒了，不过为了效果，还是发了出去，嘿嘿，装委屈谁不会啊？这话一说，以后就是真抢小雨青青的 Boss 也不会有人信啦。

完了，她跟大神学坏了……

事情到此已近尾声，微微正打算撤退，却惊见世界频道上跳出一行话，发言者正是自己向来寡言的夫君大人。

『世界』［一笑奈何］：高价永久收购寒冰之羽。

一笑奈何是极少极少在世界频道上说话的，基本上就是没有，于是他此言一出，效果是这样的——

『世界』［天使拉磨］：哇，合影合影。
『世界』［摔倒的红烧肉］：（星星眼表情）高手，给我签个名吧。
……
微微看得冷汗不止，开始努力回想自己第一次见奈何是不是也是这样的……
很丢人撒。

合影热潮过后，有人好奇地发问。
『世界』［踩米猪］：一笑你收寒冰之羽也要做新武器？
『世界』［一笑奈何］：没兴趣。
『世界』［踩米猪］：（疑惑表情）那你收了干吗？
『世界』［一笑奈何］：给我家夫人扔着玩。

微微喷了，大神你真是气死人不偿命……

关掉了世界频道，微微转头问奈何："那个'就是不吃饭'是你们谁的小号吧？"

十有八九是了，否则哪有那么巧，正好她和奈何这次过去抢，正好那个小号录像了。不过他们也太有效率了，她前两天才在愚公的追问下简略地说了下事情的缘由而已……

果然，奈何说："愚公他们的。"

愚公得意地接口："我们三个开了小号去抢 Boss，专抢小雨青青的，抢了三次她终于忍不住把我们杀了，哈哈哈！"

他越说越得意，发了一堆叉腰笑的表情，就等着微微夸了，不料微微只是感慨了一句："阴险太阴险！"

愚公委屈了，"是老三指使的啊，我们冤枉。"

啊！竟然是大神手笔！

微微立刻发了个握着小拳头的星星眼表情："大神好厉害！"

愚公、猴子酒他们当即躺下做死尸状了。

思绪从回忆中收回，此刻，听到奈何说由他先杀小雨妖妖，微微不由得担心。

"你杀她当然最好，这样解决速度最快，不过凭我对小雨家族的了解，说不定她们会在世界上说三道四哎。"

大神皱眉了："杀他们需要讨论吗？"

微微："……"

也对。

杀他们的确没必要讨论，微微甚至觉得，有了大神给她的那些装备，她单挑他们夫妻俩都有五分以上的把握。以前她和真水打平手是因为真水的装备比她好，现在她装备也上去了，然后真水还被大神砍了三级……

想到这里，微微脑中猛地闪过一个念头，不由得有点跃跃欲试："要不你压阵，我单挑吧！要是我不行了你再来。"

"……"

奈何貌似很无语地看了她一会儿，然后一个人抱着琴默默地坐角落去了。

微微的小宇宙于是熊熊地燃烧了！

然而三分钟后，她刚刚燃烧起来的火焰就被无情地浇灭了。

真水无香和小雨妖妖居然没打就跑了！三分钟备战时间一过，他们直接退出，眨眼人影就没了。

！！！

微微郁闷了。

她有那么可怕嘛，真是的……

带着满满的郁闷，微微拉着奈何奔赴第二场PK，结果这场的对手居然又是熟人。

战天下和蝶梦未醒。

Part 18　决赛

蝶梦率先向微微打招呼："微微。"

微微："蝶梦，你也来了？"

蝶梦："是啊，这么热闹的比赛当然要来。"

两人随意地聊了几句。微微虽然和战天下闹得不愉快，但是并不会因此对蝶梦产生芥蒂，蝶梦显然也是如此。

毕竟在比赛中，两人没聊太久，三分钟一过正式开始PK。

蝶梦不热衷PK，所以没上PK榜，但她以前的实力其实是在微微之上的，不过她有阵子没来了，微微的装备又赶上了她，所以两人现在的实力旗鼓相当。

因此，决定胜负的关键就在一笑奈何和战天下了。

也因此，这场PK的结果不言而喻。

PK结束后，蝶梦发来私聊消息："微微，一会儿找个地方聊聊吧。"

微微回了个点头的表情。

当天的几场积分赛全部结束后，微微和蝶梦找了个没人的地方聊天。

其实蝶梦找她也没什么事，就是邀请她重新入帮，微微摇头婉拒了，只说自己最近考试多，不想在游戏里耗费太多精力。

蝶梦没有勉强她。

蝶梦好久不来了，两人难免有些没话题，冷场了一会儿，微微想起了雷神妮妮说的八卦，犹豫着要不要提醒她一下。思忖半晌，虽然觉得人家夫妻的事情不好插手，但是让朋友蒙在鼓里更不好，于是含蓄地说："有个事情，我听说……"

她话才说了一半，蝶梦就明白了："你要说小雨青青吧？"

微微诧异："你知道了？"

蝶梦说："当然，你放心吧，我会收拾她的。"

她发了个微笑的表情："我和天下的关系不是她能破坏的，一直没告诉你，其实我们已经发展到现实中了，不然我怎么会把帮派交给他。"

现实中？

微微一阵愕然，却也明白她不好再说什么了，而且她一个没恋爱经验的人，的确也不知道该说什么好。

蝶梦这么自信满满的样子，想来是不会有什么问题的。

整个五月底和六月上旬，微微都在打打杀杀和ABCD中度过了。游戏里，她和奈何保持全胜战绩进入了本服决赛；现实里，此时的微微同学把试卷一抛，大大地感慨一声——

"没试卷做了，好寂寞啊！"

于是又被枕头砸了。

微微笑眯眯地抱着晓玲又大又软的枕头登录游戏，时间正正好，七点半，昨天大神说他今天七点半才会上线的。

上了线，奈何已经在了，因为马上到八点了，微微和奈何便没有去做任务，乘着白雕在游戏里乱晃。

今天，是本服夫妻PK大赛决赛的日子。

他们的对手是积分赛遇见过的蝶梦未醒和战天下。

快到八点的时候，两人乘着白雕飞回了长安，正要组队进入校场，却见系统滚动出一条公告。

『系统』：蝶梦未醒与战天下感情破裂，宣布离婚，从此男婚女嫁各不相干。

微微一呆，简直怀疑自己看错了，反复看了两遍确认无误后连忙发消息给蝶梦，可是消息却发不出去。

蝶梦设置了拒绝接收任何人的信息。

倒是雷神妮妮激动地发消息来："微微，怎么回事啊，怎么我一上线就看到战天下和蝶梦帮主离婚了！！！"

微微："我也不知道，消息也发不过去，她设置了拒收。"

雷神妮妮："我去问问帮里的人。"

隔了一会儿她气愤的消息传来："我就知道，是小雨青青那个J人！"

世界频道上此时已经因为这件事情议论开了。

今天这场决赛也算万众瞩目，现在决赛的一方闹出这种事，怎能不惹人议论纷纷。议论了一阵，便有知道内情的人出来遮遮掩掩地透露，说战天下和蝶梦离婚是因为小雨青青的关系，蝶梦似乎要赶小雨青青出帮，战天下不同意，因此闹起来。

内幕一出，议论愈加凶猛，很快就有人联想到小雨妖妖，有个女玩家说："小雨妖妖以前不也抢芦苇微微老公了嘛，晕哦，小雨家族怎么专干这种事。"

久违的小雨家族死对头适时地出现。

『世界』［小雨妖妖不要脸277］：小雨家族！第三者家族！专门抢人老公！小雨家族！第三者家族！专门抢人老公！小雨家族！第三者家族！专门抢人老公！

……

一片嘈杂。

没有比赛，奈何便有事先下了，微微没有像往常一样跟他一起下线，仍试着发消息给蝶梦，还是发不过去。很快地，蝶梦的名字变成了灰色，她下线了。

微微看着那灰色的名字，想起上次见面时蝶梦的自信满满，不觉也有些黯然。恰好耳边听到晓玲在叽叽喳喳地说网恋不可靠很脆弱什么的，不由得附和了一句："是啊，网恋太不可靠了。"

晓玲闻言，立马热泪盈眶地扑向她，"微微啊，你终于听进去了！"

她这几天把听人说的、网上看见的、报上登载的网恋被骗的事件说了N个了，就是为了给微微提个醒，别给网上的坏男人骗了，结果前几天她一点反应都没。但是功夫不负有心人，今天她终于听进去了！

晓玲都被自己感动了，她多好一舍友啊，简直太难得了，举世无双！谁知马上就听微微奇怪地问她："什么听进去了？"

晓玲倒了，搞什么，还是没效果。她决定不走迂回路线了，来直接的，"我说网恋啊。"

"网恋？"

晓玲点点头，直视微微。

微微也看着她，两人互看了一阵，微微把手中抱着的大枕头塞她怀里，"还你枕头。"

然后就在晓玲的哭笑不得中关电脑爬上了床。

微微抱着自己的枕头躺在床上，眼睛看着天花板。

网恋啊……

嗯，网恋很不好！

可是关她什么事呢。

睡觉睡觉！

由于蝶梦和战天下离婚，微微和奈何不战而胜，进入了全服淘汰赛。

全服淘汰赛的对手都是各个服务器的第一名，实力比微微他们之前遇到的对手更胜一筹，不过微微和奈何的实力也摆在那，职业又搭，合作又默契，一路有惊无险地进入了全服总决赛。

总决赛的前一天，奈何下线前说："明晚有个餐会，可能会晚点来。"

微微点头："嗯（太阳笑脸表情），那我也晚点来。"

这段时间微微都习惯啦，每天下线前问好大神隔天上线的时间，然后第二天就在那个时间上线，不然她上线了大神却不在，会很无聊。

奈何："最迟七点半。"

微微："好。"

然而第二天晚上七点半，奈何却没有出现。

Part 19　了悟

微微开始并没有在意,虽然大神以前从来没迟到过,但是偶尔迟个几分钟也很正常。然而时间一分分过去,转眼七点四十五了,微微开始着急了,明知奈何不在线,也忍不住发了一条信息过去——

"在不在?"

自然没有回音。

隔了两分钟,又发了一条。再后来,微微消息也不发了,只是一遍遍地刷新着奈何的名字,而系统也一遍遍地提醒她——该玩家不在线,您无法更新他的信息。

愚公、猴子酒他们的名字也暗着。

不在线。

七点五十。

微微一个人出现在入场NPC(非玩家角色)面前,头顶着组队标志,队伍里却只有她一个人。

NPC周围已经聚集了不少人,淘汰赛和决赛开放观战,这些人都是打算买票看比赛的,此刻看见芦苇微微独自站在这里,不由得奇怪,当着微微的面便讨论起来。

『当前』〔虫子啃莴苣〕:怎么只有芦苇微微一个人,一笑奈何呢?

『当前』〔弦鱼仔〕:不会迟到了吧。

『当前』［963］：这么重要的比赛怎么也迟到。

『当前』［不穿裤裤好凉爽］：还有十分钟，着什么急啊，顶尖高手都是最后出场的。

七点五十五。

微微对一切讨论视而不见，静静地给奈何留言："我在入场 NPC 面前等你，你直接过来就好。"

旁观者的讨论持续中。

『当前』［丁丁淘］：没几分钟了哎，怎么还不来？

『当前』［火箭龟 1.0］：不会不来了吧？

『当前』［白痴娃娃］：我靠，难道事件重演，这对也要离婚了？

『当前』［daydreamer］：不像啊，离婚芦苇微微干吗还站在这。

『当前』［霹雳叫哇］：我说，芦苇微微不会又被抛弃了吧！

八点。

好友发来的询问越来越多，微微一一点开关掉，最后，轻轻点击鼠标，关掉奈何的窗口。

人群渐渐散去。

『当前』［①辈子光棍］：散了散了，老子郁了。

『当前』［☆凝澈☆］：还以为今天能看一场精彩的 PK 呢，幸好没买票。

『当前』［狗尾巴草］：占着茅坑不拉屎，不比赛不会早点退出啊，白白把冠军让给别的服，鄙视。

『当前』［jager］：话不是这么说的，不是芦苇微微和一笑奈何，我们服不一定能进入总决赛吧。

『当前』［罗曼蒂克］：等等看，还有备战的三分钟，三分钟内入场还是可以比赛的。

『当前』［七月］：估计不会来了，唉，我觉得芦苇挺可怜的。

『当前』［小雨绵绵］：是很可怜，hoho。

八点零二分。

微微点击入场NPC，想独自进入校场，NPC提示：您必须和您的夫君一起进入校场。

八点零三分。

系统发出公告，宣布由于一笑奈何与芦苇微微弃权，此次夫妻PK大赛的冠军由另外一个服务器的一对夫妻夺得。

八点零三分。

微微退出了游戏。

"我觉得微微这两天不太对劲。"

夜晚的宿舍里，晓玲瞅着戴着耳机趴在床上对着电脑不知道在干吗的微微，若有所思地说。

"正常，要考试了嘛，她每学期考试前都变怪兽的。"二喜一边搭话，一边头也不抬地笔下唰唰唰。

"她竟然没玩游戏哎。"

"正常，现在玩游戏就拿不到奖学金，拿不到奖学金下学期她就没钱玩游戏了。"二喜继续唰唰唰，笔不停，口也不停，"我说你怎么还有闲心关心微微啊，前天还一副眼泪汪汪的样子，大钟怎么样了？"

"没事了，他活该，人家大四的师兄毕业聚餐，他也厚着脸皮跟着去，好了吧，出事了吧。"

晓玲说到这个就来气,便把微微放一边,转而数落起自己的男友来。

沉浸在自己世界里的微微自然不知道她已经被舍友们讨论过一番了,此时的她正在看女贼抢亲的视频。这两天没有上游戏,除了念书就是一遍又一遍地看视频,有时候明明不想点的,可是单词背着背着,就会忍不住点开来看。心口始终有股闷闷的情绪挥之不去,好像只有看着这个视频,才能稍稍平静一些。

或者说,只有看到那个身影。

一笑奈何。

一笑奈何。

心里默默地念着这个名字,微微出神地看着屏幕。

屏幕上,白衣琴师正落寞地站在落霞峰,平淡却压抑的配乐中,他的背影显得孤独而萧索,微微看着看着,莫名地就联想到那天独自站在NPC面前的自己,连同那时候的心情。

那时的心情,应该是心慌吧。

不是被爽约的愤怒,不是不能比赛的遗憾,而是一种茫然焦急的慌张,最后那几分钟里,她只是不停地想着——

奈何怎么还不来?

会不会,以后他都不来了?

网游里太多太多的不告而别,难道奈何也会以这样的方式消失?

而这几天,她控制不住地一再看视频的时候,脑子里竟然也在想——会不会,这个视频就是以后漫长的日子里,她和奈何相识一场的唯一证据……

唉!

微微无力地趴在床上,对自己无奈了。

她究竟是怎么了才会产生这些莫名其妙乱七八糟没有逻辑的联想?奈何

也许只是有事没来而已,她为什么要想得这么严重呢。而且,奈何到底有没有消失只要现在去游戏里看一看就行了啊,她为什么就是不上去呢?

杂乱情绪翻腾间,女贼的故事再一次到了尾声,哀哀的乐声中,白衣琴师和红衣女侠定格苍白。

微微抹抹眼眶,很好很强大,她居然又看视频看得眼泪盈眶了,老实说这个视频第一次看的时候是很感人,但是后来看多了,早就麻木了。

现在居然又……

怔怔地看着画面上那一身潇洒的白衣琴师,微微心中慢慢地、默默地却无比清晰地滑过一丝了悟……

然后,"啪"的一声,微微合上了电脑,扔掉耳机,把自己的脑袋塞到了枕头底下。

完了完了,她居然多愁善感了。

完了……

她似乎,喜欢上一个人了。

Part 20　我知道

微微长到二十岁，第一次发现自己原来是外星人。

还是乌龟星的。

所谓乌龟星人，就是一遇到刺激就缩回去，具体表现为，又是两天过去了，她居然还是没上游戏！！！

……………

她一定是被别扭星人占领了！

唉……

照理说，她都已经明白自己的想法了，接下来就应该冲上游戏明抢暗偷连哄带骗把大神搞定才对嘛，反正她没婚，大神也没嫁，什么顾虑都没有。（大神单身微微是早就知道的，一来因为他被愚公他们戏称为万年光棍；二来嘛，结婚前微微就直接问过他。那时候问这个问题当然没什么企图，只是微微从小道德感比较高，即使是大家认为无所谓的游戏里，也不想和有女友或者已婚的人有什么牵扯。）

可是，她就是磨蹭着没上线，还净做一些古怪的事情，比如说，翻来覆去地听视频里大神说的那句话……

微微自己都被自己古怪的行为惊到了，还好她想得开，很快为自己找到理由——第一次恋爱嘛，做点奇怪的事情是正常的，不做奇怪的事情才是不正常。

于是，她就继续古怪着，每天早晨起床发誓，今天一定要上线，然后晚上睡觉前再自我开解，明天再上线好了……

如此反复了两天，终于她自己也受不了了，下定了决心！

周六！

周六考完六级，一定立刻马上即刻上线！

微微的打算是很好啦，不过如果事事皆如预料，那还叫什么人生。周五下午，一通意外的电话把微微从壳里敲了出来。

电话打到宿舍，先是晓玲接的，转到微微手里后，对方公式化地询问："请问是贝微微小姐吗？"

"是的，您是？"

"贝小姐您好，这里是风腾集团《梦游江湖》运营部……"

接下来，微微被人生中第一块馅饼砸得眼冒金光。

对方居然说，公司高层无意中看到了她发表的视频，觉得制作精良情节感人，想把它作为官方宣传视频。另外，还想在新开发的游戏中增加新抢亲玩法，因此想跟她买下这个视频的版权。

微微握着电话，一边惊讶兴奋，一边理智地判断真假。应该是真的吧，拿这个骗人又没有什么好处，游戏公司会知道她的联系方式也不奇怪，当初为了避免被盗号，她填写的注册资料都是真实的。

等对方把来意说完，微微压抑着兴奋的心情，声音平缓地说："我可以迟些给你答复吗？这个视频不是我一个人做的，我要问下我朋友的意见。"

挂了电话，微微怀揣着激动飞快地上网，一登录，好友栏就狂跳。点点点，一封封点开，都是她没来这几天朋友们的询问，连点了十几个消息后，微微顿住了手。

最后一个消息，是奈何的。

发送时间是刚刚，几乎是她上线的同时，信上只寥寥几个字。

"微微，到我这来。"

只要点击夫妻技能"生死相随"就能瞬间传送到对方身边,可是微微看着信息,却迟迟没有动,兴奋的心情有所冷却,微微忽然就觉得紧张。

这时又是"叮"的一声,新的信息又来了,微微愈加紧张地点开,看到发信人,暗暗地松了一口气,不是奈何,是愚公。

愚公:"三嫂啊,我对不起你,你打死我吧!"

他的信息好回复多了,微微立刻回他:"怎么了?"

愚公发了个痛哭的表情:"那天聚餐回来我开车的,结果车祸了啊!"

微微猛地心里一紧,车祸!心如擂鼓般猛跳了几下,脸色"唰"地白了。好几秒才反应过来,他们现在都有心情上网,应该是没什么事的。饶是如此,微微还是心跳加快,好半晌才回信息:"你们没事吧?"

"没事,撞树上了,老三坐副座最严重了,也就晕了几个钟头,半夜就醒了。"

微微愤怒地回了他几个感叹号:"!!!!!!"

什么叫就晕了几个钟头啊,愚公这头猪!

这下她什么犹豫都没了,瞬间就使用技能传送到了奈何身边。

奈何正独自站在落霞峰。

微微无心看那落日和白衣琴师是如何的人景合一,急急地打出一行字来:"你怎么还玩游戏啊,怎么不好好休息。"

奈何似乎怔了一下,一会儿才回话:"已经没事了。"

"……那也不能玩游戏啊,很耗神的。"

"没有玩,只是顺便开着。"

顺便开着……

那怎么她一上线他就发消息过来呢?微微想反驳他,但是不知为什么,却没有说出来,只是问道:"你现在还晕不晕?"

"不了。"奈何说,"抱歉,那天我失约了。"

"那是小事啦。"

跟车祸比起来根本不值一提好不好。

提到PK大赛的事情,微微忽然想起来,自己好几天没上线,奈何会不会误会她生气了啊,呃,她绝对没有生气啊,但是不上线的理由……

微微有点心虚地欲盖弥彰:"我马上要考试了,所以这几天没上线。"

奈何稍稍沉默了一下,说:"我知道。"

电脑前微微的脸瞬间红了起来。

你知道?

你才不知道呢!

微微默默地想着,看着白衣琴师的身影,心中一时微甜一时微酸,一会儿又觉得,奈何那短短三个字似乎蕴含着无限的意义……一时间,她心中盈满了种种情绪,竟然还夹杂着一丝重逢的喜悦和失而复得的欢喜。

勉强按捺住荡漾的心情,微微总算记起自己是为什么上线的了,赶紧把风腾集团找她买版权的事情说出来,奈何静静地听着,等她说完,才道:"这件事有点复杂。"

"啊,会吗?"复杂?微微有点蒙。

"会。"简洁有力的答案,然后奈何轻描淡写地说,"我们见面谈吧。"

Part 21　我在等你

晓玲觉得人生真是处处充满惊奇。

比如说现在，六级考试前一天的晚上，她居然被微微拉着去买衣服。

好吧，虽然是她先说，考试前放松放松不看书了，可是微微也不用反应这么快，立马两眼放光地拉着她直奔学校周边的服饰店吧……

二喜和丝丝也觉得很惊奇。

吃完晚饭回宿舍，晓玲和微微都不在，书本却都在桌子上，显然不是去上自习了。二喜一时无聊，发短信问晓玲在哪。

很快晓玲短信回来——在陪微微买衣服。

二喜被强烈地雷到了，问明是哪个店，拉着丝丝就跑过去参观。跑到那个店，推开门，恰好看见微微从试衣间里走出来。

二喜和丝丝一下子愣在了门边。

从来没见过这样光彩夺目的微微。

一向扎起来的长发散开，发梢自然地微卷，落在白皙的肩膀上。身穿一袭绯红色及膝长裙，漂亮的V领设计露出精巧的锁骨。裙子的料子很薄，紧紧地贴在肌肤上沿着身体的曲线滑下来，勾勒得纤腰一握撩人之至。稍一移动，裙摆泛起波浪，裙下白皙匀称的长腿耀目生辉，直令人移不开目光，脚上踩着细高跟水晶凉鞋，衬得脚踝盈盈可爱。整个人说不出的艳光四射，容色摄人，这小小店内一时竟为之一亮。

店里片刻很无声很无声，晓玲呆了一会儿才看到二喜和丝丝，马上炫耀说："怎么样，我帮微微配的，很有眼光吧。"

有眼光绝对有眼光，二喜正要夸奖，就见镜子前的微微回头郁闷地抱怨："晓玲，你就不能帮我挑件良家妇女点的吗？"

晓玲："……"

二喜："……"

丝丝："……"

店员默默地吐血，这裙子哪里不良家妇女了！你自己身材太火撑得太曲线关我家纯洁的裙子什么事啊！！！

一阵沉寂后，晓玲很无语地转身继续挑衣服，二喜走进店里问微微："怎么想起买衣服啊？"

微微："因为我发现我去年买的衣服居然起球了！"

二喜默，这我早跟你说了吧，可你前几天不还穿得很欢快吗？

丝丝说："那你也不用现在出来买衣服吧，明天考试哎。"

"呃……"微微词穷，跟奈何见面的事她现在还不想跟人说啊，于是含糊道，"那个……明天晚上我有面试！"

这可不算骗人，明天的面试啊，那可是攸关一生的面试！

二喜听了惊诧了："你要暑假打工？哪个地方这么变态把面试日期定在周六晚上啊，明天考完试都五点二十了。"

微微窘。

那个"变态"……好像是她来着……

下午奈何提出见面的时候，微微的心情……怎么说呢，就好像刚刚才发觉自己肚子饿，天上就"啪啦啦"掉下一堆鸡腿。

惊吓有之。

惊喜有之。

不知所措有之。

紧张忐忑有之。

甚至还胡思乱想，奈何约她见面真的只是为视频的事么，会不会，这只是借口？但是这个念头太自恋了点，微微"pia"地一下把它拍回脑海深处了。

万般思绪一起涌上心头的后果就是微微当时有点死机，回答奈何的时候已经过了半分钟了，而且只简单回了个"好"字。

奈何似乎并未在意她的迟缓，得到肯定答复后很直接地发来他的联系方式。

"我的手机，13××××××××。"

微微看着那行数字，心剧烈地跳起来，竟然比刚刚奈何提出见面的时候还要激动几分。

奈何的手机啊。

终于，终于，现实中也有牵扯了呢。

微微赶紧拿笔记下了号码，写完想起自己似乎也应该报上手机号，可是，她现在没手机啊！

她的手机去年就被偷了，然后微微发现没手机的日子实在太清净太舒服了，就一直没再买。其实学生能有多少事非用手机不可呢，宿舍里有同班同学，什么事情都能通知到。

但是现在，如果不给手机的话，奈何会不会以为她没诚意啊，微微迟疑地打字："我的手机被偷了还没买……"

为了表示自己绝对很有诚意见面，微微主动问："我们在哪里见？我在A大，北四环外，你也在B市吧。"

虽然从没问过彼此的详细信息，但是言谈之中总有蛛丝马迹，奈何肯定也是猜到她在B市才会约她见面的吧。

"嗯，我在。"奈何淡淡应道，"我去A大接你，你什么时候有空？"

微微被这个"接"字震住了,脑子昏昏的有啥说啥:"我明天考完试,五点半以后就有空了。"

"六点我在 A 大东门等你?"

"五点半吧。"省得还要多等半个小时,话说奈何似乎对 A 大很熟啊,脑子里模糊地掠过这个念头,微微没怎么思考就把五点半这几个字打了出去,然后就愣了,她、她、她是不是表现得太急切了啊,泪。

越想越不好意思,快速地敲定时间地点后,微微扔下一句"明天到时候我打你手机,有事我先下了"就匆匆跑了,然后就坐着对电脑发呆,一会儿又蹲着对衣柜发呆……

"良家妇女型的,去试试。"

见微微傻傻地又陷入沉思,晓玲没好气地把手里的衣服扔给她。真是的,自己发呆让她动脑子,还敢挑三拣四,哼!

微微窘窘地抱着衣服走进试衣间,一会穿好出来,晓玲看着暗暗点头。

这次不是连衣裙了,白色褶皱收腰的中袖上衣,配上湖蓝色淡雅印花短裙。做工和剪裁都很普通的两件小衣服,穿在微微身上却有精致的感觉,而且蓝白这样清爽的天空色,也的确收敛了几分微微骨子里的艳色。

用二喜的话来说,就是成功地伪装成良家妇女了啦。

微微自己也比较满意,虽然不太习惯膝上几公分的短裙,但是穿上去就没有再扭捏,落落大方地站在镜子前。

<u>丝丝</u>看着镜子里的微微,打趣地说:"微微,要不要这么隆重啊,不就是个面试嘛,你不是一向号称靠内涵的吗?"

微微深沉地叹气:"第一次见面,内涵就是那浮云,这种重量级武器,比较适合留着当杀手锏啦。"

二喜:"……你强!"

一边跟舍友瞎扯,一边从头到脚打量着镜子里的自己,微微总觉得哪里不对，想了一会儿，"哎，鞋子。"

脚上的鞋子还是之前那双水晶细跟凉鞋，也是晓玲帮忙挑的。

晓玲说："这双鞋很漂亮啊，穿短裙就要穿这种凉鞋才好看。"

微微摇头："太高了。"

她本身身高就一米六九了，这双鞋子的后跟有六七厘米，这样加起来她就有一米七五左右了吧……

万一奈何……没这么高怎么办……

这次没再劳烦晓玲，微微自己选了双白色的微跟凉鞋换上，得到舍友们的一致认可后，微微开始和店员砍价。

在她身后，二喜悄声说："这件上衣，很保守啊……"

领子那两排竖着的小扣子扣得紧紧的，什么都不露。

晓玲点头："很清爽干净，蛮适合微微的，面试的话，学生气点也好。"

二喜不作声了，心里呐喊着，难道就我一个人觉得这上衣扣那么紧更诱惑吗？什么叫禁欲的美感？这就是啊这就是啊！

二喜默默地泪了。

最终，微微以二百块的价格买下了这三件东西，第二天直接穿着去考试了，因为约在五点半，考完没有时间回宿舍换装。

结果……

震翻了考场一堆人。

其实微微这一身装束很普通了，但是微微平时很少穿裙子啊。倒不是排斥裙子什么的，只是上课的地方离宿舍远，穿裙子不方便骑自行车。

所以今天不过稍稍换下装，就惊落眼球无数。微微一向被人看惯了的，今天都觉得有点不自在起来，幸好考试很快开始了，让她从这种窘状中解脱了出来。

六级考试异常地顺利，中间有一篇阅读居然和微微近期在英文报纸上看过的文章大同小异，这给微微省下了不少时间，做完卷子再选择性地检查完毕，才五点十分不到。

于是微微便望着答题卡神游，原本因为考试而沉静下来的心渐渐不安分起来，磨蹭了几分钟，微微果断地站起身，提前交了卷。

从考场出来，微微深深地呼了一口气。

时间越来越近了，马上就五点半了，奈何应该已经在来Ａ大的路上了吧，他现在……也会像她这样紧张吗？

走在行人稀少的校园大道上，微微一会儿脚步轻快，一会儿步伐迟缓，就如同她的心情，一会儿雀跃，一会儿又忐忑。手里紧紧握着的是记录着奈何手机号码的纸片，其实号码她都已经背下来啦，可是就怕记忆出错，一会儿找不到奈何。

微微的考场离东门比较近，走了大约十分钟，东门就隐隐在望了。明知奈何多半还没到，微微还是老远地就眺望起来。

考试还没结束，东门附近的人不多，只寥寥几个人进出，微微没看到任何形似奈何的人，却一眼看到了传说中的人物。

肖奈？

那个站在门外柳树下的人是肖奈吗？

微微忍不住多看了两眼。

东门外的柳树长得正好，枝条绿绿地低垂，柔柔地拂动着，夕阳斜照，那人穿着简单的白衬衫姿态沉静地站在树下，远远地，微微只能看清他如墨染的发。

但是，真的是肖奈。

他怎么会出现在这里？

看样子他也在等人？谁这么有面子，居然让肖奈大神这么等。

脑中这样想着，微微自动自发地走向大门的另一边，她可没勇气和肖奈站在一块。然后走了几步她才发现东门外的另一边居然停了一辆大旅行车。

呃……

没办法，只好仍然向肖奈所在的方向走去，而就在这时，肖奈竟若有所察般地抬眸向她看来。

微微的脚步一顿，视线不经意地对上他清湛的眼神。

微微不记得是谁说过这么一句话——肖奈站在何处，何处便霎时成为风景，非关外貌，气质使然尔。

此刻便是这样，肖奈不过是静静地站在那，那一片的气场都不一样了，仿佛带着一种与世隔绝的清雅悠远。

朦胧中，微微觉得这一幕似曾相识。

微风轻拂的柳树。

青竹般秀逸潇洒的男子。

沉静地等待的姿态。

在哪里见过呢？微微模糊地想着，不自在地移开了视线，低头走路，可是总觉得……

忍不住又抬头。

于是，再度对上肖奈的目光。

他仍然静静地注视着她，目光清湛而专注，这几乎给了微微一种错觉——他在等她走近。

但是怎么可能呢？微微可不敢如斯自恋。

可是他干吗一直看着她？难道肖大神见过她？知道她也是计算机系的？所以朝她多看了两眼？

嗯，这个想法比较合理，那……要不要跟他打个招呼啊，毕竟是同一个系的师兄来着。

可是……会不会被当成搭讪？

微微的脚步不由自主地慢了下来，可是慢慢地、慢慢地，还是走近了……

到底没有抵抗住这样长时间注视的压力，做好被反问"你是谁"的准备，微微停下了脚步，鼓起勇气打招呼："肖师兄，好巧。"

一秒。

两秒。

三秒。

……

没有回应。

微微微窘地低下了头，心里尴尬极了，心想自己怎么这么沉不住气，直接走过去就好了嘛，打什么招呼啊，现在被冷冻了吧。

要不，悄悄飘走？

胡思乱想着，微微忍不住抬头看向他，却看到肖奈稍稍地弯起了嘴角，注视着她的黑眸中竟似蕴藏了一点点笑意。

然后微微便听到了他的声音。

"不巧。"略嫌清冷的声音在她耳边徐徐道，"我在等你。"

Part 22　是他

考试已经结束，校门口的人渐渐多了起来，几乎人人走过这对外表出色的男女时都会下意识地慢下脚步，看上两眼。然而微微却对这些目光浑然不觉，因为在肖奈出声的一刹那，她已经穿越到了外太空。

我在等你……
我在等你……
我在等你……
……
这个声音……
这个声音……
这个声音……

微微迷惑地仰望着眼前的人，他的眼眸里有着夕阳的碎影，于是显得有些不真实的柔和，他的姿态宁静而耐心……

微微动了动唇，没有声音，深呼吸一下，按捺住内心的混乱，开口，仍然带着十二分的不敢相信："……奈何？"

对面的人望着她，不容置疑地答："是我。"

一瞬间，微微脑中只有一个念头——幸好，幸好没买那双细高跟凉鞋，否则她现在肯定已经震惊得把那鞋跟都踩断了吧。

奈何肖奈奈何肖奈奈何肖奈……这两个名字在她脑海里不停地旋转着，可是就是无法重合在一起。奈何怎么会是肖奈呢？怎么会呢怎么会呢……虽然也觉得奈何很大神，可是从来没想过他会这么神啊。

而且，他又是怎么认出她的？

太多惊讶，太多问题，微微反而一个问题都问不出来，甚至连眼前的人都觉得不真实起来。手里握着的小纸片几乎快被捏碎，她现在最想做的事情是冲到电话亭去拨那个手机号，看看肖奈的手机会不会响起来……

而这时，她也终于后知后觉地察觉到了周围那些越来越明显的目光。

肖奈却对旁观者的注视视若无睹，他抬腕看了下时间，"你提前交卷了？"

微微迟缓地，点了下头。

"差一点又让你等。"

哎？

微微有些不明所以地看着他凝视着她的眸，半响才明白他是指决赛失约的事。

他真的是奈何……

微微有些失神起来，摇头说："没有……"

可是自己也不知道自己在说没有什么……

肖奈深深地望了她一眼，唇畔浮现浅浅的一丝笑，说："走吧，先去吃饭。"

他举步向学校里走去，微微迟疑了一下跟上，无论如何，总比站在这给人看好。可是走了几步，微微又忍不住回头看向东门。

一会儿……那边会不会有另一个奈何出现呢？

虽然事实已经很明显，肖奈便是奈何，可是，可是，总觉得是那么的不真实……

她这样一回头，步子便缓下了，再回头的时候，肖奈已经停下脚步在前面等她。微微不好意思地赶紧快步跟上,肖奈等她走近,很认真地问:"微微,你吃不吃鱼?"

好吧,微微被肖奈如此自然的一声"微微"给震慑了。

有此一问,微微基本上以为肖奈会带她去校内的某鱼馆,然而事实上却是,肖奈带着她七拐八弯地走到了附近教工住宅区里一个老旧的小店里。

然后刚刚坐下一会儿,就有一个满脸笑容的阿姨把一大盆鱼汤放到了他们桌上,肖奈做了几个手势,那位阿姨笑眯眯地走了。

微微望着眼前巨大的一盆鱼头汤发呆。

肖奈姿态从容地拿起勺子盛汤,"江阿姨不会说话,不过做的菜味道很好,我父母不善下厨,我从小不是吃食堂就是在这里。"

咦,大神的童年?微微被震麻的心因为八卦稍稍复苏了一点点。肖奈瞥见她亮亮的眼睛,心中一笑,问:"还要吃点什么?"

微微摇了摇头,这么一大盆汤能吃完就很不容易了,鼻子闻到一股药味,微微问:"汤里面有中药吗?"

"嗯。"肖奈面无表情地说,"上次车祸,我父亲在这里订了半个月的川芎天麻炖鱼头,给我补脑。"

"……"

为啥她忽然想笑呢?尤其是看到大神的表情……

微微觉得自己实在是太不厚道了,使劲憋住,努力找别的话题:"肖教授吗?我选修过肖教授的课。"

肖奈抬眸望了她一眼,继续面无表情状地问:"有没有睡着?"

微微窘。大神同学,虽然肖教授的课的确,呃,学术了一点儿,可是他好歹是你爹,你不要这么直接吧?

"……其实肖教授讲过一些他们考古的经历,还是蛮有趣的。"微微不是很有说服力地试图为肖教授挽回点面子。

肖奈递汤给她,"我也选了他的课,去过一两节。"

言下之意就是你不用勉强为他说好话了。

微微于是默默地低头喝汤，肖教授我尽了师生情谊了啊，奈何你儿子太不给面子……不过话说回来，大神选他爹的课，难道也是因为肖教授的课最好混学分吗……

微微自己也没察觉，寥寥数语间，她已经放松了不少。

戳着鱼骨头，微微发现肖奈居然把整个鱼头都盛给了她……大神不会是自己吃厌了所以扔给她吃吧……

脑中闪过这样的想法，但是奈何加肖奈金光闪闪的双重大神身份立刻让微微把这个想法扼杀在了萌芽状态。

大神TWO怎么会做这么阴险的事呢，不会不会绝对不会！

浪费粮食是不道德的，于是微微努力地开始吃鱼头，江阿姨又端上来几个小菜，盛了满满的一碗饭送到微微面前，微微嘴里含着鱼，不好说话，于是便学着肖奈，生硬地比了一个谢谢的手势。

江阿姨笑眯眯地回了个微微不懂的手势走了，微微一转头，便看到对面的肖奈正望她，俊眉朗朗，目光灼灼。

微微讷讷地放下手，忽然觉得自己这么做挺傻的，然而久违的心跳君却凑热闹似的蹦了出来，"怦怦"地在她胸腔里猛跳了两下，嚣张地宣告了它的回归。

……

微微默默地吃着鱼头，心想我要不要说话呢，悄悄抬眸望了一眼对面的人，他也正喝着汤，姿态优雅而悦目，静静地不发出一点声音。他一旦沉静下来，便是一副与生俱来的清傲模样，即使身处这样陈旧的小饭馆，也气质清华得令人见之忘俗。

这时的肖奈，又和网上的奈何不太像了，好像更有距离感了些……可是心跳君却同样欢快地在她心里蹦跶着。

还是算了吧，听说肖奈的爹妈都出身书香名门来着，说不定有什么吃饭不能说话的规矩……而且以她现在的状况,搞不好多说多错,她还是保存实力留待将来。嗯嗯,没错,安全第一,她还是吃鱼吧……

吃鱼吃鱼……

于是,饭桌上一时安静了下来,可是此时的这种安静却和刚刚路上的安静不同,似乎连空气都弥漫着异样的气氛。

还是熟悉的铃声打破了这样的安静。

铃声刚刚响起的时候微微就觉得耳熟,马上意识到,居然是女贼抢亲视频开头的那段笛子。

然后便见肖奈拿出了手机。

微微怔怔地看着他手中银白色的手机,居然,大神的铃声是这个?

难道,难道大神很怀念被抢的日子么……

微微窘窘地乱想着。肖奈已经接通了电话,粗犷的男声顿时从电话那边传来,声音大得连微微都依稀可闻。

"老三,你哪呢?今天告别赛还来不来。"

肖奈转首看向墙上的时钟:"不是说七点?时间还早。"

"早点来热热身啊,你今天不是没事了嘛,过来吧,大家都等你。"

"有事。"

"啊?什么事,活不是告一段落了,你干吗呢现在?"

肖奈很平淡地说:"约会。"

手机那边一片沉寂,微微拿着筷子,觉得,觉得……她什么感觉都没了……

一会儿手机那边似乎换了个人,声音有点尖,喊得比刚刚那人还大:"老三,你在约会?带她来带她来带她来。"

肖奈十分镇定地说:"我问问她愿不愿意。"

他看向微微:"我们系大四的篮球告别赛,去不去看?"

被"约会"两字震得魂飞天外的微微无意识地点了点头,肖奈便十分平静地对手机那边说:"一会儿我带她过去。"

说完不待那边反应,他直接挂了电话。

然后……然后……当然是继续吃饭……淡定地……吃饭……

结账。

魂飞天外的微微想,真便宜,这么多菜才五十多,又好吃,以前怎么没听说这么一个店呢。

走出小店,肖奈说在这里等他,他回家拿车。

魂飞天外的微微想,哎,大神家就在附近吗?

远远地,肖奈骑着自行车过来。

魂飞天外的微微想,原来大神不只骑白马帅,连骑自行车都帅啊!

肖奈单脚停车,说:"上车。"

魂飞天外的微微想,咦,大神在邀她共骑?

共骑?!

这两个字"pia"地一下把微微拍回了现实,瞬间她七魂六魄全回来了。

看看自行车,看看大神,微微美女结巴了:"这个,这个,我……"

肖奈略略蹙眉。

微微定了定神,"……你带我?"

"嗯,这么远的路难道走去?"

篮球馆这么远走去当然很可怕,可是,可是,更可怕的是你带我啊!

微微悲愤了!

以师兄您大大的知名度,再加上她小小的知名度,这样沿着校园中轴线一骑,估计马上就有粉色流言出现了吧!虽然他们似乎、依稀、仿佛、的确有在朝着粉色迈进的嫌疑,但是现在、目前、眼下绝对纯白得比绵羊还白啊……

"这样,这样不合适吧,别人看到会误会的。"微微努力地婉拒,耳朵都有点红了起来。

"误会?"

难道他没明白?微微只好硬着头皮说清楚,"误会我们是呃,是那种关系……"

肖奈静静望着她,半晌不语,微微莫名地就觉得紧张……她没说错话吧?

就在她越来越觉得紧张的时候,终于,肖奈缓缓地开口了:"我们什么时候不是那种关系了?"

Part 23　最不可能情侣

　　落日的余晖脉脉地照在他身上，为他镀上了一层虚幻的光影，微微望着他如墨染的眉，已经完全傻住了。过了很久，才有情绪从心底生出来，那复杂而极端的情绪，一种名曰心跳欲死，一种名曰悲愤欲绝。

　　他们，他们什么时候是那种关系了啊！虽然她也很想成为那种关系，但是绝对不是这样成为那种关系啊……

　　可是话说回来，当初她就是打着搞定大神的主意来的，现在升级版大神这样放话，她不接受岂不是很吃亏？

　　接受很吃亏，不接受也很吃亏，这到底是怎么回事……

　　微微的逻辑开始混乱了，眼看大脑程序就要陷入死循环，微微连忙对自己喊了声——

　　停！

　　不要想了！

　　不要跟着大神的话走，那是没活路的，就当没听到就当没听到，把它当病毒隔离……

　　努力地催眠着自己，忽略快要烧起来的耳朵，微微故作镇定地迎向肖奈的视线："既然时间快来不及了，还是骑车吧……"

　　这不是妥协，而是她忽然意识到——走着去，绝对比骑车更惹人注目啊，起码时间更长，遇见的人更多。还不如骑自行车呢，自行车速度快，说不定在别人都没看清她样子的时候呼溜一下就过去了。

真是的，既然有比赛干吗要约今天呢，明天也行啊，而且最初他还说六点，七点就球赛，约六点，难道他们直接去球场约会吗？

不对不对，不是约会，是见面是见面……

逆着光，肖奈定定地看着她。她的防守实在薄弱，是进攻还是收手，是一鼓作气还是徐徐图之？

他的计算速度向来飞快，瞬间已有决断，平缓着语气叫她的名字："微微。"

"嗯？"

"其实我车技还不错。"

啊？微微不解地看着他。

"所以，你的表情不用这么的……"肖奈慢慢地说，"视死如归。"

微微："……"

原来，她的表情已经这么悲壮了么……

带着"不就是游街嘛"的健康心态，微微坐上了车。然而就在坐上车的一瞬，还没体会到什么特别的心情，微微就后悔了，因为她这时才想起来，她今天穿的是短裙……

本来膝上几公分的裙子，坐上车后，直接变成了膝上十几公分，虽然不至于走光，却绝对地引人注目，自行车才行驶了几分钟，竟已惹来不少异样的目光。

微微快要跳下车泪奔了，腿下意识地往里面缩缩，可是完全没有用，带的包包太小，根本遮不住什么……都怪大神刚刚太震撼，害她连这个都没想到。

又有两个男生边骑车边回头地过去。

肖奈猛地刹住了车。

微微愣了一下跳下来，肖奈冷着表情说："我去买点东西。"

微微望着他挺拔的背影走向路边的小店，一会儿提着一大袋东西回来，递给她。

"什么？"

"饮料，今天的菜太咸，一会儿你会渴。"

菜不咸啊，而且就算咸也不用买这么多吧，除了饮料之外还有零食，微微抱着那一大袋东西有点疑惑，不过重新坐上车后，微微就发现这袋东西的好处了，嘿嘿嘿，正好拿来遮腿。

少了异样的目光，微微终于从尴尬中解脱了出来。不用直接对着肖奈，微微也今天以来第一次有了时间自己静下来好好想一想。

但是其实也没有什么好想的。

夏日傍晚的清风徐徐吹来，自行车穿过夕阳投下的光影，穿过一棵棵茂盛的绿树，行驶在宽敞的校园大道上……

一切都那么美好。

微微想，我要勇敢点。

肖奈，肖奈又怎么了？以后他才是肖奈，现在他对她来说，更多的是奈何，只是奈何，而她，喜欢他。

前方不远处是一处向上的斜坡，微微抿了抿嘴，抬起手，轻轻地、牢牢地抓住了前面人的衣服。

车速忽然慢了一下。

微微的嘴角悄悄地扬起了一点点，另一只手紧紧地抱住了那一大包零食。

当然，勇敢这个事情也要分时间和地点的，现在微微的勇敢绝对不包括在众目睽睽之下和肖奈一起走进篮球馆。

于是，到了篮球馆外，趁着肖奈锁车，微微扔下一句"我找舍友一起看球晚上网上再联络"，就扔下大神飞快地闪人了，还没忘记带走那包零食。

边闪边做心理建设，她这绝对不是临阵脱逃啊，是以退为进！对，是以退为进欲迎还拒!

总之,这就是传说中的战略啊战略。

微微从侧门走进了篮球馆。

还有十几分钟比赛就要开始,馆里已经坐满了人,很多人甚至站着。微微在观众席上搜寻着舍友,前几天就听她们在谈论这个比赛了,应该会来看吧。看了一遍却没有找到,第二遍再找时,还是二喜先看到她,站起来招手让她过去。

这时篮球馆内的众人也注意到了她,原本就热闹的气氛明显更火爆了一点儿。

微微跑到舍友那,已经没位子了,晓玲把身边的男友大钟赶走,"你去下面坐,位子让给微微。"

大钟听话地站起来让座,微微有点不好意思地坐下。

二喜看见她很激动:"微微你也来了啊,今天热闹了!"

"怎么?"

听到"热闹"两个字,微微莫名地有点心虚。

"来了好多美女啊。"二喜连报了两个人名,兴奋地说,"孟逸然也来了,就坐在咱们身后三四排。"

丝丝接口说:"微微,孟逸然你记得吧?就是去年跟你争校园美女排行榜第一名,最后因为清纯把你打败的那个!"

微微:"……你不要用这个'争'字行不。"

她明明避之犹恐不及好不好。在微微看来,这个"A大第一美女"的称号,就像武侠剧里的"武林第一高手"那样麻烦。当时微微得知自己竟然被扯入这样的评选中,还心惊胆战了蛮久,幸好她还有"不清纯"这个优点,最后没被选上。

晓玲插嘴说:"今天是不是本校两大美女第一次同时出现?"

"咦,好像是啊。"

晓玲懊恼了："早知道孟 mm 要来，微微你就应该穿那条红裙子，绝对把她完全压倒！"

"对对对，孟 mm 的身材比我家微微差太多了。"

"其实我家微微脸也比她漂亮啦，哎呀，去年评选微微那照片不知道谁偷拍的，拍太差了，真是的，比起孟逸然那张特写太吃亏了。"

"就是，微微还不让我们上传好看的照片。"

"停！吃东西！"

微微赶紧把手里零食袋子扔给她们，省得她们越说越起劲，这种话给别人听到，她会很丢脸的好不好。

二喜接过袋子一看，立刻尖叫，"哇，微微你发财了啊，买这么多吃的，花了多少钱啊？"

"……"她哪里知道。

好在二喜她们也不在乎她的回答，七手八脚地抢着零食，晓玲说："哎呀，你薯片怎么买这个牌子，没有乐事的好吃。"

二喜："乐事也有，不过这个口味不好吃啊。"

微微默，大神三分钟搞定这么一大包，你们还指望他挑口味吗？

丝丝说："微微你是不是面试上了，所以买零食庆祝啊？"

"……算是吧。"

微微窘窘地拿过薯片开吃……

二喜有了零食，顿时也有了同学爱，关心地问："面试过了？怎么样啊。"

微微无语望天，该怎么说呢？"嗯……过程比较失败，结局比较意外。"

"管他什么意外，过了就好了嘛。"二喜不再关心这事，"咔嚓咔嚓"地嚼着薯片，继续八卦，"关键是，微微，今天肖奈肯定来的！"

微微默默地吃着薯片，我也知道他要来，你们吃的零食还是他买的呢。

丝丝说："哎，我说，今天是我们计算机系和建筑系比赛，孟逸然不是音乐系的吗,过来干吗啊。"

二喜说:"丝丝,你这就不对了,帅哥是全宇宙的共享资源,不能有系派偏见。"

她们在那里叽叽喳喳,微微也没有怎么听,眼睛不时地望向门口,肖奈怎么还没进来呢?正这么想着,就见穿着简单白衬衫的清俊身影在门口出现了。

周围的一切好像忽然静止了,微微只听到自己胸腔里心脏跳动的声音。本以为今天见他的次数多了,不会再有什么激烈的感觉了,然而事实上却是,现在她的心跳比以往任何一次见到他都快。

她和他,以后就不同了。

即使是这样遥遥望着,并不接触,也有着千丝万缕的牵扯。

肖奈一进场,就有两个同样高大的男生奔向他,探头探脑地看他身后,有一个甚至还跑到门外去了。微微看着好笑,这两个人大概就是电话里那两个吧,会不会是愚公、猴子酒他们呢?

因为距离远,微微看得毫无忌惮,然而本来和队友说话的肖奈,这时却忽然向观众席上看来,刚刚把某大神扔在停车场的微微下意识地就想拿零食挡住脸,当然,这不过是想想而已……

肖奈的目光在观众席上巡视了一圈,最终停在了她的方向,目光停顿了几秒钟,然后他便收回了视线,走进了场馆的更衣室。

微微好久才回过神来,听到丝丝她们在激动地讨论。

丝丝:"肖奈刚刚在看谁?"

二喜:"孟逸然?"

丝丝:"不一定,今天来了好多美女。"

二喜:"可是肖奈看的是我们这个方向,这边就只有孟逸然了吧。我想起来了,孟逸然和肖奈说不定认识,肖奈唯一一次上学校晚会那次,孟逸然也上台了。虽然不是一个节目，但是人家都是玩民族乐器的哎，说不定有交流什么的。"

晓玲说："肖奈不一定看女生的好，你们干吗把他想得那么俗。"

二喜："拜托晓玲你别天真了，肖奈什么时候注意过观众席啊，人家从来都是旁若无人的，肯定有目标啦。"

她们热烈地讨论着，微微忽然把手搭在了晓玲手上，表情肃穆地说："真相只有一个。"

舍友们一脸期待地看着她。

微微更加肃穆地说："他在看我。"

晓玲："……"

<u>丝丝</u>："……"

二喜立马就喷了，无力地说："微微，你难道不知道，你和肖奈是公认的最不可能情侣吗？"

Part 24　篮球告别赛

微微会来这么一句，不过是心情飞扬难抑之下的小小恶搞，也没想过她们会相信，谁知二喜却说出这样一句话来，着实让她蒙了一下。

"公认？什么意思？"

二喜说："校园论坛上某个热门八卦帖，把学校出名的单身男女配对啊，你和肖奈是公认的最不配。"

微微有点被打击到了，悻悻然地说："这种帖子都有，我们学校的人真无聊。"

没人接她的话，这个话题就此打住。过了好半晌，二喜和晓玲都开始聊别的话题了。微微又把她拉过来，"我们哪里不配了？"

二喜觉得今天的微微有点奇怪，怎么会执着于这个问题，不过她也没多想，直接地说："帖子上人家就这么说的嘛，什么外形啊，职业啊，哎，我想想人家是怎么说的啊，说得挺好的。"

她回忆着说："好像是这么说的，一个清雅淡逸如水墨，一个颜色浓郁如油画，一个是天外谪仙人，一个是人间富贵花……喂，你这是什么表情！"

正说得兴奋的二喜怒了。

微微面无表情状："鸡皮疙瘩起来了，还有，我一点都不油。"

二喜："……你的笑话真冷。"

微微想想还是不爽："我们职业又怎么不配了，都是搞计算机的，IT双侠……"

二喜嗤她："你还能想出更难听的称号吗？一样的专业没有崇拜感好不

好,再说了,计算机只不过是人家肖奈的专长之一而已。"

微微无话可说了,郁闷了半天,猛地想起一个重要问题,"那大家说谁和肖奈配?"

"没吧,说谁都有人反对。"

很好!微微圆满了。

这时馆内的气氛忽然沸腾了一下,微微立刻往球场内看,果然,是肖奈换了一身白色的球服出来了。

他本来就风姿俊秀,换了运动服后更显英气勃发。随手接过队友的传球,不急不躁地运了两下,在队友上来拦截的时候忽然加速,大家都以为他要突破了,他却是一个急停,没怎么瞄准就跃起投出,篮球在空中划出优美的弧线,时空仿佛在此刻凝滞,微微望着他飞扬的黑发屏声静气。

"嗖!"

篮球精准地落入篮筐中。

空心三分球。

观众席在几秒的静默后爆发出一阵热烈的叫喊,场中的肖奈却对这样的捧场连一丝反应都欠奉,和凑上来的队友交谈了几句后,开始了最基本的热身。他此刻的目光只在球场内,对观众席完全视若无睹。

二喜感叹说:"所谓偶像。"

丝丝:"话说肖奈游泳比篮球更强哎,不知道游泳比赛什么样子。"

微微不禁顺着她的话想了一下,游泳比赛的样子,穿泳衣的大神……

脸"轰"地一下暴红。

丝丝看到她脸红,奇怪地说:"微微你这么热啊。"

微微义正词严地鄙视她:"你太色了!"

丝丝:"……"

十几分钟后,球赛正式开始了,肖奈首发出场。

篮球是一项很好看的运动，比起足球漫长时间后的精彩一瞬，篮球几乎时时刻刻扣人心弦。

球场上，肖奈无疑是最抢眼的一个，这不仅仅是因为他出色的外表和强大的名气，更因为他那令人目不暇接的精彩表演。

微微仿佛看见了游戏中的一笑奈何。

她其实不怎么懂篮球，但是那精妙传球中所展现的从容不迫，那闪避过人中所展现的犀利机智，那强行突破中所展现的超强力量，却无一不令她想起游戏中那个第一高手。

有时候球场上的肖奈几乎能用优雅来形容，然而一旦爆发，却是那么的气势惊人锐不可当，动静之间，是最原始的速度和力量带来的震撼。

于是微微知道了。

原来世界上真有这样的事，只要一瞬间，对一个人的喜欢就能到达顶点。

这场比赛微微看得紧张万分，二喜她们又何尝不是，第一节比赛结束后，晓玲才兴奋地说："肖奈刚刚那个空中变向好帅啊！我一定要让大钟也练！"

丝丝说："这个好像对身体素质要求很高吧。"

晓玲说："不知道，哎，肖奈真是文武全才。"

岂止是文武全才，微微望向那个正在休息的俊挺身影，不由得想起了他做的那个视频。这个人真是优秀太过了，以后如果真的在一起，她一定要更努力一些才行。

短暂的休息后，比赛进入更加激烈的第二节。

肖奈的个人得分迄今为止并不是场上最高，他有时更喜欢把球传给队友，但他显然是控制节奏的那个，计算机系在他的组织下打得非常顺利。等到第二节结束，计算机系差不多领先建筑系快二十分了。

晓玲说："肖奈要下了吧，大钟说他今天最多打半场。"

丝丝挺失望的："为什么？"

微微也看向她。

晓玲说："哎呀，告别赛嘛，替补的大四球员也会上场的，而且你们忘记了？肖奈师兄才车祸啊，长时间运动不好吧。"

微微听着不禁有些失神，当初听说大四的师兄车祸，知道没什么大碍就没再留意，哪里知道……

人生真是奇妙。

十分钟后，第三节比赛开始了，肖奈果然没有上场，观众席上响起了一片失望的议论声。微微倒没怎么失望，依旧专心地看着比赛，不过更多时候在注意着场边的肖奈就是了。

注意到他和队友说话，望着场内似乎在讨论比赛。

注意到他仰头喝水，黑色的发梢闪着耀目的光点。

注意到他……

放下矿泉水，忽然毫无征兆地走向了观众席！

微微僵在了座位上。

全场的注意力渐渐地不在球场上了，几乎都在注视着他。

然而肖奈却仍然是一副镇定自若的样子，仿佛那些目光都不存在，他迈着无比自然的步伐踏上了观众席的阶梯，然后穿过一排排座位，径直走到微微面前。

微微就坐在靠走道的那排，所以他很轻松地在她身边站定，一只手随意地搭在她座位的靠背上，俯身，灼人的视线望住她。

"一会儿大家要出去聚聚，晚上我未必能上网。"

微微点点头。

"明天你打算做什么？"

微微说："自习。"

微微的表情也无比地镇定，但是仔细听听她说的话，就会发现，与其说她是镇定，不如说是……

肖奈说："嗯，我明天和你一起去。"

微微说："哦，那我帮你占位子。"

……

她已经完全进入条件反射状态了……

肖奈抬眼看了下，对最边上的丝丝说："那边有个空位，能否往里面挪一下。"

丝丝往自己身边看，果然不知何时身边的人走了，丝丝机械地挪了进去，二喜、晓玲也跟着机械地挪进去，微微站起来坐在了原来晓玲的位子上。

"谢谢。"

肖奈礼貌地说，然后他就很不客气地在微微身边坐下了，视线投向球场，很平常地开始看比赛。

以他为中心，直径十米内一片寂静，和球场上拼抢的激烈完全成了反比。

Part 25　闪电战

过了好一会儿，周围才响起窃窃私语声，微微隐约听到自己和肖奈的名字反复地被提起，渐渐地，也有闪烁的目光时不时地向他们看来。

再过了一会儿，声音大了些，嗡嗡嗡的一片，看他们的目光也越来越多，越来越明目张胆……

就在众人的不淡定中，微微忽然就蛋腚了。（注：蛋腚不是错别字，请大家理解这种扭曲的淡定……）

她开始学着跟大神一样，做淡定状看比赛，一看之下，不由得吃惊地咦了一声。

场上的比分居然快被追平了！

肖奈仿佛知道她在惊讶什么，闻声淡淡地说："不用担心，等他们不再看观众席的时候，比分会重新拉开。"

因为赛场嘈杂，所以他说话的时候，略略靠近了她，形成了一种侧身密语的姿态，呼吸在咫尺之间，微微只需要稍稍抬眸，就能看清他浓密的长睫……

靠近，竟然是这样一件惊心动魄的事。

微微垂下眼帘，看着自己落在他手腕上的发丝，"嗯"了一声，其实根本没注意到他说了什么，只依稀感觉到，周围又寂静了……

第三节比赛结束的时候，二喜才如梦初醒地喊了一声："怎么我们系只领先两分了！"

微微听到她的声音，才想起还没向肖奈介绍舍友，不过之前肖奈一直在专注地看着比赛，也不方便介绍。此时的他仍然在关注着场中情况，微微想喊他一声，却在称呼上犯了难。

叫师兄很奇怪……

叫奈何更奇怪，又不是网游……

叫肖奈……呃……好像有点不好意思……为啥大神就能这么自然地叫她微微呢？

还好，很快肖奈就把视线从球场上收回来了，免了微微的痛苦思索。

微微连忙说："那个，她们是我的舍友。"示意肖奈看她身边刚刚恢复语言能力的三只，依次介绍，"晓玲，二喜，丝丝。"

肖奈的目光在她们脸上扫过，而后微微一笑说："你们好。"

于是……

那三只刚刚回来的神志又被震飞了。

微微平衡了。

人果然还是要比出来的啊，对比之下，自己的表现简直太好了。

第四节比赛开始后，果然如肖奈之前所说的，比分又被拉开了，计算机系基本已经锁定了胜局。临近结束时，肖奈忽然说："愚公和猴子酒就在下面，你要不要去打个招呼？"

微微一怔，问："是10号和11号吗？"

她说的正是之前肖奈进门时跑向肖奈的那两只。

肖奈点头。

"莫扎他呢？"

"他没过来。"

微微想了想："他们知道我是芦苇微微吗？"

"不。"

那你怎么就知道呢？

微微望着他,震惊的情绪慢慢地在消失,心中的疑惑却越来越浓,不过现在人多嘴杂,显然不是问的时候。

微微没再犹豫,干脆地说:"我去。"

比赛结束的哨音响起,计算机系以十八分的优势战胜了建筑系。微微跟舍友说了声"一会儿一起回去",便和肖奈走下了观众席。

在他们身后,丝丝盯着手里的零食袋子凌乱了:"我们吃的这些难道是肖奈买的?!"

晓玲哪有工夫去想零食啊,"啪啪啪"地敲打着二喜的手:"这个世界玄幻了二喜。"

二喜没说话,望着正往球场走的一双背影,良久冒出一句:"我家微微明明和肖奈很配嘛,谁说不配的,学校论坛上的人真没眼光。"

微微和肖奈绝对是在一路强光注目下走下观众席的,走到观众席的入口,心急的猴子酒和愚公已经等在那了。

"哈哈,老三,你终于……"

高大健壮的方脸男生拍拍肖奈的肩膀,一副感慨到无言的模样。

另一个脸尖一点、个子更高点的男生也带着这表情说:"万年光棍从良了。"

"万年光棍"的说法让微微一下子想到了游戏里和他们第一次见面的情景,眼前的两个陌生人立刻变得熟悉可亲起来。

肖奈没搭理他们的调侃,给微微介绍:"10号于半册,另一个丘永侯。"

他没说他们在网游里的对应身份,因为从名字上就可以判断了。接着他正要向他们介绍微微,微微却主动上前一步,抢在他前面礼貌地说:"师兄们好,我是微微。"

愚公——于半册同学愣了,一会儿才"呵呵"笑了两声,一边说"你好你好",一边心里想,我当然知道你是贝微微,本系之花嘛,没想到居然跟老三凑一块儿了。计算机系的牛人找了个计算机系的美女,本来是水到渠成的事情，可是放到这两个人身上，怎么就觉得这么触目惊心呢。（请忽略愚公的成语水平。）

而且这美女怎么这么自来熟，才第一回见面，就让喊微微了。

猴子酒也"呵呵"笑，基本想法和愚公差不多。

微微看他们的表情就知道他们没反应过来，于是看似有点不好意思地补充说："那个，愚公，猴子酒，我是说，我是芦苇微微。"

听到"愚公"那里猴子酒他们就有点呆了，"芦苇微微"四个字一出口，猴子酒立马一副被劈到的表情，张大嘴巴站在那里说不出话来，愚公更是上演了经典的一幕——他手里的篮球掉地上了。

……

微微今天第二度圆满了。

她觉得她有点理解大神了，看人被雷到的感觉实在是太爽了哈哈。

可惜微微的得意没持续多久，一会儿肖奈的队友全部凑上来了，微微想象中的见网友，迅速地演变成了见亲友……

其实微微只要不对着肖奈，都是很应付自如的。但是大四这些老油条们一起调侃，微微那点应付自如哪里够用，偏偏肖奈又是一副袖手旁观的模样，含笑站在一边，只在他们起哄要她也去聚餐的时候帮她挡了一下。

微微同学登时想到了老办法，打不过就跑嘛，于是看着门口等她的舍友说："我同学在等我，我要走了。"

说完就要溜，不过这次肖奈没放过她，眼疾手快地抓住她的手腕。

"你一般几点去自习？"

"……七点半。"

条件反射微的全部注意力，已经集中在自己被抓得紧紧的手腕上了……

肖奈笑了一下，轻轻放开她的手腕说："知道了，明天我去你楼下等你，微微，记得帮我占位。"

微微胜利地从篮球馆大逃亡，走在路上，还有点陷在今天的事情里出不来，沉默着没说话。走了一段路，忽然觉得不对劲，怎么二喜她们也不说话呢。

看向二喜她们，她们居然也表情古怪地沉默着。微微顿时警觉了，这样不行啊，压抑越久待会儿爆发就越激烈，她还是赶紧主动要求被审问吧。

微微咳了一下说："你们有什么想问的就问吧。"

说时迟那时快，话音一落，二喜立刻冲上来摇晃她："你居然和肖奈谈恋爱那么久都不告诉我们！"

微微的声音被她摇晃得断断续续："冤枉……这事……我也才知道……"

二喜吼："你当我们笨蛋啊！就你们今天那样子，没有半年以上的奸情谁信啊。"

微微泪了，半年？半小时还差不多！使劲从她的手里挣脱，微微一口气说完。

"我要求十分钟无干扰自由陈述时间！"

二喜和丝丝、晓玲对望一眼，开恩般地挥挥手："还不速速从实招来！"

晓玲说："你们到什么阶段了，亲过没有，第一次亲是什么时候？"

"……"

微微无视她，清了清嗓子说："事情是这样的，几个月前的某一天，天气晴朗，万里无云，月朗星稀，我去了下洗手间……"

三个人齐声怒吼："说重点！"

重点就在她出了洗手间以后嘛，真没耐心，她总要说点废话整理整理思路啊，其实她还晕着呢……

唉，怎么说才能让她们的怒火转为同情呢？

微微开始慢慢地回忆兼叙述起来，她是典型的理科生，文采平平，在她的叙述下，她和肖奈的故事变成了在游戏中相识、结婚，最后见面的大众版剧情。有些细节问题则是没说，倒不是她有意隐瞒，只是她都弄不清的地方自然不好说，比如肖奈怎么会认识现实中的她。而肖奈对她说的那些话……她不好意思说……

但是就这样删节后的故事，已经令二喜她们很满足了。

追问了一些细节后，二喜："……所以你们才见面两小时？"

微微沉重地点点头，知道她是冤枉的了吧。

丝丝："所以，你跟肖奈一见面，就被人家搞定了？"

微微无语看星星，她多想回答不是啊，但是事实就是事实，不容狡辩。

"……好像是吧。"看到舍友们脸上的鄙视，微微不太有底气地说，"如果还有下一次，我一定努力拖到明天的……"

丝丝怜悯地看着她："你死心吧，没下一次了。"

"我就说你在网恋嘛。"晓玲为自己的先见之明沾沾自喜，"不过对象居然是肖奈……"

现在想来还是不能接受啊。

丝丝想起来："对了，微微你说的什么视频啊，都没给我们看过。"

"回去给你们看。"微微顺口答了一下，猛地想起了什么，停下脚步呆住了，视频……视频……

她居然把视频的事忘得一干二净！

微微窘了。

这厢，微微被自己的记性雷到；那厢，二喜用景仰的语气在总结："肖大神实在太厉害了，追个人都是传说中的闪电战！"

Part 26　都是自己人

是夜，微微在自己的小木床上辗转反侧。

舍友们在卧谈会结束后已经入睡，唯独她始终难以入眠。不过，也许睡不着才是正常的吧，在经历了这样的一天后。

又翻了一个身，还是睡不着，微微干脆拥着薄被坐起来，下巴搁在膝盖上，叹气。其实她的心情一点都不愁苦一点都不忧郁，可是那涨满的情绪，却似乎只有叹气足以表达。

好像呼出了一口气，那搅动着心脏的东西，就可以少一点。

肖奈啊。

脑中不觉浮现那个人的样子，或静或动，或语或笑，于是，刚刚呼出去的东西仿佛又回来了，再度充盈。

抱着被子坐了好久，微微终于培养出了一点点睡意，躺下睡了一会儿，快入睡时隐约听到隔壁床有动静，再后来睡熟了，就不知道了。直到凌晨的时候，她忽然被人摇醒，睁开眼睛便看见二喜站在她床边，一脸虚弱地说："微微，我拉了三次了，快不行了。"

微微吓了一跳，马上就清醒了，连忙下床给她找药。可是吃下去却没有用，二喜半个小时里又拉了两次，脸色都青了。晓玲和丝丝听到动静也起来了，三个人觉得不对劲，赶紧穿好衣服把二喜送去看医生。

鉴于学校夜诊不靠谱的名声太大，微微她们也不敢把二喜往那送，出了西门，拦了一辆夜的，送到附近的大医院去了。医生问了问情况，做了个小化验，诊断说是急性肠胃炎，要挂水。

等二喜打着吊针在临时床位睡下，三个人才放下了心，商量了一下，也不用留下三个人这么多，于是就让晓玲先回去，微微和丝丝留下来陪着。

二喜打了吊针后又拉了两回，之后就好多了，微微和丝丝这才有工夫打个盹。不过到底睡得不舒服，微微没睡多久就醒了，二喜也醒着，脸色看上去恢复了一些。微微低头看表，已经七点钟了。

二喜有气无力地说："微微啊，昨天晚上那包零食是肖大神买的吧？"

"是啊。"

"唉，神的东西果然吃不得，不是我这样的凡人的胃能消化的啊。"

都这副模样了还有工夫搞笑，微微哭笑不得，站起来帮她把被子掖好。想到二喜提起的肖奈，微微又不免走神。现在七点了，应该是时候打电话告诉大神不要等她了吧，不知道为什么，想到今天不用和大神一起去自习，心里反而松了一口气的感觉。

她心思已经不在病房内，神情便有些飘忽。二喜半躺着，看着她发怔，一直就知道微微漂亮，可是看多了也就习惯了，可她现在忽然这样低头温柔地帮自己盖被子，神情带着点若有所思，眼睛分外地晶亮璀璨，还真是前所未有的好看哎。

一站一睡的两人各怀心思地沉默着，忽然房间里光线一暗，微微直觉地抬头往门口看去。

肖奈正站在门口，眼眸深深地望着她。

回学校是坐肖奈开来的车，车是很普通低调的牌子，微微坐副座上，二喜和丝丝、晓玲坐后座。

路上，微微听到二喜压低声音问晓玲："怎么肖师兄会跟你一起来？"

晓玲窃窃地解释："我打电话给大钟嘛，他多嘴就告诉肖师兄了，然后师兄说他开车过来方便。"

二喜忧心忡忡地说："我总觉得不太好。"

丝丝说："你不用不好意思啦，肖师兄是自己人。"

微微满脸黑线地在副座听着，她们以为她们的声音很小吗，居然就这样堂而皇之地胡说八道，还自己人，她们也太自来熟了吧！

二喜仍然忧心："可是，大神的车，咱们凡……"

微微一听不对，生怕她说出大神的车凡人坐了要出事这种话，连忙回头打断她："丝丝说得没错啦，自己人自己人！"

车里顿时一片寂静，微微这才反应过来自己情急之下说了啥，顿时连回过身的勇气都没了。

带笑瞥了一眼身边努力减少存在感的某人，肖奈开口："你们还没吃早饭吧，先吃点东西再回去？"

微微这一刻心里无比感激大神，大神居然帮她解围，真是太体贴了，呜呜。

晓玲望了望微微，见她没说话的意思，便推让了一下说："不用了，今天已经麻烦师兄很多了。"

肖奈微微笑道："都是自己人，不用客气。"

微微："……"

她就知道，体贴就是那浮云……

最后还是吃了早饭，二喜虽然胃口不好，但是拉空了也难受，勉强吃了些白粥，吃完后肖奈周到地把她们送到宿舍楼下。

微微迈着绝对比二喜还虚软的步伐回到宿舍，打开宿舍门就直接爬上床去了。

如果时光能倒流就好了，她绝对一言不发沉默是金！唉，原来睡眠不足对人的反应力影响这么大的。

微微在床上懊恼又懊恼，辗转反侧得比昨晚还厉害，后来翻滚着翻滚着，不知不觉就睡着了。

这一觉一睡就睡到十二点，后来还是被饭菜的香味叫醒的。晓玲早就发消息叫大钟打了四份饭送到了楼下，当然，二喜的还是白粥。

微微爬下床吃饭，惊讶地看到二喜居然在玩电脑了，脸色已经好看了许多，微微有些担心地问："你不难受了？"

蟑螂的恢复力也没这么强吧？

"看看网页又没什么。"二喜兴奋地说，"微微，学校论坛上好多关于你和肖奈的帖子！还有你们昨天在篮球馆牵手的照片哎！"

刚刚拿起饭盒吃饭的微微被噎了一下，端着饭盒凑过去看，果然电脑上一幅大神在篮球馆握着她手的照片，大概拍摄的人距离有点远，人都蛮小的，但是绝对看得出来是贝微微和肖奈。

微微有点食不知味了，饭盒放一边，拿过二喜的电脑自己看。

二喜说："你就别看了，没什么内容，就是一开始很多人不相信，后来有照片贴出来，惊倒一片，大家再八卦一下你们什么时候开始的什么的。哈哈，对了，以前那个说你们最不配的帖子也被顶出来了。"

微微翻了几个帖子，果然跟她说得差不多，把电脑还给她，继续吃饭，"我们学校的人也太八卦了。"

"哎呀，要考试了嘛，越到考试大家就越八卦，这个就是传说中的解压！"

话是很有道理，然而，自己被当成了解压话题……

微微只能狠狠咬了一口排骨表示郁闷！

吃得差不多的时候，宿舍的电话响起来，晓玲过去接，片刻后晓玲朝微微喊："微微，自己人的电话！"

微微窘窘地去接，"喂"了一声后，电话那边传来声音。

"起来了？"

电话里传来的声音很低沉，跟现实里说话好像不太一样。微微忽然意识到，这是她和大神第一次通电话。

"嗯，起来了。"

"下午还去不去自习？"

"自习是想，可是现在去已经占不到位子了啊。"临近期末位子都是很紧张的。

这倒是个问题，那边肖奈沉吟了一下，说："有个地方很安静，我带你过去。"

*** *** ***

微微住的宿舍楼，是Ａ大前几年新建的一批仿民国建筑之一，砖红色的楼房方正端庄，掩映在重重绿树之中，环境十分优美宜人。宿舍楼前面的花坛边，常年站着一拨拨本楼众女生的追求者们，或捧花或抱礼物，都是寻常看惯的景象。然而今日换了一个人站，一切却奇异地显得不协调起来。

微微跨出楼，第一眼就看到了肖奈。众人目光注视下的他一贯的安然自若，静静伫立在花坛边，身边停着一辆自行车。

在不少人的注目下，微微走到肖奈身边，因为刚刚下楼有点快，她有些小小的气喘，双颊染上了粉色，眼波水亮亮的。

"我们去哪里？"

"我带你去。"肖奈随手拿走了她手上拎着的书包，挂在了车上。

肖奈的自行车微微是第二回坐了，心情比之第一回已经自然了很多。其实让现在的她选择，她倒是宁可坐自行车的，总感觉和大神肩并肩走路，似乎更需要勇气。至于一路骑过去路人的目光嘛……

照片都上网了还担心个啥啊，统统无视之。

因为不甚专心，微微坐在车后一直没发现路线不对，直到自行车出了西门，她才察觉："不去自习吗？"

"那地方在外面。"

A 大西门出去，再拐个弯，就是中国著名的计算机高科技园区。十几分钟后，肖奈在一栋大楼前停下车，带着微微上了六楼。

　　一出电梯，微微就看到了"致一科技"这四个金字，一愣之后心中猛地划过一个念头，难道这里是……

　　"你的公司？"

　　"嗯。"肖奈打开了紧闭的门，"进来吧，今天周日，没有人在。"

　　微微带着朝圣的心情，小心翼翼地踏入他的领地，一路上脑袋小小幅度地左顾右盼。

　　肖奈的公司面积并不大，大概半层楼的光景，不过计算机软件公司一般也只需要这么大，多了也是浪费。公司现在没有人在，却仍然给微微一种生气勃勃的感觉，这可能跟办公室自由开放的格局有关，或与路过的那些办公桌上随意个性的摆设也有关系。

　　肖奈带着她一路往里面走，最后打开了一间门牌上写着"肖奈"的办公室的门。

　　大神的办公室？

　　微微带着好奇，更加小心翼翼地踏入，一时只顾打量着眼前这个新奇的空间，丝毫没有意识到自己已经被拐骗到了某个没人的地方。

　　肖奈自若地打开空调，把手里拎着的微微的书包放沙发上。

　　"这里自习可以吗？"

　　微微点点头，在沙发上坐下，肖奈便没有再管她，打开电脑做起自己的事情来。

　　空调无声地吹出冷风，把外面带进来的燥热一扫而空，在这样舒适干净的环境里，微微捧着书，却有点看不进去。

　　就像大神所说的，这里很安静，可是却安静得令人有点心慌了，尤其，微微终于意识到，这里居然只有她和他两个人……

一直没听到书页翻动的声音,肖奈抬头看了她一眼,看她明显在走神的样子,开口说:"微微,过来看个东西。"

咦?

微微放下书,跑到他身边,往他的电脑上看去。大神的电脑画面上,赫然是几个面容精致、衣着华美的古代男女人物形象。

"这是什么?"

"《梦游江湖2》的基本人设。"

Part 27　我会吃不消

《梦游江湖2》？

这个熟悉夹杂着陌生的名词立刻让微微把视线从电脑转向了肖奈，脱口而出："《梦游江湖》要出2？！"

怎么从来没有听说过这个消息，而且，居然在大神的电脑上看见《梦游江湖2》的人设，这说明什么？

"这个游戏是你做的？"不假思索地说出这句话，微微又迅速地自己否决掉，"不对，我记得《梦游江湖》是风腾出品的。"

"《梦游江湖》的确是风腾出品，不过《梦游江湖2》将由我们和风腾合作开发。"

他的语气和表情皆是平平，好像一点都没觉得自己在吐露着一个惊人的消息，微微却是怔了好一会儿才消化掉，"好像从来没听说过要出《梦游江湖2》啊。"

"目前还没对外公布消息。"

微微忽然想起来："那女贼抢亲的视频是你……"

肖奈摇头："不，购买视频是风腾的决定，我只比你早知道一天。"

虽然他跟风腾合作《梦游江湖2》，但是《梦游江湖》跟他并无半点关系。《梦游江湖》是风腾集团旗下风腾科技自主开发运营的一款武侠游戏，归属不同，那边做出的决策他自然不会知道。如果不是这个决策还牵扯到《梦游江湖2》，风腾完全没必要征询他的意见。

当初若不是考虑到资金以及自身的风险承受能力，肖奈也不会和风腾合作《梦游江湖2》，而按照合作条约，风腾科技只负责资金投入和后期运营，开发完全由他的团队负责。所以当风腾科技打电话来说，想在《梦游江湖2》中增加新形式的抢亲玩法时，肖奈有些意外。待到对方说明创意取自网络上的女贼视频时，肖奈开始啼笑皆非。

他短暂地思考后，就同意了在《梦游江湖2》里增加新的抢亲玩法，但是他却没有告诉风腾，那个视频里的一笑奈何就是他本人。

风腾方面当然也不知道一笑奈何就是他，这个ID还是他在《梦游江湖》发布之初，在舍友的推荐下注册的，玩了一阵就没继续，直到和风腾建立合作后，才抱着熟悉前身游戏的想法再度进入玩起来。

肖奈一边简单地解释着他和风腾的关系，一边调出更多的人设给微微看，微微凝神看了一会儿，问：“那新的抢亲玩法是什么意思？”

"简单说，就是设置一个抢亲开关，开启抢亲开关的未婚异性玩家可以互相抢亲。"

微微迅速地反应过来："就像一些游戏里的PK开关那样？"

"嗯。"

好像的确很新鲜很好玩，但是这样不会很混乱吗？微微想象了一下全网游男女们抢来抢去的情景，汗了。

一遍人设看完，肖奈起身去泡茶。微微看着电脑屏幕，手指不自觉地拿过肖奈的鼠标，再度点击浏览起人设来，渐渐看得入神，不知不觉就顺势半坐在肖奈的椅子上了。

肖奈泡好两杯茶回身，便看到这样一幅景象，略略一怔之后便是一哂，把左手的茶杯搁在了身边的书柜上，倚着书柜，举杯啜饮。

你站在桥上看风景，看风景的人在楼上看你。

微微浑然不觉自己已经入景，再次细致地看完一遍人设后，抬头目光熠熠地看着肖奈说："我喜欢这个游戏。"

肖奈倚着书柜笑："就看人设？"

"不是啊，人设可以看出很多东西的。"微微想了一想，虽然说这个话题有点不好意思，但还是把自己的想法说了出来。

"现在市面上的网游，为了讨好男玩家，女性角色都衣不蔽体的，有些简直就是不堪入目。当初我选红衣女侠那个角色，一方面是因为她的技能我喜欢，另一个方面就是因为她衣服多。可是《梦游江湖2》不是这样啊，里面女性角色的衣着都很正常，这起码说明做游戏的人尊重自己的游戏，对自己的游戏有信心，不搞那些哗众取宠的媚俗手段吧。"

微微心里莫名地高兴。《梦游江湖》中女性角色暴露的还是不少的，只是比市面上的其他网游好些，那《梦游江湖2》现在有如此大的改变，肯定是出于开发核心的大神的决定吧。这是不是说明，大神很尊重女性呢？

肖奈倒没想到她竟然说出这样一番话来，心中不禁一动，望着她神采飞扬的明艳脸庞，鼻间盈着幽幽的茶香，心底最深处不期然地划过一丝欣悦。

让"女性人设不暴露"，这几个字说来简单，当初他却是费了大力气才得以实现。他出身书香名门，骨子里有着自己的坚持，但是拿自己的原则去说服投资方？这太天真太不现实，只有市场才能说服市场，于是做各种调研，让投资方意识到女性在网游中的消费能力，意识到一个游戏吸引男玩家的并不是女性角色的暴露度……

不过这些他自然不会对微微说，千言万语到了肖奈这边，永远地轻描淡写。黑眸里盛着脉脉的辉光，映照着眼前满满的人影，温文尔雅地笑了笑："多谢夸奖，不胜荣幸。"

他表现得如此平淡，微微却奇怪地感觉到了一丝异样的波动，大神心情似乎很好啊，难道她不小心拍到大神的马屁了？微微有些窘，有些期待地问肖奈："《梦2》什么时候内测？"

"最早年底封测。"

到时候要一个内测号肯定没问题吧，自顾自兴奋了一阵后，微微想起正事，"既然你们有合作，那视频的事就由你处理？其实你处理最好了，虽然视频是用我的名字发表的，可是实际上是你做的啊。"

肖奈想也不想地拒绝："当然不行，合约上我的名字不能出现。"

微微奇怪："为什么？"

肖奈点到即止："版权费。"

这回微微绕了个弯才明白过来——如果是大神去签这个约，那他作为《梦游江湖2》的开发核心，贡献创意是理所当然的事情，风腾就不用再支付版权费了。

"好吧，那我一个人签，拿到版权费我们五个人再分。"微微从善如流地说，只是，为啥明明是合法所得，她却忽然有种骗钱的感觉呢？

"不用分给愚公他们。"看着杯中沉浮的茶叶，肖奈闲淡地说。

"啊？"这样不太好吧，好歹人家也有戏份啊。

"你拿着吧，就当他们给你的见面礼。"

见面礼……

微微张口结舌地看着他，本来还要问他的那部分怎么办的，现在却怎么也问不出来了，万一他说……当聘礼怎么办？

刚刚的交流都集中在网游上，微微还没觉得什么，现在她不接话，室内忽地静下来，微微猛然察觉，她竟摸着大神的鼠标，用着大神的电脑，坐在大神的椅子上？！

这这这，究竟是什么时候发生的！

慢慢地，把手从大神的鼠标这种神奇的物体上缩回来，微微无比尴尬地游移着眼神，就是不去看大神的脸，刚刚她还奇怪来着，他一直站在那干吗……原来是有家归不得。

办公室里静悄悄的，肖奈仿佛存心让她更尴尬似的，不言不语也不动，悠闲地喝着自己的茶，修长的手指偶尔轻抚一下杯身。

微微游移的目光却被他的动作吸引过去了，一眨不眨地看着他的手指。刚刚只顾着说话都没注意，他手里拿的好像是……

这下顾不得尴尬了，微微好奇地站起来，走到他身边，低头盯着他手中的茶杯看，肖奈笑了一下，索性把茶杯给她。

微微接过来，端在掌中细细观赏，这是一只弧线很古典的白瓷茶杯，杯身细腻剔透，盛着浅碧色的绿茶，显得可爱而精致。但是吸引微微的并不是它的精美，而是茶杯上绘着的图案——几丛翠竹，竹前有一白衣琴师坐而抚琴。

"《梦游江湖》限量版套杯？"微微有些惊喜出声。

"嗯，还有这个，你的。"

又一只飘着茶香的茶杯轻轻地放入她手中，依旧是洁白的杯身，不过这只杯子上绘的是红衣舞刀女侠。

"还有别的吗？"《梦游江湖》有三十六个人物，一套就应该有三十六只杯子吧。

"风腾送了一套给我们，我只拿了这两个，其他在愚公他们那。"

只拿了这两个？

原本拿着杯子左看右看的微微动作有一瞬间的凝滞，抬头看看他近在咫尺的俊颜，片刻，长长的睫毛又垂下，遮住波光流转的眼眸。

所以，这个杯子是为她准备的吗？他早料到有一天她会到他的办公室？

微微继续看着杯子，可是无形中动作却慢了下来，一举一动都显得那么的心不在焉。终于，在自己也毫无心理准备下，微微轻轻地问出来："肖奈，昨天你是怎么认出我的？"

"肖奈"这两个字第一次从她口中吐出，好像带着魔力般，即便镇定如肖奈，也有瞬间的失神。

不过，等他迅速地回神，回答出口，失神的立刻变成了微微。

"不是昨天。"轻轻自她手中拿走白衣琴师的杯子，肖奈说，"是三月份，在极致。"

三月份？极致？叫极致的地方……

"网吧？！"微微吃惊。

"嗯，那天我正好有事过去，走的时候看到你在帮战。"

微微完完全全怔住了。她想过很多大神会认出她的原因，声音啊，查IP啊，查网站资料啊，这些对大神都不是难事，然而，竟然在网吧？而且还那么早，三月份？

想起来三月份她的确去过一次网吧。因为宿舍宽带坏了，她去通知帮里人她有段时间不能上线，顺便也参加了当天的帮战。

那么早，大神就认识她了？

"你的操作很漂亮，手速很快。"

肖奈的目光停在了微微的手上，那天就是这双手，在嘈杂的网吧中，第一眼吸引了他的注意力。

手速啊……微微脑子里乱乱的，一时只能愣愣地顺着他的话讲，"高三暑假我玩过一段时间SC，练出来的，其实我的APM不高，都不到150。"

"APM不过是个参考数据。"

微微点点头，比起APM，有效操作率或许更关键吧，不过虽然同意他的话，微微却忍不住问："那你的APM多少？"

会不会上极限数字啊？比如400这么变态……

"没测试过，我玩的时候还没有APM这个概念。"

还没APM的概念，那得多少年前了啊？微微想象了一下，忽然觉得热血在血管里蹿啊蹿，大神打游戏的样子肯定超级帅吧。

越想越兴奋，于是微微又条件反射了，眼睛亮闪闪地看着他："什么时候我们单挑一次吧！"

这算什么话题走向？肖奈微一挑眉，带笑瞥向她，"好，不过还要请……"他顿了一顿，才说下去，"手下留情。"

他明明没说什么，微微的脸却红了，她怎么觉得他停顿的地方，是想说

"夫人"呢?

窘。

她今天一定是走火入魔了,净想些奇怪的念头,又是聘礼又是夫人的,再说下去,她搞不好要想到更奇怪的了,呃……

"那个……我去看书。"

不待肖奈回答,微微快速地捧着杯子坐回沙发上,拿起书装作认真地看起来。

下午茶时间结束。

微微着实定下心来看了几页书,可是没多久,就又一次走神了。她想起来,她还有一个问题没问——

既然他那么早就认识她,为什么在游戏里却不说呢?

微微不自觉地陷入迷思,完全没意识到,她视线的落点,已经从书本移向了办公桌后的那个人。

办公室里依旧宁静,只有轻轻敲击键盘的声音,然而渐渐地,敲击键盘的声音也没了,肖奈忽然停下手,头也不抬地说:"微微,你再看下去,我会吃不消。"

因为心不在焉,微微听到他的声音,却没有立刻理解他的意思,过了好一会儿才醒悟过来,然后……

好吧,微微快自燃了,她什么都不想问了。

整个下午,微微就在这样的超低效率中度过了。晚饭是在大神办公楼附近随便吃的,微微一度担心要去吃鱼头汤来着,幸好大神还没这么不人道。

鉴于一下午实在没看进多少书,吃过晚饭后,微微很有溜回宿舍的冲动,然而这个冲动还没付诸实施,就被大神一句话扼杀了。

大神说:"要不要跟我PK?"

于是,微微乖乖地跟着他回到公司,一人一台电脑,开始PK。不幸的是，从《梦游江湖》PK 到 SC，微微无一不输得惨兮兮的，输到后来都有点怨念了，人家男朋友不是都会让女友吗，为什么她家这个这么狠，收拾起她来连眉头都不皱一下。

当然，希望大神手下留情这种想法是十分可耻的，微微习惯性地把它"pia"回脑海深处。

由于微微屡败屡战，直到九点钟，肖奈才送她回去。

这一整天，微微都忙碌无比，和大神一起又是接人又是 PK 的，可是微微却好像忽然就找到了以前在网游里的感觉，陡然就觉得，大神好亲近……

Part 28　路过了

微微再次登录《梦游江湖》，已经是四天后的周五。

本来在考试期间，微微是绝对不会碰游戏的，免得分心……现在已经有个人让她很分心了！

这次上线是为了视频签约的事。

这几天，微微和风腾网游以超高的效率签订了合约，周三微微把合约寄去上海的风腾总部，周四人家就说收到了，然后约定周五晚上八点把合约的报酬给微微。

合约的报酬是四只游戏宠物。

一开始风腾方面提出的报酬是六千元现金，但是微微考虑了一下，提出了用游戏宠物替代现金报酬的想法。风腾那边对此提议自然乐见其成，毕竟六千块是真金白银，而游戏宠物对他们来说不过是几组数据而已。双方就宠物的数量和等级进行了长达 N 小时的拉锯，最终微微要价成功，风腾方面答应给微微四只市价两千左右的普通神兽和两种爆率极小的材料。

这么多东西当然不是微微一个人的，愚公和猴子酒他们都有份，虽然大神的意思是让她一个人拿奖励，但是微微总觉得好事还是让大家分享才更开心。

约好的时间是晚上八点，微微七点半就登录了，多日不玩游戏，毕竟有点想念。

晚饭的时候大神说晚上有事，此刻多半是不在。不过上了线，微微还是先去瞄了一眼他的头像——果然暗着。

愚公和猴子酒也不在，莫扎他的头像倒亮着。微微正要发消息跟他打招呼，他先发了个点点点过来。

微微破解无能，回复了个句句句过去。

莫扎他加倍发了无数点过来。

微微不输人地敲了一溜比他长的句号过去。

于是神秘的对话就此展开。

"……"

"……"

"……"

"……"

正在微微想为啥我要如此无聊的时候，莫扎他终于幽怨地开口了："微微师妹啊……"

这称呼让微微瞬时体会到了传说中"虎躯一震"的感觉，被雷得不轻，当下不假思索地回复："美人师兄……"

"靠！"那厢的莫扎他立刻炸毛了，"谁告诉你这个绰号的，老子身高一米八〇，比牛还壮，比煤球还黑，美人个毛啊美人@￥#￥%￥……%￥&……"

可谁叫你姓郝，还在峨眉山投胎，还让你娘觉得是个女娃，出生前名字都取好了叫郝眉呢？微微在电脑前同情地想，一个大男人叫这个名字的确很令人崩溃。

莫扎他发泄了一通，气势汹汹地问："哪个告诉你这个绰号的？"

当然是大神说的啦。其实肖奈只是顺便提了下莫扎他的名字而已，但微微被这个名字的"优美"震撼到，多问了几句，肖大神于是也多说了几句，咳……

微微怎么会做出卖自家大神的事呢！不过嘛，说谎也不好，于是微微这样回答:"那天在篮球场我见到了愚公和猴子酒。"

知道什么叫说话的艺术了吗?

贝微微同学什么都没说,只是陈述了一件发生过的事,就已经移花接木嫁祸江东。

知道什么叫近墨者黑了吗?咱们微微同学跟肖奈真人接触还没几天,一弯清泉已经变成黑龙江了。

莫扎他半天没有回复,一会儿回来跟微微讲:"刚刚真人 PK 去了。"

微微窘了:"愚公、猴子酒?"

莫扎他:"没错,放心,我没供出你来。"

微微毕竟还没到境界,见莫扎他如此义气,顿时有点不好意思,便很有诚意地安慰他:"师兄其实我觉得你还是蛮幸运的。"

莫扎他打了个煤球表情。

微微:"你的名字不是来源于峨眉山嘛,你想万一你不叫郝眉,岂不是要叫郝峨,郝峨好饿……叫起来更那啥一点哎。"

莫扎他幽幽地说:"你愿意在大街上被一个男人叫'好饿'还是'好美'?"

微微喷笑。

莫扎他更幽幽地说:"这问题我反复思考很多年了,其实我可以叫郝山。"

微微彻底笑场了。

正和莫扎他聊着,雷神妮妮也上了线,微微发了个微笑的表情过去,一会儿雷神妮妮信息回过来,语气十分激动:"55555,微微你来了!我以为你也跟蝶梦帮主一样不玩游戏了!"

"没有,只是在忙考试。"

"你好久不来了呀。"

"来过两次的,你正好没在。"

"这样啊,太不巧了。"

聊了聊近况,雷神妮妮又问起夫妻大赛一笑奈何失约的事。微微想说大神撞树好像有点不大神,就语焉不详地含糊了过去,不过即便如此,一笑奈何没有离开《梦游》的消息也足够让八卦的妮妮满足了。

八卦瘾过足了,妮妮想起别的:"对了,微微你现在有空不?"

"怎么?"

"来帮忙杀下幽冥鬼姥,新出的副本 Boss,杀了两次没过啊,你还没过吧。"

微微看了看时间,就快八点了,还不知道 GM 怎么把宠物给她呢,万一正好在打怪好像不太方便。

"八点过后行吗?我有点事。"

雷神妮妮点头。

游戏公司采取的方式是无声无息式。

八点整,四只神兽悄无声息地出现在微微的账号上,系统只给了一个个人提示。也是,这么多神兽一下子发给一个人,要是还上公告,那不是讨骂嘛。

微微看着宠物栏里形态各异的神兽,心里兴奋莫名,两眼闪闪发光。神兽啊神兽,等把这些神兽给了愚公他们,到时候队里每人一只神兽,一字排开,那是多么的拉风……

独自暗爽了半天,微微看看好友列表,莫扎他还在,发了个消息过去:"美人师兄,速来,发神兽。"

听到"神兽"两个字,莫扎他哪里还会计较微微对他的称呼,飞快地出现在微微身边。

微微给了他一个仙人球。

这只仙人球宠只是一般的小极品而已,跟肖奈家的小老虎是没法比的。

微微一下子要了那么多只宠物，虽说不至于打乱平衡那么严重，但游戏公司毕竟还要考虑到其他玩家的想法。

然而莫扎他已经很兴奋了，因为微微给他的这只宠物跟他的职业很搭，是莫扎他口水很久但是一直没弄到的。

最初的一阵兴奋过后，莫扎他问起宠物的来历，微微就说是视频签约游戏公司给的，视频中的主要角色人人有份，对于游戏公司本来要给她六千块的事情提都没提。

莫扎他毕竟也是快到社会上混的人了，当然知道游戏公司不会大方到连个配角都发神兽的地步，多半是眼前自家师妹兼职三嫂给他弄的。

莫扎他那个感动啊，感动到语无伦次："老三嫁得好，老三嫁得好，一人得道鸡犬升天。"

微微早对他们超凡脱俗的成语运用视而不见了，对于莫扎他自称鸡犬也没啥意见，但是……

微微："嫁？"

莫扎他"嘿嘿"了一下说："说错了说错了，这是愚公的口头禅，不小心学来了，他天天说要嫁富婆。"

微微没想到愚公竟有如此志向，不由得肃然起敬："真是人不可貌相。"

莫扎他在无意中败坏了愚公的名声，心中十分得意，嘚瑟了一阵后，忽然想起什么，说："三嫂，有件事情要对你汇报。"

"啊？"

微微被他严肃的语气弄得有点紧张。

莫扎他："今天有人打电话到宿舍来跟老三表白！"

呃……

莫扎他生怕她不信，接着说："真的，电话我接的，是个女的，不过我听到老三拒绝了。"

微微："表白……"

被微微一只神兽收买的莫扎他俨然已经把微微当成自家人，对不知名的追求者明知老三家有虎还偏向虎山行的行为很愤怒。

"三嫂你放心，有我在，绝对不会让老三红杏出墙的。你说现在的女生怎么想的，明明知道人家有了还凑上来！有主的地大家都去抢，旁边闲着的田没人耕……"

眼见莫扎他越讲越发挥，越来越牢骚，微微汗了，连忙拦住他。

"师兄，蛋腚啊，表白没啥的……"

微微："我从小被人表白到大……"

在认识愚公他们之前，即使是搞笑，微微也说不出这种话的，但是在他们的潜移默化之下，现在微微跟熟人已经很习惯来这样一句"点睛之笔"了。

不得不说，在今天芦苇微微PK莫扎他的战役中，微微以"天雷阵阵"这一招，取得了决定性的胜利。

莫扎他再一次销声匿迹了，人物站在那里一动不动。微微绕着他走了两圈，感慨不已，美人师兄不行，太不行了！天天跟愚公他们在一起，这点抗雷能力怎么混啊。

绕到第三圈的时候，莫扎他终于回魂了："三嫂……"

微微打算用个鄙视的表情回复，然而鄙视的表情还没打出来，就见莫扎他说："刚刚老三从我身后路过了。"

微微："……"

莫扎他："就在你说你从小被人表白到大的时候。"

微微觉得自己打字的力气都小了几分："胡说，他又不住校。"

莫扎他："他今天搬回来。"

微微："……"

莫扎他："现在他在开机……"

他这行字还没消失，就听"叮"的一声，系统提示：您的夫君一笑奈何上线了。

Part 29　史上最雷队伍

微微在零点一秒内奔下了网。

下网后的一分钟内，微微的想法是：幸好我跑得快。

一分钟后，微微开始反思：我干吗下线啊，不就是开个玩笑嘛，这样就跑了岂不是显得我很心虚，不行！做人要坦然，如果不怎么坦然，那更要无比坦然。

于是微微又爬了上去，一上线就看到白衣飘飘的夫君大人和莫扎他站在一起。抢在他们开口之前，微微发了个愤怒的表情。

"我刚刚掉线了！"

"……"

A大某男生宿舍内，某个叫郝眉的男生呛到了，转头看旁边因为一时找不到空地，随意地把笔记本放膝上就登录游戏的某人："你老婆真是天才。"

"过奖。"肖奈随口谦虚着，脸上却挂着"我老婆当然很天才"的表情，嘴角微噙笑意，注视着电脑的眼睛闪着光，修长的手指在键盘上慢慢地敲："校园网的确不太稳定。"

这回轮到微微被呛了。

为什么看到大神如此从善如流地回应，心里那么的毛骨悚然呢。微微不由自主就想到了很久以前得罪大神的那个叫魔道誓血的倒霉蛋，大神下手之前可是一点征兆都没有啊。可见他绝对是十年不晚的耐力型选手。算了，如果是炸弹，那还是早点引爆吧，免得埋得越深，炸得越狠。

不过，微微同学虽然已经决定直面壮烈的人生，却免不了垂死挣扎一下，俗话说，攻击就是最好的防守……

于是。

微微："呃，听说今天有人打电话向你表白。"

这行字一跳出来，肖奈就看了一眼郝眉。郝眉目不斜视地看着电脑，脑门上流下一滴冷汗。

肖奈微微一笑，从容应对。

一笑奈何："今天只有人打电话邀请我在毕业晚会上演奏古筝。"

"……"

一阵缄默后。

莫扎他："愚公喊我擦背，下了下了。"

眨眼就消失了。

微微恨不得把他拖回来打八十大板，不带这么谎报军情的啊，简直害死人不偿命。

游戏中，荷花池畔，白衣琴师已经坐下悠悠抚琴，"夫人请放心，我从小到大没被表白过。"

微微窘窘有神，没被表白过就没被表白过嘛，用得着刻意强调"从小到大"四个字吗？大神一定是故意的。

等等！

这句话在脑子里盘旋了两三遍，微微猛地察觉了不对劲，大神居然说他没被表白过？！这可能吗！她都亲眼见过好不好！

微微："……我都见过你被表白。"

微微回忆起见面以前和大神寥寥数面中的一面，就是看见他对某女生递出的粉红信件视而不见地走过。

肖奈蹙眉："什么时候？"

微微想了下，因为遇见大神属神奇事件，所以大概的时间微微还是记得的。

"上学期快期末吧，图书馆前面的路上，我看到有人给你递情书啊。"

短暂的沉默后。

一笑奈何："好像有点印象。"

看吧看吧，还说自己没被表白过，微微鄙视。

一笑奈何："那个女生，应该是发传单。"

微微："……不会吧。"

一笑奈何："为什么不会？难道有人会在马路上表白，还是说……"

一笑奈何："夫人遇到过？"

微微立刻冷汗了，她还真遇到过，还不止一次。

白衣琴师叹息："夫人果然很受欢迎。"

完了完了，越说越糟了，微微连忙说："没有没有，其实这种事情多了也很烦恼。"

啊，不对，这句话搞不好会让人误会她在炫耀。

微微赶紧换种说法："我是说，这种事情贵精不贵多，你有我就够了。"

手速快过脑速的下场就是，多余的话完全没有经过大脑验证，就从手指下流了出去。

零点零一秒后，难得大神都怔在那儿……

微微再度奔下了网。

微微在自我检讨。

她错了。

她不该好的不学学坏的,学愚公他们来什么"点睛之笔",看吧,习惯成自然的后果就是,关键时刻把自己给晃点了。

完了,明天怎么见大神啊。不行,明天她一定要在大神电话来之前跑出去。正想到电话,宿舍的电话就响了起来,把沉浸在自己思绪中的微微吓了一跳。

宿舍里只有她在,微微跑过去接起。

"喂。"

"是我。"

大神……居然还打电话来……微微狠狠地噎了一下,讪讪地:"……你也下了?"

"不是下了,"肖奈悠悠地说,"今天校园网不好,我也掉线了。"

大神你一天不窘我几回你就睡不着觉对吧!

好像已经看到微微窘得说不出话来的样子,肖奈轻笑。

"微微,我很开心。"

低低的声音环绕在人迹稀少的楼道,肖奈握着手机靠在墙上,想起刚刚他拿着手机走出宿舍,舍友起哄贼笑的样子。

"是不是出去打电话给咱们贝美女啊!"

他们都知道他出来做什么,大概他当时的神情怎么也藏不住吧。

虽然他从来是不外露的人。

大神说开心……是因为她的那句话吗?

微微手指不自觉地开始绕起电话线,好久,才无比轻地"嗯"了一声。

电话的两端都安静起来,好像不要说什么话就可以。好一会儿,微微找到了别的话题:"那个,视频合同我问游戏公司要的是神兽。"

"郝眉已经跟我说了。"

"我要了四只，没有你的份啊。"其实也有他的份，不过不一定会成功，还是先不要说好了。

微微把电话线绕了一圈又一圈："我要了一只小老虎，属性没你的那只极品，而且，性别和你的老虎不一样。"

肖奈迅速地意会了，却不说出来，只是轻笑："所以？"

"没什么啊，下次上线就让它们结婚吧，说不定能生出小神兽来呢。"

"好。"肖奈说，"下次我问问我的老虎愿不愿意。"

这需要问吗？！微微怒了："整个游戏就这么一只母老虎，它敢不愿意！"

肖奈低低笑出了声："嗯，有道理，他肯定愿意。"

好像一根羽毛在心脏最敏感的地方轻轻划过，微微忽然有种拿不住话筒的感觉。即使肖奈不在眼前，也忍不住游移起目光，眼睛掠过丝丝放在桌上的闹钟的时候，某件已经被她抛到河外星系的事情终于重新浮现在脑海。

微微："你现在有空不？"

"嗯？"

"再上下游戏吧，帮我朋友杀个 Boss。"

微微一边输密码一边汗，今天上上下下都已经第三次上线了。一上线，微微就接到雷神妮妮的哀号。

"微微你怎么下了啊！"

微微心虚地回过去："疑似掉线……"

雷神妮妮："噢，我还以为你放我鸽子。"

微微更心虚了："没有，你那有几个位置？我带个高手过去。"

雷神妮妮："还没叫人呢，你先和你朋友过来吧。"

和雷神妮妮说完，奈何已经出现在她的身边，微微喊了他一声，没有反应，过了一分多钟，白衣琴师才说："来了，刚刚清理了一下围观人群。"

围观人群……

微微无语地拉他进队，两人迅速地到了幽冥洞口。

雷神妮妮已经在那里等着他们，看到微微带来的高手居然是一笑奈何，整个人风中凌乱了，在私聊频道里对着微微狂喊："一笑奈何帮我过Boss？！"

微微笑眯眯地："嗯，跟他打怪很爽的，一会儿让他指挥。"

雷神妮妮发了一长串口水垂涎的表情。

微微："我没打过幽冥Boss，奈何你呢？"

一笑奈何："没有。"

微微："那我去官网看看。"

虽然微微自己打怪不喜欢看攻略，但是帮人家过Boss，还是保险一点比较好。

"不用看了。"奈何说，"再叫个远攻职业，杀起来快点。"

雷神妮妮对他言听计从："好，我在帮里叫人，肯定也有人要过。"

雷神妮妮说着便打开帮派频道喊人。

『帮派』［雷神妮妮］：幽冥老太婆有人一起过不，两个位置，来弓箭和随便一个。

她才喊了一声就有人应了，只是人选有点出乎意料。

『帮派』［真水无香］：两个位置？我和妖妖过去，等下。

雷神妮妮目瞪口呆，还来不及想点好听的话拒绝，真水已经带着小雨妖妖出现在幽冥洞口。

双方一打照面，微微顿时窘了。

雷神妮妮很有自杀的冲动，脑子里不断跳出"今天天气不好，咱们撤退吧""今天是世界和平日,咱们不杀生""我忽然想拉肚子"等等等等借口,最后这些乱七八糟的念头统统化成一个强大的怨念——为什么现在不停电!

凌乱之下,雷神妮妮说了一句话:"这个,有谁不想打吗?"

好吧,本来真水和小雨妖妖是想撤退的,可是妮妮这么一说,本来想走的他们也不能走了。

那太没面子了。

雷神妮妮是他们帮的,凭什么是他们走。

微微当然也不想跟真水他们合作,但是一来有雷神妮妮的面子在,二来……她先来的嘛,要走也是别人走才对。

安静了足足有一分钟。

一笑奈何:"组队。"

Part 30　高手风范

组队前，雷神妮妮想死。

组队后，看到队伍里那一排 ID，雷神妮妮瞬间回光返照，HP 全满了。

就像老话说的那样，一个妮妮被雷劈了，千万个妮妮在电闪雷鸣中站起来了！一切为了八卦！握拳！

电脑前的雷神妮妮死死地盯着屏幕，小眼放出百万瓦特的邪光，左手牢牢地按着截图键，心里不停地默念：来吧！来点火花吧！

可惜，时间一分一秒过去了，她期待的火花却一直没有出现。

幽冥洞，其实是个六层的树洞，幽冥洞 Boss，用准确一点的词描述就是——幽冥老太和她的男宠们。除了第一关是聂小倩求救引发剧情和试斗外，后面几关都是由老太婆的男宠们把守，打得男宠们落荒而逃以后才能进入最后一关——幽冥鬼姥和前面跑掉的男宠的大集合。

不得不说这个任务设置得很邪恶，但更邪恶的还在后面——闯幽冥洞的女玩家被灭后，系统就直接提示该玩家阵亡了。但是男玩家被灭，系统却会提示"×××玩家从此消失在幽冥深处……"

那一连串引人遐想的省略号，再结合一下幽冥鬼姥爱收男宠的特性，男玩家的下落简直不言而喻啊。于是一旦有队伍被灭，世界频道上总少不了来两句。

"唉，又一个被老太收了的。"

"××兄，当男宠的感觉怎么样？"

开始也有玩家不堪忍受自己的名字和幽冥老太联系在一起，就争辩自己是死在前几关的，然而，世界频道上的反应却是——

"靠，前几关，居然被男人叉叉圈圈了。"

或者——

"连小倩妹妹都搞不定，你还是不是男人啊？"

相比之下，还不如去当男宠了。

队伍一路顺利地闯过了前几关，不过这个顺利，对微微来说，就显得速度太慢了。因为和真水、小雨组队，微微只想速战速决早点带大神走人，不想把精力浪费在途中的小怪身上，偏偏小雨妖妖的跑位太烂，总引得小怪追杀，想不耗时都不成。

解决了倒数第二关的大小怪物们，雷神妮妮在最后一关的传送点前停住了，犹豫了一会儿，说："下一关，谁来指挥？"

其实指挥权的问题早在进洞前就应该确定，不过雷神妮妮鸵鸟心态，一直没有提。前几关这个问题还不突出，因为有微微和奈何在，光他们夫妻俩发挥发挥就够了，现在最后一关却不行，面对强大的敌人，必须要有一个核心。

这个核心雷神妮妮理所当然地觉得应该是一笑奈何，她早就想领略一下传说中第一高手运筹帷幄的风范，但是真水无香和小雨妖妖在这里，她这话却不好说出口。

微微知道她为难，刚想说按照惯例，由等级最高的指挥，却看到真水无香的等级竟然已经和大神一样高了。微微略略有些吃惊，他怎么会爬这么快？大神和她都有阵子不来了，被赶上一点不稀奇，但是赶上这么多，难道他日夜不停不吃不喝地练？

正疑惑间，却见奈何说："随意吧，这个副本难度一般。"

微微拜倒了。

大神你毒不毒啊，你这样一说，人家真水就算想说他指挥都不成了啊，不然岂不是显得他在捡你不要的便宜。

真水、小雨、妮妮一起沉默……

良久。

微微："……既然难度一般，那就我来吧。"

以前微微和真水合作的时候，多半是微微指挥，后来嫁给奈何，这活就交给大神了，现在重拾指挥棒，竟然有点不习惯的感觉。

尤其，当队伍里有个节奏跟不上的队友的时候。

幽冥鬼姥很生猛，技能很变态。

混乱阴阳，医生加不上状态。

倒戈一击，己方的伤害输出以一定的比例反击在己方队友身上。

夫妻反目，队伍里有夫妻的时候才会触发的技能，作用类似倒戈一击。

采阳补阴，很邪恶，男玩家的血百分比地下降，乘以一定倍数补充给幽冥鬼姥。

总的来说，这个 Boss 对医生的考验比较大，也正是因为如此，这个 Boss 对有一笑奈何的队伍来说，难度也的确不大，大神的闪避可是很强的。

打到一定程度，鬼姥召唤出了之前逃跑的男宠们，开始群殴。

微微想先解决掉男宠之一，因为他有个叫"神行龟步"的迟缓技能很讨厌，然而她刚刚换位，就见奈何提醒。

『队伍』［一笑奈何］：主。

微微知道他的意思是让她攻击幽冥鬼姥，立刻放过了那个小 Boss，主攻幽冥鬼姥。

奈何迅速地解释说："拯救副本，奖励和存活成正比。"

微微想起来了，之前和聂小倩对话的时候，的确提到这些男宠都是幽冥鬼姥指使她引诱过来的。既然目的是解救他们，自然是不能杀的。

微微不由得有点羞愧。软饭吃多了，果然判断力下降了啊……一边打着Boss，微微一边开始严肃地思考，她和大神究竟是谁在吃软饭的问题。

当然，也没忘记指挥。

『队伍』［芦苇微微］：弓箭

微微还没把话说完整，就被幽冥鬼姥的攻击打断，待要继续打字，真水无香却似乎明白了。

『队伍』［真水无香］：OK

微微略略一愣，然后便看到真水无香按照她心里想的走位攻击了。

『队伍』［雷神妮妮］：哈哈，你们配合得不错嘛。

雷神妮妮不愧是今天的冷场王，每回她一开口，场面起码冷半天。还好，这个Boss也打得差不多了，马上就可以结束走人了。谁知道就在此时，又出了新状况。一直锁定真水无香、给真水无香加血加状态的小雨妖妖，忽然给一笑奈何加了血。

奈何作为队里的主要医生，一直是幽冥鬼姥殴打的第一目标，小雨妖妖给他加血，幽冥鬼姥的仇恨立刻转移到了她的身上，向她扑了过去，她的闪避哪里能跟大神比，一下子就被砍倒在地上死掉了。

然后，没有及时得到补充状态的真水无香也血尽而死。

微微被这一连串变化弄得目瞪口呆，怎么也想不通小雨妖妖干吗忽然给奈何加血，难道她连锁定真水都不会？

手下不由得就是一慢，若她此时大招发出，幽冥鬼姥必死，但是真水无香和小雨妖妖也许也来不及复活了。微微虽然对他们死不死无所谓，但到底是自己指挥，队里死了一半人，倒显得她指挥失误似的。

微微心中暗怒，小雨妖妖这么天才的一下，又给了幽冥鬼姥疗伤的时间。

正思考对策，却见耀眼的技能光连连闪现，琴师的必杀技带着华丽的流光刺向幽冥鬼姥，几乎是同时，纯白的治疗光连续复活了真水无香和小雨妖妖。

电光石火。

时间静止。

幽冥鬼姥的尸体轰然倒下。

白衣琴师携琴而立，衣襟飘扬。

这一切发生得太快，眼花缭乱之中，微微只觉得自己的心脏要停顿。平时话多的妮妮也好像傻住了，然后便是爆发。

『私聊』〔雷神妮妮〕：神啊，微微你家老公太帅了！

『私聊』〔雷神妮妮〕：这么短的时间他怎么做到的啊！

『私聊』〔雷神妮妮〕：居然复活真水和妖妖，太高手风范，太有气度太男人了！

微微手指顿在键盘上，亦是心弦颤动。

电光石火间那一救一杀已是接近极限的华丽神迹，而平时清淡的琴师，这一刻身上却仿佛笼罩着无言的张狂。

…………

很久很久以后，微微想起这一幕，忍不住问起大神救真水和小雨妖妖的原因，毕竟大神怎么也不像以德报怨的人啊。

肖奈沉吟了一下说："你不觉得，他们被我复活了会更难受吗？"

Part 31　美人师兄

『系统』：雷神妮妮、一笑奈何、芦苇微微、真水无香、小雨妖妖锄强扶弱，斩妖除魔，打败幽冥鬼姥，解救苍生于水火，神功盖世，威震江湖。

『世界』［摩船长］：我看错了吗?

『世界』［SC熊猫］：天哪，系统故障了！

『世界』［悠悠。。。］：玩了这么久，才知道这个游戏允许重名。

『世界』［魔道誓血］：这什么事！老子当年白被砍了！

『世界』［无敌笨刀］：老婆，我们复合吧，这几个人都一起打Boss了，我们有什么理由不在一起！复合吧复合吧，老婆我爱你啊！

『世界』［不穿裤裤好凉爽］：靠，老子就去洗了个内裤，回来就跟不上时代了。

『世界』［SC熊猫］：震惊，凉爽兄你居然有内裤！

『世界』［不穿裤裤好凉爽］：……

『世界』［不穿裤裤好凉爽］：没有内裤是乞丐，有裤不穿真英雄。

『世界』［SC熊猫］：不穿干吗洗?

『世界』［不穿裤裤好凉爽］：你这么关心老子的内裤，有什么企图！

『世界』［东南枝上］：两位，调情请私聊……不然观众会害羞的。

『队伍』［芦苇微微］：妮妮，我们走了，有事再叫我，我不在就直接找奈何。

『队伍』［雷神妮妮］：啊！！！可以吗？！！！

『队伍』［一笑奈何］：可以。

『队伍』［芦苇微微］：我们走了，拜拜。

『队伍』［雷神妮妮］：等等啊，掉的装备还没分呢。

洞中气氛古怪，微微不想多待，没等妮妮分装备就和奈何一起退出了副本。看看身边沉静的白衣琴师，微微问："接下来我们去做什么？"

"稍等，电话中。"

电话？

微微想到某种可能性，不由得有点魔幻，"呃，你不会，刚刚打 Boss 的时候也在电话吧？"

微微发誓，她只是随便问问而已，但是大神一个理所当然的"嗯"字把她彻底打败了。居然是真的……

微微认真思索了半响，实在无法想象："……一只手怎么操作？"

"……耳机。"

对喔，手机可以用耳机接听啊。微微汗了，连忙说："那你打吧。"

明明不打算上太久的，可是此刻微微的脑中硬是没出现"下线"这个词，反倒是大神戴着耳机，神情冷静地接听电话的样子栩栩地浮现在眼前。打电话还能一心二用做出那么强大的操作，大神某种程度上已经强大到逆天了吧。

微微不由得便出了神，屏幕上的红衣女侠也静静地坐在琴师的身边，红裙子徐徐地飞扬着。

片刻，白衣琴师说："微微，明天我要去上海。"

*** *** ***

才十一点钟，图书馆附近的食堂已经排起了长长的队伍。微微和舍友排在队伍的最后面，看着前面拥挤的人群，叹气。

二喜排在她身后，贼兮兮地笑："喂喂喂，就算你家大神不在，跟我们吃饭也不用叹气吧！"

这样的话微微在早上和她们一起自习的时候已经听了好几遍了，所以一点感觉都没有，径自探头看今天食堂是什么菜。

二喜见她没反应，愈加贼兮兮地问："微微，你跟你们家大神进展到哪一步了啊？"

微微无语地回过头，"……我们才认识一个星期好不好！"

丝丝凑过来说："你们认识两小时都确定关系了，照这速度，认识一个星期小孩都可以打酱油了。"

"……"微微，"总之，什么都没有，酱油铺子还不知道在哪呢。"

晓玲不相信："不可能吧，难道肖大神打算温水煮青蛙。"

微微无语："你才是青蛙。"

晓玲越想越有道理："没错啦，肯定是这样，先是大火烧开，然后小火慢煮，迟早把你这只青蛙吃掉！"

二喜也琢磨出味道来了："有道理，大神的战略估计是这样的，先来一手闪电战，现在在玩渗透战，嘿嘿嘿嘿。"她的表情忽然贱贱的，"微微，你们什么时候论持久战啊！"

丝丝附和说："对喔，先是狂风骤雨让你摸不着方向，再是和风细雨让你晕头转向，最后再来个什么雨呢？"

丝丝努力地思索中，微微脑子里不知怎么地忽然就冒出四个字——

巫山云雨……然后华丽丽地窘了。

二喜还在不死心地强调："持久战啊持久战，持久啊持久。"

微微她们还是没理解她的深意，"噗"的一声，一直排在她们身后的某个男生喷了。

四双眼睛一起向那人看去。

是一个个子挺高的男生，长着张娃娃脸，大眼睛，就跟高中生似的。他之前就鬼鬼祟祟地跟在她们后面,二喜她们跟微微在一起的时候见多了这样有贼心没贼胆的男生,也没特别在意。

那男生被她们看着,白白的脸皮登时红了,挠挠头,很窘迫地对微微说:"哈哈,三嫂,我莫扎他啊。"

微微凌乱了。

莫扎他?!郝眉?大神舍友?她认识的那个?不会吧!微微瞪着他,刚刚她们讨论的事情,他全部听见了?!啊啊啊,那丢人丢大了。

而且……

微微想起莫扎他对自己外表的描述,据说比煤球还黑的,再看看眼前这家伙白白的样子……

微微怒了。

好啊,这家伙从头到尾就没说过真话,昨天还谎报军情陷害她。微微旧恨加新仇,当下很可亲地一笑,悠悠然说:"原来是——美——人——师——兄——啊——"

于是……

在众人惊骇的眼神中,莫扎他白嫩的娃娃脸,彻底地、扭、曲、了。

数分钟后,莫扎他在食堂阴暗的角落里啃着白菜,愤愤地掏出手机向某人告状:"你老婆调戏我。"

很快某人回曰:"好好被调戏,我不介意。"

莫扎他当下一口鲜血喷出来。

不得不说,某两只在气死人不偿命这方面,真是千里之外,心有灵犀。

一天都没有肖奈的消息,晚上微微自习归来,忍不住又上了一下游戏。肖奈当然不在,微微跑去了他们的房子里,摆摆家具,给花园的花浇浇水,溜达了好几圈。

一会儿愚公他们上线了，微微跟他们会合，给了愚公和猴子酒神兽后，一边打副本一边很没营养地聊天。

愚公："糠师傅新出的泡面不好吃。"

微微："泡面也有山寨了？"

猴子酒："他是猪所以吃糠师傅，我们吃康师傅。"

愚公："唉，比不上老三啊，现在美酒在手，美人环绕。"

微微："……"

莫扎他今天吃了微微的亏，使劲地挑拨离间："三嫂，不要生气，回来我们帮你教育他。"

微微："没有生气，我很欣慰。"

微微："愚公这次成语都没用错。"

愚公悲愤了："我没有用成语好不好！"

微微："对你要求不能太高，四个字就算成语了……"

愚公："其实成语这个事情，是因为我儿童时期有心理阴影。"

猴子酒："心理阴影跟心理变态有什么不同？"

愚公无视他，悲痛地陈述："愚公移山这个成语大家知道吧，是讲一个老头带领全家人民每天挖点坑……"

微微连忙阻止他的小学普及教育："刚好知道，不用解释了。"

愚公："哦，你知道就好，我不是叫于半珊嘛，所以总把它说成愚公搬山，就因为这个被语文老师体罚了很多次（怒火表情）"

猴子酒："……你阴影怎么比我释放有害气体还简单。"

莫扎他："……原来脑残是从幼年开始的。"

微微："我厚道，我什么也不说……"

愚公同学很悲愤地去角落里长蘑菇了。

莫扎他不死心地追着微微问："三嫂你真放心老三啊，上海那个花花世界，酒会那个波涛汹涌……"

微微："他不是给风腾系统升级去了么？"

莫扎他吃惊："三嫂你也知道！"

她当然知道啦。

大神八点半的飞机，七点钟居然还找她吃了个早饭，顺便报备了一下行程安排和离开的天数。

然后才不慌不忙地走了。

"三嫂，你只知其一，不知其二啊，升级哪用他去。"猴子酒说，"据说风腾的老大要帮老三引荐一个大客户，所以临时决定过去的。"

愚公这时小强般地复活了："嘿嘿，如果能拿下这个项目，老三的老婆本就有了。"

莫扎他跟他一唱一和，故意装出很吃惊的样子："老婆本要这么多？！"

愚公搭腔："人家要娶系花啊系花。"

微微很有磨牙的冲动，不过面对"非大神"人士的挑衅，微微还没输过呢。发了个笑眯眯的表情，微微说："没办法，大神没理想，不想嫁富婆。"

愚公："……"

一分钟后，远在上海参加酒会的某人手机上又接到一条告状信息："你老婆欺负我。"

不着痕迹地把手机收回袋中，肖奈嘴角轻舒。

看来，某人在他不在的时候，也过得很快活啊。

不过，远在B城快活的某人很快乐极生悲了，源于二喜的一声惊叫："天哪，微微，你快上学校论坛。"

Part 32　流言

学校论坛因为计算机系的顶级牛人和系花的恋爱事件狠狠地热闹了一阵子，不过几天下来，因为没有新的八卦点出现，已经有点退潮了。然而周六晚上的一张新帖，又再度把全校学子的目光吸引了过来。

帖子名主题是——劲爆！本校著名才女挑战绯闻美女！

激动！今天无意逛到本校某才女的博客，发现一篇新鲜博文！我其实只是随便看了看，谁知道一看就激动了啊，越看越激动，于是拿来跟大家共享。

博客地址：www.×××××.blog.×××.com.cn

我不厚道，全文转载了哈。

然后发帖人全文转载了那篇标题为《谁让你没有34C》的博文，文章很长，开头是一些无关紧要的事情，后面讲到博主昨天下午和朋友去喝咖啡，顺便描述了一番咖啡馆的格调、装修之类的东西，然后才是发帖人标黑的部分。

…………

不觉谈起近日学校轰动的绯闻，俱不胜唏嘘。

A君感慨：可见男人，不管他是多么的出类拔萃超凡脱俗，爱的永远是女人的那张脸。

笑。

B君却是不服，指同座C君：C君岂不更美，真真才貌双全，且相识在前。

C君颜色惊人，才华横溢，对肖君之心，可谓痴迷，今日输在不如己人之手，怅怅然不必言表。

A君道：C君单纯，想必手段不如人。

我笑言C君：喂，谁让你没有34C。

接下来又是一段评述，字里行间处处带着看透男人的通透智慧，又似乎隐藏着一丝孤芳自赏的感伤。

博主叫爱香奈儿，学校知名人士，素有才女之称，平时爱写些咖啡音乐香水之类西方情调的小文章，据说在某著名时尚杂志上还有专栏。

二喜越看越气："什么才女啊，这赤裸裸就是人身攻击！"

微微没有出声，手指镇定地按着鼠标往下拉。帖子发了已经有一段时间了，回帖很多，附议者居然甚众。

不过这倒也不奇怪，微微成绩虽然好，但是出身于普通家庭的她，并没有什么特殊的才艺，因此非计算机系的人对她的印象，多半是停留在美艳的外表上。现在被爱香奈儿这么一说，大部分人便觉得果然如此。

当然，觉得爱香奈儿很无聊很酸的人也不少。更有不少人在猜测C君到底是谁，为此还专门开了个猜测帖下注，校花孟逸然是被人提起最多的一个。

晓玲和丝丝也是一肚子火。晓玲冷笑说："这种女人大概觉得全世界的男人都该爱她，不爱她就是肤浅好色，不懂内涵。"

丝丝出主意："我们把微微的成绩单贴上去，羞死她。"

微微这时才出声："回什么帖，这种帖子，丢脸的又不是我。"

没有把回帖看完，微微就点了右上角的红叉。恼怒是难免的，但是看二喜、晓玲她们义愤填膺的样子，微微反而有些平静了。回帖是完全没必要的，现实毕竟不同于网游，网游可以只求痛快，毫无顾忌地砸回去，现实却必须考虑更多，然后选择最理智的方式。不回击虽然有些憋闷，但是总比互踩给人看笑话好。

不过话说回来，微微表现得如此平淡，也是因为这帖子踩得无关痛痒，要是踩到禁区，她早上门堵人了，这种事她又不是没干过。

无事状和愚公他们道了别，关了电脑，微微起身走进卫生间洗漱准备休息。

二喜追过去，拍门："微微你就不生气啊。"

放下擦脸的毛巾，微微看着镜子里的自己，目光沉静，"人家赞美我有才有貌，生什么气。"

二喜愤愤地说："微微你眼花了啊，人家哪有赞美你有才华，明明说你没脑子好吧。"

"身'才'也是才啊。"微微拉开卫生间的门，"再说，脑子这种东西，要同一个水平线上的人才能互相承认的。"

二喜一时没反应过来，等领悟了，不由得景仰地看着微微："微微你好毒。"

这算什么，用愚公的话说，连大神的九牛一毛都不到呢。

微微朝她做了个鬼脸。

二喜稍微气平了点，气一消，脑子就转到别的地方去了。眼睛在微微身体的某部分扫来扫去，二喜很猥琐地问："微微，你真的是34C吗？"

周六的夜晚，在二喜被殴打中落幕。

大神一直没有打电话过来，微微也不失落，大神离开前都说过啦，第一天也许没时间打电话给她。

第二天，出乎微微预料的，博客事件升级。原因一，计算机系的男生怒了。

他们能不怒嘛。

计算机系本来就僧多粥少，难得出一个校级美女，而且这美女没有"外遇"，在计算机系自产自销了，这容易吗！现在居然被人暗指没脑子？

你才脑残，你全家都脑残。

以上，为计算机系全体男生的心声。

于是，爱香奈儿的博客被人黑了。顺带贴上了计算机系大二上学年的奖学金名单，再顺便，爱香奈儿所在系的奖学金名单也被贴上去了，偏偏里面没有爱香奈儿的名字。

两厢一对比，讽刺之意十足。

周末晚上，二喜半蹲在电脑前，心潮澎湃："咱们系的男生实在太有爱了，够爷们儿！"

丝丝也半蹲在电脑前："微微，这事是不是你家大神做的？"

微微坚决地摇头："绝对不是，他从来不干这么直接的事。"

晓玲："……这种话你能不能不要用崇拜的语气说。"

微微"嘿嘿"笑了一下。

丝丝想起来问："对了，你家大神对这事啥反应？"

"呃，我没说哎。"

晓玲要晕倒了："刚刚你打那么长时间电话居然没说？！"

一接电话就忘记了嘛……微微很无辜的，而且大神很忙的好不好。

二喜的注意力还在论坛，"微微，你认识曹光和梁轻盈？他们怎么会帮你说话，好离奇啊。"

曹光和梁轻盈，就是博客事件升级的原因二了。

A大从来不乏才子才女，爱香奈儿是，曹光和梁轻盈更是。如果不是肖奈光芒太盛，这些人也许会更出名。

曹光，外文系货真价实的才子，以愤世嫉俗出名。

梁轻盈，中文系财女加才女，以尖酸刻薄出名。

可是这两个人,现在却不约而同地发帖帮微微辩护。

曹才子说:"酸臭扑鼻,嫉妒就直说,在阴暗的角落长什么毒蘑菇。学学老子吧,老子就是嫉妒肖奈,怎么样!"

才女则完全没提到那个帖子,只是说了说自己对微微的印象,称赞微微是少见的有侠气的女生。

"也不算认识吧。"这两人会出声说话,微微也很意外,毕竟她跟他们怎么也称不上熟识。

认识曹光,是因为一个让人不快的乌龙。

这位外文系的才子同学一贯的愤世嫉俗,某天在学校门口看见学校某知名美女从一辆豪华轿车上下来,当下就为社会风气的堕落痛心了。于是用手边的手机拍了照片,发到了学校论坛。不过他还是比较有分寸的,只发了那照片的一半,那一半里面是美女穿着牛仔裤的纤长美腿和某名车车牌。

这帖子一出,因为题材敏感,才子文笔又尖锐,立刻就成了热门帖,微微适逢其会,有幸拜读,结果一看之下,当下就炸了。

因为那照片拍的就是她。

彼时她才大一,还没迷上网游,课余时间就给一个十岁的小男孩做家教,小男孩是单亲家庭,只有一个女强人妈妈,某天顺路,女强人妈妈开车就把微微送到了校门口。

没想到就这么个偶然事件,竟然被渲染成 A 大女生风气问题,对此情况,微微真是出离愤怒。拜曹某人大名所赐,微微很快知道了 ID 后面的真身,第二天就到外文学院去堵人了。

曹光一出教室看见贝微微,以为是来求他撤照片的,当下就摆出不屑一顾的表情,超拽地说:"什么事?"

孰料微微的表情比他更不屑一顾,语气比他更拽:"同学,我来拯救你的世界观。"

Part 33 狭路

其实事后回想,微微也觉得自己的台词很雷,但是上门单挑,气势很重要。后来嘛,就是微微借口有事,请曹光代她给小男孩上了一节基础英语的课程。

这下不必再解释什么,一切都清清白白了。

因为这种事情容易以讹传讹,微微就连宿舍里的人都没有说过。事情过去好久了,微微自己都快忘记了,简单地跟舍友说了一下,晓玲惊叹:"好偶像剧,曹光是不是对你有意思啊,你们怎么没发展一下?"

"直觉啊。"微微沉思状,"咦,难道我知道有更好的在后面?"

众人纷纷被雷倒。

丝丝问:"那梁才女怎么也帮你说话?"

微微也不太确定:"这个人,是不是下巴很尖,个子比我矮一点,长卷发到腰那里的?"

微微凭着残存的印象描述着。

丝丝点头:"没错,就是她。"

微微"哦"了一声,脸上霎霎有神。

二喜摇她:"别卖关子,快说,你怎么认识她的?"

微微说:"我……好像帮她还过价。"

二喜她们一脸被噎到的表情。

"前阵子我去电子城买内存条,正好她也在那个店买东西。那老板看她不懂行，居然拿个二手的糊弄她，那金手指上的光泽一看就是旧的好不好，要价还贵了五十，我好像在学校里见过她，知道她也是我们学校的，当然不能让她受骗。"

"……所以你就路见不平了吗？"

微微点点头，得意地说："最后我们两个都是成本价买的。"

丝丝吃惊："你砍价这么猛？"

"嘿嘿，我暗示老板要去投诉……"

晓玲恍然了："我终于知道她为什么说你有侠气了，原来是侠盗的侠。"

微微本以为这种流言，两三天就会自生自灭掉，但眼下居然愈演愈烈了，不免也有些烦恼。

周一下午有考试，微微考完又看了一会儿书才回去。回到宿舍，看见二喜又一副怪异表情，微微直觉反应就是："论坛不会又有新帖了吧？"

二喜"嘿嘿"笑了一下："没有没有，刚刚肖大神电话找你，他回来了。"

啊，提前回来了？

微微眼睛亮起来，拉开自己的包，打算取电话卡打电话。二喜拦住她，期期艾艾地说："微微啊，刚刚跟肖大神讲电话的时候，我一不小心，把我深深埋藏在心底的话说出来了哎。"

微微停下手，忽然有些不良预感："……你说什么了？"

二喜吞了吞口水说："我问他，他怎么还不请我们吃饭。"

"你你你……"

微微被她雷得都失语了。

"你真是太无耻了！"晓玲在一旁鄙视地接口。

二喜挺不好意思地说："还有更无耻的怎么办？"

微微深呼吸，把自己的防雷墙提高了一个等级："……你说。"

"我还说，择日不如撞日，明天正好没考试，要不就今天请吧。"

微微看着她,半天说不出话来:"……二喜,你不怕拉肚子了吗?"

正在此时,宿舍门又被推开,丝丝冲进来,扬着手里的纸袋子,"幸不辱命,我买到了!"

晓玲欣喜地抢过袋子:"上次那条吗?"

"不是上次那条,但是我觉得这条更好看!"

晓玲手快,已经把袋子里的东西拿出来,抖开,上下看看,满意地点头:"不错不错,款式比上次那件大方保守,良家妇女会喜欢的。"

转向微微,"是吧?"

微微看着她手里那条红色的裙子,再看看她们的表情,心里一阵诡异的不安,"这个不会是……"

"没错!"晓玲毫不犹豫地承认,"就是买给你的,我们可不是吃白饭的人,大神请我们吃饭,我们无以为报,送你一条裙子。"

丝丝附和:"上次晓玲家大钟请我们吃饭,我们也送情侣睡衣了。"

"这么雷的事情你就别提起了好不好?"晓玲白了她一眼,再对微微说,"期末了,地主家都没有余粮了,这是咱们吃榨菜省下的钱,所以你今天一定要穿!"

微微无语地环视了她们一圈,默默地从包里拿出电话卡,拨号,电话只响了一声就被接起来。

"微微。"

不知道他在哪里接的电话,话筒里有嗡嗡的杂声,肖奈的声音有些模糊不清,"我正要打电话给你。路上堵车,预计要晚半个多小时到学校。"

他还在车上?

"……你几点回来的?"

"三点半。"

三点半?就是说,大神一下飞机就打电话给她,然后就被二喜抓住要求请吃饭？

微微迟疑了一下："那今天晚上要不……"

"微微，这种事你应该早点提醒我。"肖奈打断她，声音中竟然略略带了些责备，电话那边好像有人跟他说话，肖奈停顿了片刻说："好了，一会儿再说，我先挂了。"

居然……被责怪了？怪她没早点告诉他要请她们宿舍的人吃饭？

微微拎着电话发了一会儿呆，转头看看眼巴巴盯着她的舍友们，她们脸上明明白白写着"我要吃饭我要吃饭我今天就要吃饭"，再看看那件裙子，微微叹气，伸手。

"裙子拿来。"

新买的裙子的确比上次那条还好看，颜色也更美，衬得微微肤色如玉，明媚动人，但又意外地有一种帅气，这样的艳色和帅气结合交织在一起，光彩夺目到令人惊心动魄。

微微蛮喜欢这条裙子的，但是出门前还是纠结了，为啥老是要穿新衣服去见他啊……不过这些纠结，在走出西门，看见站在车边和几个年轻人交谈的俊挺身影时，就通通抛之脑后了。

微微下意识地加快了脚步，可是才快速走了几步，又慢了下来。

因为那人忽然从交谈中转头向她看来，视线似乎一下子就从平静到了灼热，专注得几乎令她退缩。

定定地看住她好几秒，他才移开目光，跟周围的人说了几句，那些人点点头拖着行李走了。

等微微她们走近的时候，肖奈已经是一副寻常表情，刚刚那炽热的温度，好像是微微的错觉一般，已经消失不见。

尽管如此，微微在路上还是有些恍惚起来，直到听到二喜说要去一个什么什么餐厅,才回过神。

"那是什么地方?"

"嘿嘿,一家法国餐厅啦,今天开业。"

微微狐疑地看着她。对于法国菜,微微是从生理到心理的不喜欢,记得宿舍其他人也是啊,怎么这次居然要去吃这个东西。

"不行,我不要去。"

"去啦去啦。"二喜出乎意料地坚持。

晓玲丝丝也帮腔:"换个口味偶尔去吃吃嘛。"

"可是……"微微还想反对。

肖奈一直听她们争执没有说话,这时笑了一下说:"微微,我们主随客便吧。"

主随客便……

微微又被秒杀了。

五六点正是 B 城最堵的时候,开了足足有一个小时,才到二喜说的那个餐厅,因为附近没有停车位,肖奈把她们放在餐厅门口后,径自开车去找停车的地方。

一下车,二喜就四处张望,然后目光定在了某一处,低叫:"哇,她们真的来了。"

晓玲也一副兴奋的样子:"晕,真的,咱们没白花钱啊。"

微微狐疑地看着她们,二喜拉拉微微的手,低声说:"微微,看餐厅里面,窗边最西边那一桌。"

微微顺着她的提示看过去,意外地看到了有几分眼熟的人,好像是孟逸然?她正和几个妆容精致的女子坐在一起。

二喜悄声说:"孟逸然旁边那个女的就是爱香奈儿。"

微微惊讶地看了那个女子一眼,窗内的人显然也注意到了这边,正向她看来，表情有些莫测。

微微看着二喜、晓玲她们的表情，一切都有了解释。

怪不得要她好好打扮。

怪不得非要来这家餐厅。

原来如此。

微微压低声音："你们怎么知道她会在这里吃饭？"

二喜奸笑说："其实我也不确定，她博客还没被黑的时候我去她的博客逛，看见她说这家餐厅今天开业，我就想她搞不好要来，就试试嘛。"

微微无语了："你想干吗？"

"切，什么都不用干，我们就赢了好不好！"二喜很得意地看着马路对面，脸上露出贼贼的笑容。

微微感应地回过头，马路对面，肖奈正朝她们走来，傍晚的灯光在他身上洒下了一身璀璨。

Part 34　真实

　　看着他，移不动视线，微微心下忽然泛起一丝不安。

　　一点都不喜欢这样，仿佛把他当成了反击和炫耀的工具一般，而且还是在他不知情的情况下。

　　二喜观察了下她的表情，紧张地说："微微，你不会要临阵脱逃吧！"

　　什么临阵脱逃，她什么时候要打仗了！

　　微微没好气地瞪了她一眼，心里有些郁闷。明明是来聚餐的，可是被她们这样一搞，单纯的聚餐都不单纯了。

　　算了，就当那些人不存在吧，反正只是同一个餐厅吃饭而已。这样想着，微微提醒舍友："一会儿你们给我多吃饭少说话。"

　　想想不对，法国菜可是很贵的，赶紧补充："也不准多吃！"

　　肖奈走近的时候，便听到微微这么凶巴巴的一句，再看看她一脸无师自通的恶霸相，首次产生了一种类似无语的感觉。

　　二喜趁机告状说："肖师兄，你看你家微微。"

　　这句话实在太顺耳，肖奈听得身心舒畅，转头看了眼二喜，正式记住了她。然后顺着她的话教育微微："哪有你这样招待客人的。"

　　晓玲她们一齐窃笑。

　　丝丝胆子也大起来，对肖奈说："可是师兄，微微这么一说，待会儿我们都不敢点了。"

　　肖奈莞尔："没关系，我的钱包暂时还不归微微管。"

晓玲笑嘻嘻地说:"那我们要趁现在赶紧吃,再晚些时候微微管师兄的钱包了,我们就连咸菜都吃不到啦!"

她们说得热闹,微微却没有插话,只是看着站定在她身边的人。

他清俊秀致的眉目间还带着与生俱来的傲慢和疏离,可是舍友们和他的距离却似乎已经消失不见了。微微一点都不奇怪会这样,他是这样的,只需要稍稍有点耐心,便能轻易地使人如沐春风。

刚刚在车上都没注意,微微此刻才发现他竟然穿着很正式的白色衬衫,仿佛刚刚从谈判现场出来一般。想想也是,他一下飞机就过来请她们吃饭了,根本连换个衣服的时间都没有吧。

不知怎么地,微微胸中忽然一阵气闷。

她不敢揣测大神是抱着什么样的心情开车赶过来的,但是,他肯定以为这是一场单纯的聚餐吧,哪里会想到是别有目的的呢。

气闷的感觉好像更严重了。

他们边说边往餐厅的方向走去,微微陡然停住脚步,没有多想,扯住了肖奈的衣袖。

"不要进去了。"

这句话一出口,微微心中一阵轻松,仿佛清风吹过,连日来积聚的不快连同刚刚看到爱香奈儿产生的一点郁闷全都一扫而空。

对的,她就是不想进去,不想为了什么面子去吃,不想为了气别人去吃,只想安安静静地和朋友,和好几天没见的他,在一起吃饭。

二喜、晓玲、丝丝面面相觑,欲言又止,微微抬头看着肖奈:"我们换一家吧,我不喜欢这里。"

肖奈目光微闪。

半响。

他点头:"好,我去开车过来。"

"嗯。"大神这么任劳任怨,微微觉得有些不好意思,低下脑袋,"麻烦你了……"

"觉得不好意思的话,就和我一起去取车。"

咦?微微意外地抬起头,却分明在他眼底捕捉到一丝促狭。

"……你快去快回。"

看着他挺拔的背影走远,微微转身看向二喜她们,"你们不会怪我吧。"

丝丝摇摇头:"不会啦,不想吃就不吃嘛,你也没怪我们瞒着你搞这些啊。反正也在她们面前晃过了,我满足了,哈哈。"

二喜有些失望:"微微其实你不用介意她们啊。"

"不是介意。"微微正色地说,"如果这是一家水煮鱼店,我本来就打算来吃,那么里面就算有十个爱香奈儿,我也会进去吃。可是这是一家法国餐厅,你们不喜欢吃,我也不喜欢,我们干吗为了气她,勉强自己吃不喜欢的东西。"

完全不值得嘛,搞不好还会消化不良,最重要的是,居然还要提供大神的美色!!!

亏本生意呀。

二喜哀叹一声:"行了,我了解了。"

微微欣慰。

"你就是想吃水煮鱼。"

微微无语:"基本上是这样没错……"

晓玲还是觉得不甘心:"这样就走,很半途而废啊。"

"过犹不及,这样已经够啦,场外解决比场内肉搏好多了。而且,晓玲啊……"

那两道视线黏在她身上已经很久了,微微抬眸,不避不闪地迎上去,平静却有力地说:"对于潜藏的敌人,最好的办法,就是让她连上场的机会都没有。"

去吃水煮鱼的路上,二喜宣称,要把水煮鱼吃出法国菜的价格来。鉴于水煮鱼物美价廉而法国菜宰人凶猛,微微本以为这是一个不可能完成的任务。

然而……

这天晚上她们居然吃掉了七斤水煮鱼。

七斤啊……

看着空空的、只剩下豆芽的超大瓷碗,微微颇有些不可思议,肖奈倒是淡定自若,微微很不好意思地说:"其实……我们平常没这么能吃的,最多也就四五斤……"

肖奈不在意地点头,抬手招来服务生:"菜单。"

大神你当喂猪吗……

吃完水煮鱼,当然还是肖奈开车送她们回学校,经过学校附近的大超市的时候,晓玲连声喊停:"我和二喜、丝丝要去超市买东西,师兄你和微微先走吧。"

肖奈说:"我们在这里等你们。"

"不要啦,一会儿我们自己搭公交车回去。"晓玲连忙拒绝。

开玩笑,她们做人可是很有原则的!白吃白喝完绝对不做电灯泡!妨碍情侣独处会遭天打雷劈滴。

舍友们带着窃笑跑下车,微微下意识地身体向前倾,稍稍向外挪动了一下,其实她并没有下车的意思,但是不知怎么地,身体却惯性地做出似乎要下车的动作来。

然后下一秒,手腕便被人用力地按在柔软的座椅上。

微微心中"怦"地一跳,扭头去看肖奈,却见他正和车外的晓玲她们道别，神情自然无比，好像完全没有用那么强硬的力量按住她似的。

晓玲她们嘻嘻哈哈地跑远了，手腕还是被人紧握着不放，微微想抽出自己的手，却没有抽动。

"喂。"

声音小小的。

肖奈微微笑了一下，放开，若无其事地开车。开了一段路，肖奈望着前方清淡地开口："说吧，发生了什么事。"

微微一时没反应过来："啊？"

"法国餐厅。"肖奈提醒，"为什么忽然要走？"

"哦……"

肖奈目光瞥向她。

"其实也没什么。"微微顿了顿说，"里面有讨厌的人。"

"嗯？是谁？"

微微忽然醒觉过来，说到底，眼前这个人才是导致她被骂的罪魁祸首吧，祸水啊！

于是没好气地说："没有谁，大概是想向你发传单结果没敢发的。"

汽车猛地刹住，然后一个大拐，开进了一条小巷里，肖奈停住车，转眸看着她，眼中似笑非笑。

"微微。"

微微被他突如其来的动作吓了一跳："怎么了？"

"没怎么，只是觉得你现在这个样子难得一见，所以……"手肘撑在方向盘上，修长的手指抚着下巴，肖奈眸光流动，"停下来多看一会儿。"

微微差点陷在那撩人的流光里，等到意会了他话中的含意，微微瞪着他，脸上慢慢泛红了。

虽然她脸颊粉粉的样子好看无比，但见她真的快要恼羞成怒了，肖奈便见好就收，一本正经地问："那个想发传单的怎么了？"

微微定了定心，思索了一下，原原本本把事情说一遍，当然，34C 这种具体数据她省略了……

随着她的陈述，肖奈的脸色越来越冷，车内刚刚还荡漾着的暧昧气氛一时荡然无存，微微察觉到异样，停了下来。

肖奈面无表情地说："继续说。"

"差不多就这样了，刚刚她们在那家餐厅吃饭，二喜事先知道她们要去，所以才要去那里。"

"名字。"

微微一问一答："爱香奈儿。"

"四个人，还有呢。"

"……还有的，不是很确定。"微微到底不肯说人坏话，"算啦，你自己上网看吧，不过不要发言了，随她们去吧。"

现在舆论已经偏向她，而且爱香奈儿也够难堪的了。

随她们去？肖奈冷然道："我恐怕没这个肚量。"

大神……好像真的生气了，事情过了好几天，微微倒没什么感觉了。

"其实这种话我从小就听惯了，一开始还会把这些话当成上进的动力，后来这种话连当我动力都不够格了。"眼中溢满自信的光彩，微微看着他，认真地说，"我现在的动力——"

是你。

空气静止。

那双眼睛看着他，流光溢彩，闪烁着夺目的光芒，肖奈想不出任何比喻能形容这一刻她的美丽，只想用手遮住她的眼睛，这样，也许他的心跳不会这么的狂野。

微微忽觉窒息。

明明，前一秒钟还在说很正经的事的啊，怎么忽然就进入了这样的状况……

努力撇开目光看向车窗外，微微清了清嗓子，尽量自然地说："你不要一直停这里，会阻碍交通的。"

作为教职工家属，肖奈的车是可以开进学校的，但是开到女生宿舍楼下到底不妥，于是停在了自家楼下，然后走路送微微回宿舍。

八九点钟本来是学校比较热闹的时刻，但是在考试期间，不免有些冷清。并肩走在无人的花园小径上，漫天的星子照耀，理科生微微在默默地计算着……

绕了一段路，三百米……

又绕了一段路，五百米……

加起来就是八百米，嗯，再绕几段，水煮鱼估计可以消化了。

肖奈闲适地开口："考完试和我舍友一起吃个饭吧。"

"啊？"从简单加法中抽离出来，微微点头，"哦。"

"不想？"口气听起来很勉强。

"不是，只是……"

微微嘴里应着，心中恍然生出一丝不真实感来。

一直觉得，自己和大神的状态应该是"准备恋爱"阶段，可是被舍友这么一搞，好像名分忽然就定了，好没真实感。

而且，还要跟他舍友吃饭……

而且，他是肖奈啊……

这个名字带来的不真实感，其实一直笼罩到现在吧。

"嗯？"

"只是，觉得有点不真实。"

肖奈的脚步倏地停住了。

微微还来不及反应，便被他拥入了怀中，清洌的男子气息一下子盈满了她所有的感官。被他双臂禁锢着，动不了，脑袋埋在他颈侧，什么都看不见，只听见他在她耳边说："本来不想这么快的。"

清冷的音质低下去，竟带着别样的诱惑，他问："这样真实了吗？"

好像极度地寂静，又好像极度地喧嚣，这一刻宇宙洪荒时间静止，在唯一的怀抱中，微微听到了来自彼方的心脏的震动。

真实了，更虚幻了，可是那又有什么要紧。即使这一切再不真实，也是脚踏实地的不真实。

Part 35　补嫁妆

沸沸扬扬的论坛事件，在贡献了最后两则八卦后，逐渐淡出了众人的视线。

八卦一：
据说，某日，某系男生在宿舍楼遇见了传说中的绯闻男主角，激动之下冒着生命危险上前追问："你对论坛上的事情怎么看？"
据说，肖奈看了他一眼，扔下六个字："有总比没有好。"

这六个字乍一听没什么，可是仔细一想，真是又高明又毒辣，高明在于轻易地撇清了自己和贝微微，毒辣就不用说了，尤其对女生来说，真是越想越毒啊毒……
于是，众人的视线被转移了，纷纷去研究爱香奈儿和C君怎么"没有"去了。
更有人透过现象看本质，得出结论——爱香奈儿之所以攻击人家贝微微，说到底，就是自己没有吧。
不得不说，某种程度上，他真相了。

二喜听到这则八卦后关注点却和众人不同，她奇怪的是："微微啊，你家大神怎么知道你'有'？难道他抱过了？"
微微："……"

二喜，你也真相了……

八卦二：
据说，有一天，肖奈和曹光在球场狭路相逢。
据说，曹光主动挑衅，"有人说情场失意球场得意，不如我们试试？"
据说，肖奈表情淡淡，言辞狠辣，回曰："我不介意让你更失意一点。"
据说，几个回合后，曹光不幸更失意了一点。

微微一直怀疑这个八卦的真实性，因为大神从来没在她面前提过，她又不好主动问起。

直到很久以后有一天，两人远远地看见曹光，肖奈忽然笑了笑，看向微微："从小到大？"

微微一怔之后，立即肃容答："没有，他也就给我发过一回传单。"

微微大二的最后几天，就这样匆匆而又悠悠地度过了，最后一门考完，微微一出考场，就看到肖奈等在外面。

仿佛已经等了很久的样子，肖奈正坐在树荫下的椅子上，低头看书。

微微跑过去，额头微微见汗："你什么时候来的？"

肖奈合起书，抬头："刚到。"

微微不是很信他，但是也没追问："考完试我们开班会了，暑假实习的事，我用晓玲的手机给你发短信了呀。"

肖奈微笑，没有说话。

微微说着，心情却有些低落起来。

马上要暑假了呢。

本来是很开心的事，可是今年暑假的到来却似乎格外让人不开心。微微甩甩手里的包："走吧，先去图书馆。"

把考试用的参考书还掉，微微又借了几本编程方面的书，准备暑假研究，有肖奈在，选书当然事半功倍。

"这个版本不好。"肖奈从她手里抽出两本书放回书架，"明天我从家里带给你。"

"哦。"微微点点头，"要入门的，别太难。"

大二大部分还是基础课呢，真正的专业课大三才开始，大神千万别以他的程度来帮她挑书啊。

"不用担心，我可以远程指导。"肖奈浏览着书架帮她选书，随口说。

微微踮脚把一本书插回去，发现刚刚还沉着的心情似乎又好起来。

唉，起起落落的心情，真是好磨人。

走出图书馆的时候，肖奈的手机响起来，肖奈接起，那边说了几句后，肖奈说："知道了，我们马上过去。"

然后看向微微："他们在饭店等我们了。"

微微这才想起来，今天是和大神舍友聚餐的日子。

聚餐的地方选在天香居。

地点是猴子酒定的，肖奈摆明了让他们敲竹杠，他们当然不会客气。不过话说回来，对男生来讲其实吃什么都没差，只要啤酒管够就行。

肖奈宿舍共六个人，老大、老三、老四到老七，老二因为容易令人联想到某种邪恶的器官，没人愿意出任。老大和老七不玩网游，微微不认识，不过他们都很容易相处，很快大家就熟悉起来。

除了猴子酒留校读研，其他几个都已经工作了，之所以还蹲在宿舍，当然是为了最大限度地占学校的便宜，反正工作都在学校周围嘛，最方便不过了。

第一次参加这样的聚会，坐在肖奈身边，微微多少有点窘迫。但是，有愚公他们在，微微那种不好意思的情绪要维持下去也实在很难。

酒过三巡，男生就开始话多，八卦爆料一起上。

老大说："小师妹啊，我们家老三可是第一次谈恋爱，第一次跟姑娘牵小手，你要好好待他，咱们计算机系的找个老婆不容易啊。"

微微很给面子地点头，内心腹诽，你家老三牵起小手来一点都不像第一次。

莫扎他的爆料带着浓厚的个人风格。

"三嫂，上次我没骗你，真的，真的有人向老三表白。

"说是一起表演，谁不知道打的什么主意。

"就是那个孟、孟……

"昨天她又打电话给老三了！"

莫扎他喝了酒，说话断断续续颠三倒四，但是不妨碍理解，微微睁大眼睛等着他的下文……

然而……

他头一歪，倒下了。

老七在旁注解："不错，这次整整喝了一瓶才倒。"

微微窘了！不带这样爆八卦只爆一半的。

转头看向当事人，肖奈也喝了不少了，但是神色如常，眼神清醒，面对微微的眼神询问，不急不慌地说："她说有事要向我解释。"

难道是爱香奈儿的事？但是为啥是向大神解释……

"然后呢？"

"没然后了。"

目击者一号猴子酒凑过来说："三嫂，老三是杀手。"

目击者二号愚公点头："太狠了太狠了，一句话秒杀啊。"

老大痛心疾首："对女生咋能这样，咱们计算机系的接个女生电话不容易啊。"

老七不以为然："老三不是一向这样嘛。"

莫扎他打呼表示赞同。

微微在一旁垂泪了，他们啰唆了半天，大神到底说了啥啊啊啊啊！

愚公问："三嫂，你猜老三说什么了？"

微微往大神的风格思索了半晌，不确定地说："呃，问她……你是谁？"

…………

一阵无语后。

坐在微微身边的猴子酒敬畏地往远处挪了点。

莫扎他打呼的声音识相地变小了。

肖奈端着酒杯，微笑了一下。

微微看着他们"你太毒了"的表情，无辜极了。这不是正常的对答吗？谁接到不熟悉的电话不问一句"你是谁"啊！

"说起来，那个C君就是孟校花了？"

"多半是。"

老七说："老三，那个爱什么奈，黑了她电脑吧，现在期末，电脑里有论文吧，一黑的话，嘿嘿……"

微微黑线，想起愚公他们黑电脑卖老婆的传统，果然是一个宿舍的，风格如此雷同。

  肖奈睨了他一眼:"做人要有格调。"
  老七毛了:"你什么意思?!"
  猴子酒赶紧落井下石:"就是说你没品。"
  老七郁闷:"那论坛的事就这么算了?"
  愚公鄙视他:"你认识老三也不是一两天了,怎么还不清楚他的为人。"
  老七大着舌头问:"啥为人?"
  愚公:"他经常不是人。"
  肖奈叹口气,低头跟微微解释:"他们喝多了。"

  微微继续给面子地点头,内心:其实我也是这么想的……

  跟这群人吃饭实在是很愉快的事,就是憋笑憋得比较辛苦,而且,从大神和舍友们的相处中,微微似乎更了解了他一点。怪不得大神在男生里人缘好呢,不是没道理的。
  关于论坛的话题没再继续,酒喝得差不多了,大家开始扫荡菜,吃到后面菜居然不够了。
  猴子酒埋怨负责点菜的老大:"你怎么就点这么点。"
  老大委屈:"咱们计算机系的跟个女生吃饭不容易啊,要保持点形象。"
  "三嫂不是女生,她在游戏里太彪悍,人家都当她人妖。再说了,女生是咱们可以争取的有效资源,三嫂跟了老三,就算第三性了。你保持个屁形象!"
  愚公喊来服务员:"加菜!毛血旺、水煮牛肉、香辣虾,再来个剁椒鱼头、辣子鸡丁,要辣,越辣越好!"
  老大阻止他:"别都点辣的,老三不会吃。"
  愚公嚷嚷:"他请我们吃,管他会不会吃。要辣啊。"

后面三个字是对服务员说的。

微微正在脑内小本本上记着愚公的账呢,闻言不由得惊讶地看向肖奈。
大神不会吃辣?
不可能吧!水煮鱼那天他明明吃得风生水起眉头都没皱一下啊!
"你……"
肖奈很镇定地摇头:"不会。"
微微怔住了。

吃完饭,莫扎他在猴子酒的暴力摇晃下复活了,大家一起讨论接着去做什么。愚公他们都不喜欢唱K,于是找了家安静的俱乐部打斯诺克。

微微以前没玩过这个,但是肖奈一教就上手,姿势极为标准,准头虽然尚欠火候,但是明显已经找到了窍门。

老大和老七因此对微微的欣赏直线上升:"技术流绝对是技术流,有前途。"老大拍拍肖奈的肩膀,"以后打球记得带弟妹出来。"

肖奈看着微微那标准的姿势,深觉自己百密一疏,大大失算,心中把老大的建议重重地打了个叉——绝对不带!

不过家里摆个球桌倒是不错的主意。

一群人玩到十点多还没尽兴,但是没办法,微微虽然考试考完了,门禁还有,不得不回去了。肖奈卡着门禁,把她送到宿舍楼下。

从他手中抽出自己的手,微微没有立即上去,还有好几分钟呢,而且还有个事情没问。

"你不会吃辣,上次我们去吃水煮鱼,你怎么不说?"
想起来就懊恼,那天好像全都点的辣菜呢,连水煮鱼都是选最辣的。
肖奈不甚在意地说:"没关系,我可以因人而异。"
微微还是懊恼:"不吃辣又不会怎么样,你不用这么迁就我的。"

从他手里拿过装着好几本厚书的书包，微微想到了更多。

"你其实不用帮我做这么多的。"

微微低声说。

她从来没想过，有一天，这个人会帮她排队打饭，帮她提热水壶，会等她下课，买零食……这些事情，好不适合他来做。

虽然她喜欢。

可是让她理所当然地享受，又会不安。

夏日的夜静静的，只有头顶风吹过树叶的沙沙声。

"微微。"

肖奈忽然叫她的名字，看着她，目光是前所未有的认真，"我第一次跟女孩子相处，常常不知道做什么，但是至少，别人做到的事，我也要做到。"

微微看着他，呆住。

繁星璀璨，灯光明亮，可是此时此刻，她只看到他眼中的星芒。

他说的别人，难道是本校那些因为男多女少一直找不到女友，有幸找到女友后把女友供奉起来小心翼翼伺候的男生们？

所以，大神的目标是 A 大特产的二十四孝男友？

微微抿下嘴，不知怎么地，忽然想微笑，可是眼眶竟然有点热。掩饰地低下头，微微对自己讲：喂，不带这么多愁善感的。

夏夜的静谧悄悄弥漫。

等到看门的大婶在喊了，微微才抬起头来："你回去以后上下游戏吧。"

微微说："我有东西要给你。"

微微飞快地跑上楼，打开电脑，登录游戏。那件装备前阵子抽空做好了，本来不着急送给他的,可是,现在却好想送出去。

红衣女侠在落霞峰上等了十来分钟,白衣琴师出现了,女侠把装备递出去。

"给你的。"打了个笑脸,红衣女侠鼓起勇气说,"我说过,我会补嫁妆的。"

Part 36　一路顺风

落霞峰上一时静寂。

一向操作精确到零点几秒的白衣琴师，这次竟然迟滞了好几秒才点了接受。

类别：发簪

名称：发微（由制作者命名，可修改）

品阶：凡器珍品

等级要求：90

属性：琴意 +15%，内力回复速度 +12%，敏捷 +38，生命 +1000

耐久：500/500

适合职业：琴师

制作者：芦苇微微

"其实，上次除了问风腾要了四只神兽，还要了两种珍稀材料，天山白玉和九天淬火，还有以前收集的一些东西，就做了这个。

"你原来的发簪也很顶尖了，我就是想试试能不能做出更好的来。"

结果，真的给她人品很好地做出一件珍品来。

在《梦游江湖》中，系统出的高级装备叫神兵仙器，而玩家自己制作的装备则称为凡器，但并不是说凡器的属性就一定不如仙器了，比如微微制作的这个发簪，属性就比一般仙器要牛。不过玩家要出一个凡器珍品，难度却是非常大的，除了珍贵的材料和高深的修为，还要看几率。

"嘿嘿，我运气不错吧。"

微微紧张地敲着字，话分外多起来，好像多说一句，那种窘迫感就少一分似的。可是虽然很窘，再来一次的话，还是会用最大的力气把那句话说出来吧。

手指微顿，白衣琴师说："是我运气不错。"

微微脸烫了一下，不知道是心里有鬼还是怎么，总觉得他再普通的一句话，都仿佛蕴含着深意一般。

"……呃，那都不错好了。"她在说什么呀……

仿佛感受到了电脑那边她的窘意，肖奈微微一笑："发微何解？"

"就是发簪by微微的意思。"毫无浪漫细胞的理科生微微觉得这很好理解，"你要不喜欢就改个好了，我没文艺细胞……"

"不用改，我很喜欢。"

结发与微。

怎么会不喜欢。

"哦。"

这回微微没体会出什么"深意"来，应了一声，想跑路了，"那个，我先下了，今天玩太累了，想早点睡觉。"

白衣琴师并不阻拦。"好，夫人辛苦。"

这个人……好像永远一语双关的样子，不知道在说她玩得辛苦还是做装备辛苦，微微窘窘的，留下一串点点点后，迅速地"掉线"了。

红影在山崖之上消失，时间一秒秒过去，好几分钟后，笔记本上，修长的手指才轻击右键，换上新的发簪。

白玉发簪淌着流光,簪在漆黑的发中,晶莹剔透,盈光流转,肖奈望之出神。

忽然很想见到她。

此时的她,眉毛会微微扬着,眼睛会比平常更明亮,明明窘得很,偏要装成无所谓的样子,还会有一点点青涩,肯定美丽无比。

宿舍门"砰"的一声被暴力踢开,打破了一室迷思,随即,愚公的大嗓门惊讶地响起来:"不是吧,老三,如此良辰美景花前月下眷侣如花,你怎么回来得比我们还早!"

"你最近成语词典没白看。"手指从笔记本上移开,最后一眼看向游戏画面,肖奈合上电脑,扔到床上。"打麻将?"

"哇!"

愚公一声怪叫,飞快地从床底下拖出麻将盒来,"你干吗了,居然想打麻将?"

"没什么。"肖奈随口说,"心情好,想发泄一下。"

"嘿嘿,先说好,最近我手气好,牌风贼顺,到时候你输了别赖账。"愚公"哗啦啦"地倒出麻将牌。

肖奈不置可否地在桌边坐下。

…………

一小时后。

肖奈把面前的牌一推:"清一色一条龙,别赖账。"

愚公泪汪汪。

猴子酒同情地拍拍他:"节哀,没想到今天老三请客,最后全是你买单。"

"谁说我买单,夜还长着哪。"愚公一拍桌子,"再来!老子要翻身!"

夜的确还长。

这个夜晚，滞留不走的大四生们将度过在校的最后一夜，低年级的学生们刚刚从考试中解脱，整个学校都显得躁动而欢乐，好多宿舍的灯火彻夜长明。

然而夜色终究淡去，明晨如约到来，愚公同学到底还是没翻身，心酸地背着几百块的债务踏上了社会。

而微微，也将在傍晚，离开B城回家过暑假。

"微微，你的车票这么早啊。"

晓玲和二喜合力提着微微的行李箱，送微微下楼。

"是啊。"

心不在焉地应着，微微从楼梯间的窗户往下看，绿树掩映中，肖奈的车已经等在楼下了。

晓玲也跟着她探头，嘻嘻笑："有个爹妈当教授的男朋友就是好啊，车能在学校里开，不然还要坐班车到校门口，麻烦死了。"

"不然怎么叫多功能大神呢，不过微微啊……"二喜说，"你这么早走，你家大神不怒吗？"

应该不怒……吧？

坐在车里，微微偷偷地察言观色，怎么看，大神都是一副专注于开车的样子。清俊的侧脸没什么表情，但显然也不会高兴就是了。

微微讪讪地奉上一直拿在手里的小塑料袋，里面是一盆小仙人掌，"这个给你。"

肖奈瞥了一眼。"新嫁妆？"

……大神果然不会放过"嫁妆"这个词，昨天大概只是来不及发挥。

"是我一直养的仙人掌，暑假照顾不到，所以给你照看下。"

"哦。"肖奈淡淡应道，"顺便让我睹物思人？"

喂,不带这么别扭的!

她知道中午吃饭的时候才跟他说晚上要走是突然了点,可是,这也不怪她啊。

微微嘀咕:"我不是故意订这么早的,学校统一订票的时候,我还不认识你呢。"

事实面前,肖奈也无话可说。

到了火车站,肖奈去买站台票,微微跟着,肖奈从柜台上拿过找零和车票的时候,微微忽然倾身问售票员:"明后天去 W 市的车票还有吗?"

售票员查也不查地说:"没有了,五天之内的票都没了。"

意料之中的答案,可是因为大神陡然看过来的眼神,却格外让人失落起来。

肖奈唇边终于有了笑意,拉着她快步走出队伍,拿出手机,开始翻号码。

"后天的机票怎么样?"

微微怔了一下才明白他的意思,连忙拦住:"不用了。"

多留几天还是要走啊,刚刚会问其实只是一时冲动而已,冷静下来就觉得不妥了。

微微垂着脑袋说:"我跟爸爸说明早到家的。"

气氛有点沉,看着他把手机收回口袋,微微心里闷闷的。

然而……

"算了。"

叹口气,拉起她的手向候车厅走,肖奈妥协了,"到家立刻打电话给我。"

心里一松,微微连忙点头。

"早点头手机。"

继续点头,信誓旦旦:"回家立刻买。"

微微忽然想起昨天她们宿舍的夜谈，二喜问大神怎么不买手机给她，当时她怎么回答来着——大神才不会认识几天就做这种事，那多让人尴尬。

心底莫名地漾起一种心有灵犀的快乐。

一直送她到火车上，肖奈刚刚把行李放好，列车员就提醒列车快开了。

"那你快走吧。"微微也不知道此时该说些什么，只晓得叮嘱他，"记得照顾好仙人掌。"

其实仙人掌放个把月不浇水也没事吧，可是昨晚收拾行李的时候，第一个闪过的念头就是要把它给大神。原因之一是注意到大神办公室里居然没盆仙人掌吸收辐射，可是更深处的原因，自己也没深究的，大概真的是为那四个字吧。

睹物思人……

暑假，要两个月呢。

"回去放在你办公室的电脑旁边……"

最好天天看见。

肖奈扬眉。

所以，她走之前就一直讲她的仙人掌？如果就这样让她走了，他未免也太失败了。

轻盈的吻。

下一秒，克制守礼却又带着无限压抑地、轻轻地落在她眼睫上。

不多留恋地离开，肖奈望进她的眼睛。

"微微，一路顺风。"

微微这一路回家果然很"顺风"。

因为，她是飘回去的……

Part 37　陌上花开

B城的暴热已经持续了好几天，即使到了傍晚，热度也一分都没有降下来。

会议一直开到六点才散。

散会后，愚公尾随肖奈到办公室，打算找借口混顿饭吃，大大咧咧地在沙发上坐下，愚公开口就不正经："我说，你和咱们系花就这样两地分居啊？"

肖奈走到办公桌后，微微俯身，手指在键盘上敲击，"名不正言不顺资历尚浅，你想我怎么样？"

听听听听！

这话！这语气！

您也有今天啊！

愚公乐了，心中暗爽不已，不过十分谨慎地不让这种情绪泄露出来，眼前这家伙可精得很，而且他还欠着人家几百块债呢。

"唉，这事，挺伤感的。"愚公摆出一副同情的表情，正打算来句"同是天涯沦落人，不如一起吃个饭"，却见肖奈关上电脑，一副要走的样子，愚公大惊失色。

"今天这会儿就走了？"

"嗯。"

"干吗去？"

"结婚生孩子。"

同一个时间的 W 城，正暴雨倾盆。宽敞豪华的别墅书房中，微微正在给一个小男孩讲初中几何题。

"先连对角线，再在这边作一条辅助线，我们就可以得出这几个等式……然后代入公式……求解，这样……懂了吗？"

小男生泫然欲泣地摇摇头，睁着懵懂的双眼看着微微。

"呃，没关系，那我们再讲一遍。"

上星期微微回到家，还没跟父母亲热够呢，就被贝爸爸打发到这里给他厂领导的儿子做家教，顺便还驳回了微微买手机的要求，说："到时候你用自己做家教赚的钱买吧。"

微微想起来就忍不住一把辛酸泪，早知道这样以前拿到奖学金就不上缴了。还好这个孩子很听话，并不难教。

换了一种讲法后，小男孩果然懂了。又给他讲了两道题目，雨总算停了，微微连忙告辞出门。

暴雨过后太阳还是不屈不挠地探出了脑袋，只是威力大大减弱，空气中带着雨后特有的清新和凉爽。迎着清凉的晚风，微微踩着自行车，戴着顶绿色草帽，穿过弯曲的街道，快速地往家里赶。

今天有很重要的事情要做呢。

回到家吃完饭洗好碗，已经差不多七点了，微微跟父母打了个招呼就钻进了自己的卧室。戴上耳机，打开电脑，登录游戏，大神已经在线。

微微调整了下麦克风："你上来多久了？今天下大雨，我回来晚了。"

微微用的是语聊。

以前在宿舍怕打扰到舍友，基本上都用打字交流，现在在家里当然不一样，怎么方便怎么来，反正她和父母的房间隔着客厅，门一锁他们什么都听不到。

肖奈回答:"刚上。"

"哦,现在去结婚吗?"

微微所说的结婚当然不是指他们两个,而是指老虎神兽们。

这几天微微除了做家教,就是带宠物升级,虽然说宠物也是30级就能结婚了,但是洞房时双方的属性和技能,却有可能影响到下一代的质量。所以微微一直把宠物练到满级,才带着它和大神家的小老虎结婚。

宠物结婚蛮简单的,到兽神那领一下祝福就行,洞房却比较麻烦。

首先,要有新房。

宠物也是有尊严的,光天化日之下洞房那是不干的,所以玩家要在自己的房子里给它们建设新房。这几天微微和肖奈分工,微微带宝宝升级,肖奈就负责买砖造房子。

其次,要在晚上,八点以后。

还是那句话,宠物也是有尊严的,白日宣淫那是不干的,一切都要在夜色中偷偷摸摸地进行。

满足这两个条件,好了,洞房可以开始了。

微微和奈何带着宠物去结了婚,等到八点,送它们入洞房。

据论坛上的玩家说,宠物们洞房的画面很猥琐,房子会一直摇晃,还有粉色的心不断地从屋顶冒出来。

然而微微却未有幸看到如此画面,因为才把宠物们关进去,系统就提醒她——

"对不起,您的宠物降世未满150小时,属于未成年宠物,不能进行XX行为。"

这游戏还能更变态一点吗?都到结婚的等级了,居然不能洞房?系统又一次刷新了它的无耻度!

微微目瞪口呆了好一会儿,问肖奈:"《梦游江湖2》不会这么变态吧?"

"不会。"

肖奈一口否认,过了几秒后,慢慢说:"这点程度……"

微微只有沉默。

再沉默。

门口传来熟悉的脚步声,微微说了一句"我妈妈来了",迅速地摘下耳机,做出上网浏览状。

贝妈妈意思意思地敲了下门就推门进来,举着的手直接往微微脸上抹,一边抹一边嘴里念叨:"女孩子学什么不好学电脑,听人说电脑看多了脸会变方的,辐射对皮肤又不好,上网前一定要多搽点护肤品……"

微微早就习惯了,毫不反抗地任她蹂躏脸皮,嘴里争辩:"那妈妈你别让我洗碗了,洗洁精对手上皮肤不好的。"

贝妈妈说:"要么你洗菜。"

贝家在做饭上分工很明确,贝妈妈是洗菜工,贝爸爸大厨,微微是洗碗工。但是微微真的很讨厌洗碗啊,不过洗菜……

那还是洗碗吧。

贝妈妈反驳了女儿的无理要求,心里很快活,给她抹完了晚霜得意地往外走。在她关门的刹那,微微喊:"妈,你少看点电视啊,电视也是方的。"

微微重新戴上耳机,大神那边沉默着,微微问:"你在干吗?"

"研究洗碗机。"

"……"

肖奈补充说明:"我也不喜欢洗碗。"

"……你偷听我们讲话。"

"唔,我不介意光明正大地听。"

微微咳了一下说:"……革命的萌芽太早曝光会被扼杀的。"

微微没有跟父母讲肖奈的事,先别说老爹反对她大学恋爱,就老妈那刨根问底的本领和炫耀的本能，要是她讲了，估计没三两天，所有亲戚就知道她有男朋友了。

肖奈纠正她："微微，萌芽要光合作用，不见光的是豆芽。"
……好冷。大神不愧是大神，冷笑话也是神级的，大夏天听得人凉飕飕。
"你肯定没开空调吧？"
好吧，她也冷……
微微不跟他聊了："我带老虎去混时间，你忙你的吧。"
"嗯。"

这段日子都是这样，耳机戴着，想说就说几句，不想说就各做各事，往往他在那边写程序，微微就在这边带宠物升级，看看电影什么的，偶尔还看看带回来的编程书。

有时候半小时不说话，也不会觉得尴尬。

二喜对他们这种交流方式很鄙夷，说他们混来混去还在网游里没意思，至少也要找个山清水秀的地方旅旅游啊什么的。

微微很不以为然，网游有什么不好，有山有水有大神，明明就是很神仙很眷侣的啊。

而且还省电话费！

听着大神节奏轻微的打字声，微微带着老虎在游戏里闲晃。

说起来大神也很辛苦呢，经常写程序或策划到很晚。其实做一款网游，如果随波逐流一点的话会很轻松，根本用不着肖奈这个级别的人出手，他只需要划分模块，把任务分下去给别人就好了。可是如果目标是创新，他却必须花费许多精力去写新引擎，写主程序重搭架构。

也许，所谓天才，反而比寻常人更辛苦吧。

在游戏里晃了一会儿，嘴馋的贝爸爸煮了一锅小馄饨叫微微出去吃，微微在老妈痛心疾首的目光下吃得小肚撑撑地回卧室，顺便跟大神吹嘘了一下老爸的手艺，然后顺口问了下肖奈晚上吃了什么。

大神答曰："忘了，不过现在有点饿。"

微微正想说让他去找东西吃，却想起大神的父母好像到哪里挖东西去了，现在家里就他一个人。

微微想了想，悄悄打开卧室的门看了看，客厅里没人，偷偷溜进去，拿起电话打长途。一会儿再溜回来，问肖奈："你有零钱吧？"

键盘的敲击声不变，某人一心二用："嗯？"

"没啥。"

过了大约半小时，肖奈说："有人敲门，我去看看。"

微微脸上笑眯眯的。

又过了十几分钟，那边传来耳机被拿起的声音。

"你叫的外卖？"

"是呀，这家牛肉饭不错的。"微微蛮得意的，幸好上次无意中知道了他家的地址，不然可没法帮他叫。

"你怎么去那么久？"

"没有零钱，去问隔壁借了。"

微微汗。

肖奈笑了一下，"你知道我家隔壁是谁？"

"……总不会是校长吧？"

"我们系主任。"

……

断断续续无主题的聊天一直持续到十一点，微微被看完电视的老妈赶上床。可是躺在床上半天睡不着，于是又爬起来。

宁静的夜色中，漫天的星光下，微微趴在窗户上，轻轻哼着歌，顺便，看看月亮。

这是盛夏里再平常不过的一天，就连那满满的满足和快乐，都是因为琐碎和平常。

月底的时候，大神爹和微微娘终于迎来了小老虎的出生，不过这个小老虎却先天不良，属性奇差。虽然说神兽和神兽不一定生出神兽，但是差到这地步也实属罕见了。大概这就叫物极必反吧。

不少玩家生出垃圾宝宝都是直接扔掉，微微却舍不得，找了不少灵丹妙药后天补救，终于把属性弄上去了一点。

又过了几天，微微家教做满了一个月。因为天天跑来跑去而有点晒黑的微微拿到了两千块钱工资，立即跑上街买了个手机。

微微买手机很有效率。

牌子不用选，大神那个。

型号不用选，也他那个。

颜色嘛，大神的是银白，她只好用粉色了。

嗯，她绝对没有弄什么情侣机的意思！只是……信赖大神的眼光而已。

回家的路上微微一直在想给大神发什么信息，这可是她新手机的首发啊，一定要很有意义才行。

到家的时候灵光一闪，微微发了这样一条消息过去：

香港归氏集团二十周年，真情回报社会，举办抽奖活动，您的号码被抽中三等奖，奖品笔记本电脑一台。缴纳税款和手续费一千元后，我们将把奖品快递给您。

这种脑残型诈骗短信二喜每收到一条就要在宿舍朗诵一番，微微听多了，打起来都不用大脑思考。为了逼真,微微还翻出了自己的银行卡,照着把账号打了上去。

打完短信,欣赏两遍,微微得意地把短信发出去。

嘿嘿,大神肯定把这条短信当垃圾短信删掉吧。到晚上再告诉他是她发的,他的反应肯定很有趣。

这种短信想当然地没人会回复,微微发完短信就去吃饭了,一边吃一边想待会儿见到他要怎么指责他——我给你发短信你竟然不理我!

微微想着就觉得很可乐。

不料,正吃着饭,手机短信铃声却响起来,她的手机号码还没广而告之呢,谁会发消息给她,微微好奇地去看。

发信人:777795559

这是啥?
打开。

贝微微您好!肖奈通过交行网银给您尾号为××××的卡汇入1000元。附言:无。[1]

微微傻眼了。

顾不得父母诧异的目光,微微拿着手机躲回房间打电话。电话很快被接起,微微第一句话就说:"你怎么真的汇款啊,是骗人的啊。"

---

1 交行网银转账,不需要开户行地址,且可选择是否发送短信提醒对方,对方手机号是否和银行卡绑定无影响。

216

微微真是窘死了。

那边肖奈低笑，缓缓地说："知道是你骗我。"

微微被他说得心中一颤，一时竟说不出话来，好半天才问："你怎么知道是我？"

"查了手机归属地，正好和你一个城市。"

呃……

"你每次收到诈骗短信都查地址？"

大神你这是啥爱好啊。

"不是，只是你给的银行账号很眼熟，然后才查了下。微微你骗术不到家，汇款连户名都不写。"

肖奈颇有闲心地指点她。

微微窘了。原来破绽在这里，可是那卡也只是有一次在学校取钱，在他面前拿出过一次吧，居然这样他就有印象了？

真是败给他了！

"你知道是我还汇款……"

"买机票吧。"

微微愣住。

电话那端的B城，办公室里，肖奈拿着手机靠在椅背上，目光落处，是一盆开花的仙人掌。望着嫩黄色的花朵，肖奈目光柔和。

"微微，陌上花开，可缓缓归矣。"

Part 38　缓缓归矣

陌上花开，可缓缓归矣。

翻译成白话文就是——夫人，回娘家够久了，该回来了。

于是，七天后，微微就以去 B 市实习为理由，踏上了回校的路途。

新买的《历代诗词鉴赏词典》摊开在小餐桌上，飞机轻微的颠簸中，微微低头看着书，但是唇边浅浅的笑容和久久不翻动的书页却在告诉旁人，她已经出神很久了。

"各位乘客请注意，飞机马上就要降落，请各位乘客收起餐桌，系好安全带。

"各位乘客请注意……"

空姐一遍遍地提醒着乘客们注意安全事项，微微回过神来，把东西收拾好。十几分钟后，飞机平稳地降落在首都机场。拒绝了同机某有车男士的邀请，微微拖着行李箱，脚步轻快地登上了开往 A 大方向的机场大巴。

这次回来她并没有跟大神讲，有心给他一个惊喜，但是，也许是惊吓也说不定？

反正能惊到他就好了。

想象着肖奈可能有的反应，微微在大巴上又一次走了神。

大巴开了大半个小时才到终点站，再转公交车，微微到达致一科技所在的大楼时，已经快下午一点了。

也许是周末休假的缘故，大楼里并没有多少人走动，显得很空旷。但是，连电梯都要休假就太过分了吧。

微微看着电梯前竖着的写着"维修中"的牌子，无奈地拖着行李箱开始爬楼梯。

幸好大神的公司只在六楼，爬一爬还算有益身心健康。

大夏天的，提着沉重的行李箱爬楼实在不是件愉快的事，可是奇怪的是，微微却一点郁闷的感觉都没有。

因为行李箱太重，六层楼微微爬了十来分钟，然而等她走到致一科技门口，却听"叮"的一声，旁边的电梯门居然开了，有一女二男从电梯里走出来……

电梯……

居然好了？

微微擦着汗，很有冲过去踹它几脚的冲动。

就在这时，致一科技的玻璃门也被拉开了，一个身形高壮的男人从里面走出来，方脸大块头，穿着黄色T恤衫，赫然正是愚公。

无论何时漂亮的人总是最吸引人眼球，愚公一走出来，第一眼看到的不是正前方的一女二男，而是站在一边的贝微微。

愚公简直怀疑自己的眼睛出了错，惊讶地瞪着眼珠子上下打量微微。

微微其实比他还惊讶，尴尬地朝他小小地举了下爪子算是招呼。

愚公张了张嘴，没发出声音。他总算没忘记正事，把眼睛从微微身上移开，上前几步跟电梯里走出来的女子握手："方总监，欢迎欢迎，这么热的天让你们跑过来真是辛苦了，我是小于，哈哈。"

被称为方总监的女子大约二十七八的样子，穿着条纹汗衫短裙，系着金属色宽腰带，全身上下带着一种独特的时尚感。她笑着跟愚公握手：

"您好。"

"肖总本来要亲自出来迎接，不巧正好有电话……"

"是我们来的不是时候。"方总监笑着说，"实在是今天场景音乐的效果出来，急着想让你们听一下，你们肖总在这方面是行家，还要请他指点。"

微微在一旁听着他们客套，越听越想哀号。

搞什么啊！大神不是说今天就他一个人在公司吗？所以她才敢直接跑到他公司来啊，现在是怎么回事？不仅愚公在，这几个人好像也是来找大神的……

要不她现在溜走算了，晚上再跟大神联系好了。

然而微微还没来得及行动……

"这位也是贵公司的员工？"方总监目光复杂地落在微微身上。

愚公摸了摸下巴说："哈哈，这是我们公司员工的家眷。"

一时间几双眼睛一齐向微微看来。

众目睽睽下。

微微拖着行李箱，陡然产生了一种私奔被抓的错觉。

"请，请，大家里面请。"愚公拉开玻璃门，招呼着方总监等人进去，然后朝微微招手。

微微犹豫了一下，拖着行李箱跟上。

致一公司还是微微上次来时的模样，里面空无一人。据大神说，致一的员工们已经连续加班两周了，有人干脆晚上都睡在公司，于是这阶段任务完成后，他强制性地放了他们的假。

可是愚公为啥不休假……

愚公招呼着客人的同时也不忘八卦，悄悄落后几步，"嘿嘿"地小声说："三嫂你这是私奔呢？"

"这叫私奔吗？"微微有气无力地反驳，"我这明明就是公演。"

愚公乐了，神神秘秘地说："你这演出时间也太巧了，给人当头一棒啊。"

微微不解，狐疑地看着他，愚公正要说更多，微微眼睛却突然往另一侧看去。

办公室那端，一个挺拔秀颀的身影正向他们走来。

他穿行在格子间，姿态从容而优雅，神情一贯的旁若无人，忽然间身形一顿，目光灼然地向这边射来。

黑眸幽深，与微微视线相接。

微微已经一个多月没看见他了，骤然心跳如擂鼓。

他脚下只是一缓，随即行走如常，转眼已经到了他们眼前，方总监上前一步，伸手："肖总。"

肖奈调转视线，与她一握，彬彬有礼："方总监，怠慢了。"

"哪里，是我们唐突了。"

肖奈微微笑了一下，又客套了两句，眼睛看向愚公。愚公会意，立刻招呼方总监等人，"方总监这边请，我们公司会议室的音响设备最好，不如到会议室听听效果。"

愚公带着人走向会议室，肖奈拿过微微手里的行李箱，语调平静地说："跟我来。"

根本……

没有惊到他嘛。

微微私奔变公演，热情已经受到了打击，再看肖奈完完全全神色如常，不由得有些失落起来，心里原本擂着的小鼓也默默地收了回去。这样的情绪蔓延着，微微甚至难得敏感地注意到，肖奈此刻的步伐都比平常快了许多。

会不会是急着把她安置好，好去招待客人呢？

虽然这是正确的做法,但是……好歹欢迎一下她嘛,口头也行啊。

微微幽幽怨怨地跟在肖奈后面,肖奈打开办公室的门,稍稍侧身让她先行。

微微蔫蔫地走进去。

"咔嗒。"

身后传来门被关上的声音。

微微下意识地回头,却觉腰间一紧,灼热的手掌像烙铁一样牢牢抓住了她,炽热的气息从身后贴近,然后身体不知怎么地一转,微微就被按在了门板上。

行李箱"砰"的一声倒在了脚边。

肖奈俯下身,长腿逼近,低下头狠狠地压住了她的唇。

微微的脑袋仿佛也"咔嗒"一声,彻底地蒙了。

起初只是唇瓣被用力地吸吮摩擦,渐渐地,对方似乎不满足了,开始向里面侵入。因为毫无心理准备,微微的牙关根本没有一丝防备,轻易地就被撬开,任人长驱直入。炙热的唇舌不知节制地攻城略地,反复地毫不厌倦地在她口中肆意狂放地来回扫荡。

随着唇舌的深入,他们几乎全身上下都紧紧地贴在了一起,可是压迫着她的人却觉得不够似的,更加紧迫地压着她。身后是冰凉的门板,而身前接触他的每一块地方却燃烧般的火热,微微宛如置身冰山火海之中,前后夹击毫无退路。

"唔……"

微微喘息不过来了,本能地想要推开他一点,可是完全没有用,反而引来更加强力的压制。微微昏昏然,眩眩然,觉得自己的腰都快被折断。他的气息仿佛通过口腔传到了四肢百骸,抽走了她全身的力气。

222

不知过了多久，混沌中好像听见了敲门的声音，依稀听见有人说："肖总，让人家在会议室等太久不好吧。"

这个贼兮兮的声音，是愚公吗？

微微脑中掠过一丝清醒，想到有人就站在这薄薄的门板外，顿时羞窘不安，下意识地退避闪躲，可身上的人好像要惩罚她的分心似的，更加猛烈地侵占起来。

门外的人似乎走开了。

在她觉得自己再也承受不住的时候，狂风骤雨忽然停止了。但他并未离开，唇舌像安抚一般，轻柔地舔弄着刚刚遭受洗劫的领地……

良久，他才彻底地放过她。

微微得到了喘息的机会，可是脑子却依然没有思考的力气。他的手掌稍稍放松对她的钳制，她竟然很没用地腿一软，差点站不住了，随即双手竟然自发地抱住了他劲瘦的腰。

啊！

待到微微反应过来自己干了什么的时候，简直羞愧难当，反射性地就想解释："飞机，飞机上的东西太难吃了……"

话说到一半，微微及时地刹住了车。还好，及时清醒过来了，没把话说完，要是接下去说自己没吃饱所以没力气，就算大神不笑她，她也会去上吊的。

她全身无力，说话声音极小，肖奈好像连前半句都没听到似的，灼热的气息在她颈间流连着不动。

片刻之后，他终于稍稍退开了一点，蕴满波光的黑眸近在咫尺地凝视她，又执起她的手亲吻："在这里等我。"

Part 39 我害羞了

他整整衣服出去了。

门关上,微微根本没力气走到沙发上去坐,沿着门板滑坐在地板上,抱着膝盖,一会儿脸红耳热,一会儿魂不守舍,一会儿又懊恼纠结……

这样一会儿那样一会儿的,等到微微终于从四肢无力头脑缺氧的状态中解脱出来,时间已经过去很久了。

微微一下子就爬了起来。怎么可以真的蹲在这里等他,那也太听话了吧!不行!还是赶快跑掉算了。

可是真的走到公司门口,她又停住了。

这样跑了算什么事啊。这种事情,这种事情其实是很正常的吧,她都曾经暗暗想过啊……就是发生得太突然了她一点准备都没有,反应得很像傻瓜。

如果就这样跑了的话,会不会显得太大惊小怪更像傻瓜呢……

微微站在公司的门口东想西想,走也不是,回也不是,都快愁死了。

进退两难间,一份牛肉饭拯救了她。

电梯门"叮"的一声打开,一个戴着鸭舌帽的年轻人拎着一个塑料袋走出来,四处张望了一下,最后到微微面前。

"您是贝小姐吧?"

微微愣了一下,点头。

"嗨,这是您点的牛肉饭,我给您送来了,谢谢惠顾,十五块整。"鸭舌帽把塑料袋递给她。

牛肉饭……

不用想也知道是谁点的，原来他根本就是听到了。微微接过袋子，脸红耳热全身无力的状态又出现了。

鸭舌帽年轻人在等着她付账，微微摸了摸口袋，递了张一百块给他。

鸭舌帽没接，为难地说："您没零钱？"

微微摇头，零钱正好之前坐车用完了。

"这，您能不能跟别人借下，我这也找不开。"

跟别人借……难道跟大神？这个念头一冒出来，立刻让微微给人道毁灭了。倒是忽然间灵光一闪，微微眼睛一亮，看着鸭舌帽热情地说："这样吧，我跟你到店里去付钱。"

"这……会不会太劳烦您了。"

"没关系没关系。"

微微一迭声说着，越想越觉得这是个好主意，拖着行李就往电梯走，走了几步又回头。

"你等等啊，我去留个言。"

拖着行李又跑进了公司。

鸭舌帽看着她的背影，张了张嘴，把到嘴边的一句"其实赊账也行"给咽下去了。

肖奈回到办公室的时候，里面已经空无一人，电脑屏幕上却多出了一张纸条。

肖奈摘下来。

谢谢你叫的牛肉饭，不过我没零钱，人家又不肯赊账，所以我跟人家去店里付钱了。

落款的地方画了个大大的笑脸。

肖奈的嘴角微微扬起。

跑了就跑了，借口还找得这么没诚意。把纸条夹进文件夹里，肖奈拿起手边的电话，拨出最近才熟悉起来的号码。那边一接通，肖奈直接问："在哪里？"

微微在打扫卫生。

贝微微的风格，当然不会打无准备之仗，来之前什么都考虑好了。首先要搞定的就是住宿。放假前微微没有申请留宿，学校是不能住的，幸好晓玲小富婆在学校附近有房子，可以借给她住，钥匙前几天已经快递给了她。

晓玲的房子是她考上 A 大那年父母奖励给她的，晓玲嫌一个人住太无聊，很少过去住，所以房子里到处是灰尘，清理起来真是够呛。

接到肖奈的电话的时候，微微正打扫得灰头土脸的。

手机欢快地唱着国歌。

微微看了它好几秒才按了接听键，心里"怦怦"跳，说话倒是很正常的样子："我在晓玲家里打扫卫生，学校不能住，我借她的空房子住段时间。"

"地址。"

"呃，你要过来啊，晚点再说吧，我正打扫呢，很脏的。"

"我去帮忙。"

"呃，不用了啦，你太大牌了我请不起的……"微微推三阻四，就是不想他现在过来。

肖奈沉默了一下，斜靠在办公桌上，长腿伸展，语气闲淡地说："微微，你是不是害羞了？"

微微："……"

"宝桂花园 17 栋 A1601 你过来的时候帮我买瓶洗洁精！"

一口气说完，微微迅速地掐掉了电话。

半个多小时后，门铃响起来，微微跑去开门，根本不给来人说话的时间，微微迅速地踮起脚，把一顶刚刚做好的纸帽子戴在了他的头上，然后把他推进厨房，塞给他一块抹布。

"你打扫厨房，不弄好不要出来。"

然后就跑回卧室擦玻璃去了。

肖奈抹布在手，环顾厨房，摇头一笑，开始清理杂物。

好像踩到尾巴了啊，是哄还是不哄，或者再踩一点？她这副气呼呼被惹毛了的样子实在是有趣。

某人价值千金的大脑，开始就这个无聊的问题认真地运转起来。

一直到五点多，房子才打扫出可以住人的模样，微微看着窗明几净的屋子，成就感油然而生。

这时肖奈也提着垃圾袋从客房里出来。之前他把厨房打扫完毕后，又被微微打发去整理客房了。两间房屋整理下来，即使风采卓然如肖奈，脸上也无奈地落了几道灰，微微做的纸帽子也略略斜在了一边，难为他居然还能很帅很有气质。

微微看着他，忍不住"扑哧"一下笑了出来，心里原本有的一点点别扭也随着笑声完全地散去了。

微微又把他推进了卫生间："你去洗洗吧，一会儿我请你去吃烤鸭。"

晓玲家附近就有一家桂记烤鸭店，出了名的物美价廉，二十几块钱就可以烤鸭三吃。半只鸭，鸭皮一吃，鸭肉丝炒菜一吃，鸭骨头炖汤一吃，再点两个炒菜一盘水果，两个人吃绰绰有余。

微微打扫得累了，胃口大开，很有气势地在餐桌上扫荡。吃得饱饱地出店，刚走到店门口，却见外面乌云压顶雷声滚滚，很快"哗"的一声就下起暴雨来。

只好在店里等雨停了再回去。

暴雨并没有下多久，十几分钟就停了，却把一整天的炎热一扫而空。走在路上，微微只觉得浑身清爽，空气都分外清新可爱起来。

肖奈抬头看了看天空，忽然笑了一下。

微微自觉今天做了很多窘事，就怀疑他是在笑她，晃了一下他的手："你笑什么？"

肖奈转眸看她，眼中笑意更深："没什么，就是觉得，你一来，这里的天气都变好了。"

喂！

不要这么煽情好不好！

微微脸红心跳地瞪着他，可是眼中水波荡漾，哪里像瞪人，分明是勾引。肖奈忍不住，低头在她唇上吻了一下。

微微立刻觉得，刚刚远去的雷声又回来了。这、这是在街上啊，晕，被人看到怎么办。正想着"被人看到"的问题，微微就觉得有人在看她。

下意识地一扭头，只见两个一模一样的四五岁左右的小萝莉，梳着羊角辫，咬着手指头，正闪着好奇的大眼睛，一眨不眨地看着他们。

神啊！微微暗暗呻吟一声，拉着肖奈就狂奔。

肖奈这辈子从来没这么没形象地被人拉着奔跑过，简直哭笑不得。

"微微。"

"快走啦，我害羞。"

狂奔了一阵后微微跑不动了，但还是没有放开肖奈的手，气喘吁吁地老牛状地拖着他。拖到一块干净的没有被雨水打湿的草坪，微微才松开他的手，瘫坐在草坪上，不动了。

肖奈走到她身边坐下。

一时间两人都没有说话。

雷雨过后的晚风送来草木的淡香，气息清雅得让人沉醉，但或许，更多的是来自身边人的气息吧。微微坐在他身边，发现自己竟然有再靠近他一点的冲动，连忙别过头，去拨弄身边的小草去了。

过了一会儿，想起来问他："你怎么不问我为什么忽然过来啊？"

需要问吗？肖奈用眼神质疑。

不要这么自恋好不好，快问！微微用目光逼迫。

肖奈从善如流："好，微微你怎么忽然过来？"

微微满意地回答："我过来实习的，我家那边找不到合适的单位。你们公司收实习生吧？"

肖奈正经地说："我们公司用人标准很高。"

"……我去当实习生而已，又不要你发工资。"

"嗯，免费的更需要慎重。"

微微捡了两根小草砸他："……你到底想怎么样。"

肖奈沉吟一下："贿赂我？"

不带这么无耻的吧！

但是人在屋檐下，微微不得不低头："那一会儿我请你吃夜宵？"

肖奈很正人君子地拒绝："不好意思，除了夫人的美色，我不接受其他贿赂。"

微微："……"

Part 40　小实习生

不管微微最后有没有美色贿赂、过程如何，总之，周一早上，肖奈准时地出现在晓玲家楼下，接微微一起去公司。

微微今天穿了一件白衬衫，底下配黑裙子，说起来似乎很职业，其实并非如此。衬衫是那种有点娃娃的款式，裙子两侧打着褶皱，腰间系着细长的蝴蝶结皮带，看起来既可爱又端庄。

凑巧的是，肖奈今天竟然也穿着简单的白衬衫配黑色长裤。两人并排走在一起，宛如刻意穿了情侣装一般，朝气而又清爽，引得路人频频注目。

因为宝桂花园离肖奈的公司并不远，两人是走着去的。微微挽着肖奈的手，一路上雀跃又紧张，"我去了以后做什么啊？"

"你喜欢做什么？"

"呃，不知道，反正不要没事干就好了。"傻坐的话会很尴尬的。

肖奈思索了下说："你先去测试部做几天，等熟悉了《梦游江湖2》，再去策划部。愚公在这两个部门都有工作，你跟着他。"

"好。"微微点点头，她毕竟还只是学生一枚，完全不清楚公司流程，肖奈说什么就是什么了。

快到公司的时候，微微想起来说："一会儿你先进去吧，我自己去找愚公好了。"

肖奈低头看她："为什么？"

"不为什么啊！"微微把她的新口头禅搬出来，很坦然地说，"我害羞嘛。"

肖奈忽然明白了什么叫搬起石头砸自己的脚。

不过，微微的分兵计划很快就"流产"了。

在距离公司大楼两百米的地方，微微正打算和肖奈分道扬镳，一个戴着黑框眼镜、钉着耳钉、服饰很后现代的小青年从他们身边跑过了。跑过十几米后小青年又扭头跑回来，视线在微微和肖奈之间不停地来回，一副惊诧的模样："老大，我没看错吧……这、这难道是咱们公司的新员工？"

肖奈点头："是实习生。"

微微礼貌地朝他笑了一下，心里有些好奇，这人怎么叫大神老大啊？难道这是大神在公司的称呼？

微微今天稍微收拾了一番，分外地明艳照人，因此笑容杀伤力极大，后现代小青年被她笑得一阵眩晕，红心闪闪，但是，很快他看到了美女的手……

挽在了老大的臂弯中。

"老大，难道，难道你们……"

肖奈瞥了他一眼，话都懒得说了。

小青年迅速地意会了，夸张地退后两步，然后一扭身，飞快地向大楼跑去，微微看见他边跑边掏出了手机……依稀还听到声音……

"……来了个超级美女……可惜是老大的老婆……这还不如不来呢……"

微微黑线三千丈。

肖奈安慰她："美术部的，你以后尽量远离他们。"

"……明明是表演部的。"微微小声地嘀咕。

拜后现代小青年所赐，微微还没到公司，肖奈带着未来老板娘来上班的消息已经传遍了整个致一。微微的偷偷潜入计划彻底失败。

肖奈虽然把微微带到了公司，但是他并没有空闲带她熟悉整个公司的环境，一到公司便被人叫走了。反正微微身上已经敲了一个"肖氏所有"的隐形章，他很放心的。

相对比较清闲的愚公接手了带新人的任务。

愚公在众人嫉妒的视线下得意地带着微微往测试部走去，边走边给她介绍致一科技的情况："咱们公司目前主要力量集中在开发上，所以结构还是比较简单的，也就五个部门，策划部、程序部、美术部、测试部、行政部。"

"美术部是那块。"愚公点了点东边，"他们人最多，也最变态，三嫂你千万别靠近他们。最近他们在抓人做 NPC 原型，连我这长相都不放过，三嫂你千万要小心。"

微微好奇地问："是按照你的样子做 NPC 吗？"

愚公点头。

"那蛮好玩的啊。"

愚公面无表情地说："如果那个 NPC 是老鸨呢？"

"……"

"名字还叫如花。"

"……"

愚公总结："总之，他们最近在做青楼场景的 NPC，你……"

微微无比坚定地："我一定远离他们！"

又走了几步，愚公说："那边就是策划部了，主策划就是你老公，还有剧情策划、数据策划什么的，以后你接触多了就明白了，里面有两个是我们学校数学系的。"

微微被"老公"两个字寒到了，忽然想起一个问题，打岔说："我刚刚怎么听见别人喊大神老大啊？"

"在公司是有人这么喊，也有喊肖哥的。"

"……黑社会？"

"唉，咱们做网游的也跟黑社会差不多了，起早贪黑的，再说了，大家年纪都差不多，喊肖总或者经理什么的多没格调。"

微微想起昨天他在某场景下喊的那声"肖总"……不由得用眼神默默地朝愚公飞了两把小刀子。

愚公脸皮厚，恍然不觉，指了指西边那块说："程序部在那，程序部就是一堆牛人啊，尤其Ａ组那几个，号称我们公司'三大神手'。"

神手？

微微眼睛闪闪地："大神？"

"他不算。"愚公挥挥手，"Ａ组就四个成员，除了你老公外，另外三个合称'三大神手'，看到那个穿褐色骷髅Ｔ恤的没？"

微微顺着他的目光看去。

愚公压低了声音，神秘地说："著名的黑客ＫＯ你知道吧？"

微微点头。ＫＯ的大名，就连微微这种并不关注黑客圈的人都有所耳闻，说他是国内数一数二的顶尖黑客绝不过分。

"就是他了，在我们这里，他叫老Ｋ。"

"你、你骗人吧，ＫＯ？"微微张口结舌。

"人是老三弄过来的，好像他们单挑了几场吧，总之现在他就在我们公司了，知道他是ＫＯ的人不多，你别说出去，咱们是一家人我才告诉你。"

……其实你跟很多人这样讲过了吧。

"说起来，这个人到现在我都不知道他叫什么，薪水都是老三直接给他现金，耍酷很在行的。"愚公酸溜溜地说，"不过我觉得他不说真名的原因……"

微微期待地看着他。

"是他名字太挫。"愚公用力地点头加强可信度。

"……"

微微保持沉默。

愚公又指着另外一个人，"他旁边那个人叫阿爽，是 A 组的另外一个高手，不过这人你看见一定要绕道走，尽量别在他面前晃。"

微微奇怪："为什么？"

"三嫂，你没发现我们公司就是一和尚庙，连前台都是男的吗？就是这家伙搞的！"愚公脸现悲愤之色，咬牙切齿地说，"这家伙据说看见女的就写不出程序。"

这么强大！微微震撼。

"不过你千万别以为他是什么正人君子。"愚公继续发表自己的看法，"我觉得吧，是这家伙太好色，自制力又太差，看到女的就晕头转向脑子打结，所以只能眼不见为净。"

微微一时间恍如置身江湖，这些人仿佛就是传说中各有怪癖的武林高手。

微微不由得追问："还有一个呢？"

"还有一个……"愚公的目光悲摧起来，定定地看着某个角落，"还有一个，就是那个小白脸。"

微微顺着他的目光看过去，疑惑地说："没人啊。"

愚公说："再仔细看看。"

微微再仔细看了一遍，还是没看到谁，"是没人啊，只有美人……"

微微忽然顿住了，扭头惊诧地看着愚公。

愚公沉重地叹息："我知道你很难接受这个事实。但是，没错，就是他。

"虽然他长得像个小白脸，人品也不怎么样，经常还很猥琐，但是，俗话说得好，上帝给了你一身缺点，总会意意思思给个优点，这个小白脸，他唯一的优点就是脑子还不错。

"曾经，他是 Z 省的理科状元。"

微微被雷到了，美人师兄居然也是大神核心团队的成员，传说中的编程高手？好吧，她也知道本校牛人很多，但是但是，莫扎他……

实在很难想象啊！

你能想象平时很欢乐很小白状的邻家大哥，忽然摇身一变成为一个武林高手吗？

愚公问："幻灭了吗？"

"还好了……其实美人师兄还是蛮有气质的……"微微艰难地说。

愚公点头认可："也是，没有气质有时候也是一种高手气质。"

"对了。"愚公忽然想起什么说，"在公司你也可以叫我愚公，大家都是这么喊的，不过郝眉你就不要叫他莫扎他了。"

"那叫他什么？"总不会叫"好美"吧……

愚公淡然地说："江湖人称眉哥。"

"……"

"怎么了？"

"没什么。"微微也淡然地说，"只是突然想表演胸口碎大石。"

微微在麻痹状态中继续随愚公前行。

行政部没有什么可介绍的，愚公只是郑重地叮嘱了一句："对行政部的人要客气，他们决定发给你的饭盒是三荤一素还是三素一荤。"

微微严肃地点头表示记下了。

最后才是测试部，愚公介绍说："测试部目前人员还不足，估计九月份就要大规模招人了。三嫂你先在那吧。"

到了测试部，跟部门经理以及成员介绍一番后，愚公功成身退。

Part 41　他的世界

测试部是网游公司里技术要求相对比较低的部门，普通岗位只需要对游戏有经验有热情就可以胜任，微微怎么说也是个网游高手，做这个工作还是绰绰有余的。

游戏测试员的工作做起来其实很枯燥，也许要不停地和同一个 NPC 对话，看看有没有 Bug，也许要一遍遍地走同一张地图……绝对不是外人想象的那样只要玩玩游戏就好。

今天测试部正好要做一个大型任务的测试，人手本就不足，多了个人当然最好不过。测试部的成员们本来还担心这个传说是老板女友的大美女是来公司混日子的，谁知道人家只是稍微习惯了一下《梦游江湖 2》的操作，飞快地就上了手。

测试部部长顿时如获至宝，迅速地对微微这个未来老板娘产生了认同感。

微微一进《梦游江湖 2》就入了迷，连"江湖人称眉哥"兴奋地跑来围观她，都没空搭理，害得莫扎他落落寞寞地走掉了。中午和肖奈去外面吃饭，肖奈随口问："上午做什么了？"

微微眼睛顿时就亮了起来："做水患任务的测试了。"

因为《梦游江湖 2》在天气变化上最大限度地模拟现实，所以游戏中也有日升月落，有风霜雷电，有风和日丽，当然也有阴雨连绵。那既然有阴雨连绵，当然会导致某些地方发大水，于是水患任务由此而来。

某个小镇被淹后，系统发出通知，号召玩家们抢救 NPC 小孩和老人，抢救 NPC 财产，然后获得一定的奖励。玩家需要学会游泳技能，然后在限定的时间里把 NPC 送到安全的地方，因为在水中血量是持续下降的，如果不能及时送到，玩家就会死亡，任务失败。

由此还有衍生的灾后重建家园任务，对应的当然还有旱灾运输水源任务等等。微微玩过的网游算是多了，但是像这么特别有趣的多人任务，却还是第一次看到。

测试的时候还听测试部的人讲到什么托儿所喂孩子的任务、街头卖艺任务、家庭系统的男耕女织等等，虽然目前还只接触到游戏的冰山一角，但是《梦游江湖2》别出心裁的任务系统已经让微微惊艳了一把。

不过说起来，今天给微微冲击最大的，却是《梦游江湖2》的风景。

灵秀的山川、浩渺的江河、郁郁的翠竹、幽静的深谷，这些寻常看惯了的景色，到了《梦游江湖2》中，似乎格外地空灵悠远。

当然，还不只景色而已，还有流畅华丽的招式动作，逼真多变的人物表情……

微微早知道《梦游江湖2》是大神自己写的 3D 引擎，而非直接购买国外现成的，在画质和动作的表现上肯定非同凡响。但是在亲眼见到游戏之前，绝没想到大神的引擎会让景色优美、动作华丽到如此程度。

不过想想大神本身，然后他那华丽丽的团队，微微又觉得正常了……

说起来，有这么好的引擎，将来不用说《梦游江湖2》运营会赚多少钱了，光这个引擎卖给其他网游公司用，大神公司抽成就会赚死吧。

吃完饭和肖奈一起回公司，为了避免被大神带到昨天的"案发现场"，微微主动地、热情地去探访早上被她伤了心的美人师兄去了。

肖奈笑一笑，并没有制止她，他并不是喜欢在公共场合黏黏糊糊的人。不过下午游戏测试出故障的时候，他却出现在了测试部，顺手调试了程序问题。

当时测试部的员工们内心十分复杂，基本上都在默默地呐喊：其实俺们也可以解决啊！老大你不用亲自来的！

几天测试工作做下来，微微总觉得《梦游江湖2》跟以前自己玩过的游戏有着根本性的不同，不仅仅因为精致细腻的画面以及深厚的历史底蕴等等，还有一些别的地方。但是具体如何她又说不上来，直到某天看到《梦游江湖2》的一些细节策划书，才恍然大悟。

《梦游江湖2》有一种生气。

在《梦游江湖2》的世界里没有一成不变绝对静止的事情，花有开落，月有阴晴，人有兴衰。庭院里的一株牡丹，也许几天前还是含苞待放，几天后你再去看，或许已灼灼盛开。京城里的一家酒肆，也许昨日还是宾客盈门，转眼却会败落，换了东家。城西的一个女子也许这个月还待字闺中，下个月却已经嫁到城东。甚至药店杂货铺的NPC们还会轮班休假。

只是小小的场景和NPC变化而已，却给人一种动态、发展的感觉，把以往网游那种死气沉沉的感觉一扫而空。

《梦游江湖2》基本上各个环节都有巧思，如结婚环节的抢婚，如武功系统的自主招式设计，如职业设计里的士族（读书做官然后按等级召唤护卫战斗，可参考西方的召唤系理解）……

种种奇思妙想贯穿了整个游戏，但是《梦游江湖2》最大的特点，却是真正把生活系统与江湖系统并行起来了，玩家在《梦游江湖2》里，既可以笑傲江湖，也可以做个完全远离江湖的生活类玩家。

这在网游中是非常少见的。网络游戏一向泾渭分明，战斗就是战斗，生活就是生活，就算战斗型游戏里有生活系统，那也只是辅助类的小游戏而已。

网游开发商们不是不想做，而是做不了。国内的开发商们为了省钱省事，大都是直接购买国外的引擎，而国外的引擎要么以战斗升级为主、生活类为辅，要么以生活养成为主、战斗适当调节，于是国内的网游套用外国的引擎做成成品之后，自然也无一例外地受到了限制和束缚，成了千篇一律的模式。

但肖奈是自主开发的引擎，当然就可以完全跳出这个模式，自由地做出自己想要的东西。

不管怎么说，这些创新还仅仅局限于游戏范畴，真正能称之为战略性创新的，却是《梦游江湖2》的生活系统，把C/S和B/S结合了。

通俗一点解释就是，把需要自己下载安装的网游和完全不需要下载安装的网页游戏结合了。

举个最简单的例子说明。

比如，你在《梦游江湖2》你家的花园里种了一株花，可是它开花的时间却是在你上班的时候，办公室里没法上游戏怎么办？那么你只需要打开《梦游江湖2》的网页版本，就可以蹲在办公室里收花了。

再比如你养了个儿子，一天要吃三顿，你又不想把他放在系统托儿所，那怎么办？上班时上网页版喂呗。

可以想见，将来这些功能还会延伸到手机上。

目前各大游戏公司都在着力开发适合上班族以及电脑配置不高的玩家能玩的网页游戏，但是目前市面上，却绝无一款游戏是把3D网游和网页游戏结合起来的。

《梦游江湖2》在这方面开了先河。

这绝对是天才性的创新。

"不只如此，你不妨逆向思维一下。"某天下班的路上，听着微微滔滔不绝的赞美，肖奈十分之淡定地，起码是表面十分之淡定地说。

"嗯？"

"在网游内测之前，《梦游江湖2》生活系统网页版就会先行开放。"

咦？这倒是很新鲜，但是这样有什么目的呢？

微微开始思考。

看她一时没有想到，肖奈进一步提醒："然后在《梦游江湖2》内测之前，我们会在网页版上宣传3D网游中家园的录像。"

微微霎时明白了。

网页版的玩家们看到自己的花园在3D游戏中如此精致完美，肯定会产生去网游里看看的冲动，然后……

一切就可想而知了。

大神的这个战略实在太野心勃勃了，简直要把各类玩家一网打尽啊。

微微热血沸腾，延伸思考下去。

这类不喜欢打打杀杀的玩家进入了游戏会怎么样呢，当然可以不打怪不练级，只种菜收菜，养猪养鸭，织布裁衣，研究美食……但是，你要觉得当个农夫无聊了，去拜师学艺行走江湖也没人会拦着。而且，系统会想方设法地勾引你，比如说，种菜种出个灵丹，吃了功力倍增，比如说耕地挖出本秘籍，比如说做衣服居然做出了很好的装备……而且不巧这些东西都没法售卖……

于是……

所以说，大神就是个阴谋家！

不对，也许该说是阳谋家才对，最擅长挖陷阱后让人看着陷阱往下跳。

微微日复一日地沉浸在《梦游江湖2》中，几乎有点废寝忘食了，有次肖奈走到她身边都没注意，于是肖奈就被测试部的人调侃。

"肖哥，输给自己游戏的感觉怎么样啊？"

肖奈觉得很不爽，而且已经不爽好几天了。谁受得了好久不见的女友天天在耳边念叨游戏，无奈之下，肖奈干脆禁止："以后出了公司不要提游戏两个字。"

微微心里有点小小的窃喜，又有点委屈，辩解说："那是你的游戏啊！"

《梦游江湖2》，是你的世界啊。

游戏不可能凭一己之力完成，一款游戏必将凝结整个团队的智慧，可是肖奈作为这个游戏的终极设计师，却是整个游戏的灵魂所在。

《梦游江湖2》，某种程度上说，就是他的世界。

里面体现的是他的人生观，他的价值观，微微在这个游戏里，有时甚至会觉得自己在他宽广的心里飞翔。

他无所不在，完美而强大。

好像。

更更喜欢他一点了呢。

在测试部待满一周后，肖奈把微微拎到了他直属管辖的部门之一——策划部，做起了辅助策划的工作。

微微对这个调动一点意见都没有。

她想去策划部，几乎是迫不及待地，想在他的世界中，加上属于自己的东西。

Part 42 泳……裤

午后的阳光透过落地窗，洒在坐在窗边木地板上的两人身上。

"我觉得家庭系统还可以加点东西，特别是家庭和家庭间的互动方面。"

微微坐在肖奈身边，一边说着，一边低头在小本子上写写画画。这本绿色封面的小本子是微微最近买的，上面写了许多对《梦游江湖2》的零碎的想法。

作为一个资深玩家，微微的意见还是很有见地的，肖奈却心不在焉。

"这首曲子怎么样？"

微微恼了："肖总，你有没有在听啊？"

"嗯。"肖总说，"想法成熟了写个报告给我。"

"……"

微微恨恨地，低头在他手腕上咬了一口。

琴音并没有乱掉。

肖奈正弹奏的乐曲是《梦游江湖2》某个场景的配乐，也就是微微来那天，那位方总监所在的音乐工作室送来的曲子之一。

一曲弹完，肖奈略作思考，在曲谱上做了几笔记录。然后放下笔，长臂一展，把某人拦腰抱了过来，顺势压在了地板上，以口还口，以牙还牙。

"你……"

微微什么都来不及说，就被封口了。

虽然这阵子微微已经被他抱着亲过搂着亲过坐在腿上亲过，但是按在地板上还是第一次，顿觉此乃小心脏不能承受之亲。

然而狭路相逢勇者胜，某人不仅武力值高，还很狡猾，微微抵抗无力，只能任人为所欲为了。

好几分钟后，肖奈才放开她，却没有起身，温热的呼吸落在她颈间。微微喘息着，眼光迷离了好一会儿才回神，忍不住怀疑："你真的是第一次……呃，恋爱？"

一点都不像好不好！每次都被他……到没有招架之力。

"嗯。"肖奈的声音有丝懒洋洋。

"那你也太熟练了……"

"看到你就无师自通了。"肖奈轻咬着她的耳垂，"还有，我脑内演练了很多次。"

又演练了几次，中午休息的时间就过去了。肖奈扣好衬衫的扣子准备出发，微微跑进卫生间，看着镜子里的自己。

眸中带水……这个可以说是困的。

双颊飞红……这个可以说晒的。

可是嘴唇怎么办！

难道说吃辣辣的蚊子叮的？！

那群明明很忙但却永远有时间调侃她的人，肯定不会放过机会的好不好，尤其还有愚公在！

微微郁闷地走出卫生间，肖奈已经在换鞋了，低着头，漫不经心地问："下午还去不去？"

今天虽然是周末，但公司里因为新一轮的目标，很多人都在加班，肖奈自然要去，微微一个实习生去不去倒无关紧要，于是微微甩头："不去！

"实习生又没有工资，我要休假！"

肖奈很有风度地没有戳穿她，不过还是把她叫到门口，在额头亲了一下："那你看家吧，别去晓玲那了。"

"哦。"微微看看外面热情的太阳，也不太想出门，不过在肖奈走后，忍不住小声反抗一句，"……这里又不是我家。"

微微现在所在的房子，并不是晓玲家，而是肖奈自己在外面的房子。肖奈对于在别人家里卿卿我我还是很有心理障碍的，微微又不敢去他父母家，于是这间以前并不常住的房子就大大地利用起来，经常白天微微就和肖奈在这里，晚上肖奈再把她送回去。

肖奈走了，微微无所事事，跑回房间上网。

不去公司的话就有点无聊，微微在网上晃了一圈，想起小老虎已经好几天没喂了，就打开了《梦游江湖》。

本来先天属性奇差的小老虎在微微耐心的培育下，属性已经有所回升，微微喂它吃了点丹药，看看仓库里已经没有存货了，便去长安市场收购。

没想到，在长安市场居然看到了久未出现的蝶梦未醒，她摆了个摊子，正在卖东西。微微有点意外地发消息过去："是蝶梦吗？"

应该没有把号卖给别人吧。

果然很快蝶梦回信："是的。"

微微："好久没看到你了。"

蝶梦："呵呵，工作太忙。"

微微一直以为蝶梦已经彻底地离开了游戏，没想到她竟然会回来，不由得有些惊喜。有心问问近况，但又怕唐突，索性就不问了。两人随便聊了几句，蝶梦便收了摊子提议一起去打 Boss。

同去打 Boss 的还有雷神妮妮，三个人下了个难度不太大的副本。本来三个人打这个副本应该是很轻松的，可是因为蝶梦频频失误，居然一度差点团灭。

蝶梦苦笑："两个月没来，我竟然连 Boss 都不会打了。"

蝶梦的心情，似乎不太好啊。微微正这样想着，雷神妮妮就发消息过来："蝶梦帮主最近心情不好呢。"

"怎么了？"

"可能刚刚回到帮里不习惯吧。这两个月帮里的老人走了不少，来了很多新人，都把小雨妖妖当神似的，好多人都不认识蝶梦帮主哎。"

"战天下没把帮主的位子还给她？"

"没哦，而且现在蝶梦帮主的等级装备也没战天下高了。"

"那肯定的……"

"小雨青青也还在帮里，这个女人真是讨厌死了啦。要不是舍不得帮派，我早就走了。"

这时微微才意识到一个问题："蝶梦和战天下……"

雷神妮妮说："和好了啦，我问过蝶梦帮主哎，她说她前阵子生病，战天下一直照顾她，她就心软了。"

正说着，雷神妮妮突然不见了，几分钟后"哇哇"叫地爬上来："晕，在家里就是不好，电信上网通的服务器不是卡就是掉，微微你那速度怎么样啊，你也是电信吧现在？"

"没有，我回B市了，是网通的。"

"喔喔？为虾米这么早回B市啊？"

"暑假实习啊。"

"倒塌……不要提实习，我还没弄到章呢。"

这几句话是在队伍频道里说的，所以蝶梦也能看到，一直没怎么讲话的她出声问："微微你现在在B市？"

"嗯（笑脸）。"

蝶梦没再说什么，打完副本，她忽然说："微微你现在有空吗？不如出来一起喝个下午茶吧。"

微微对这个邀请十分意外，她向来不怎么热衷见网友的，但是现在蝶梦心情不好，她要是拒绝的话，似乎有点雪上加霜的感觉。

不由得有些犹豫起来，这时雷神妮妮发私聊信息来："微微你就陪陪蝶梦吧，因为战天下还有帮里的事情，她心情不太好呢，你安慰下她。"

想起蝶梦和战天下的那些事情，沉浸在自己快乐的小幸福中的微微不由得有一丝心软，于是没再多想就答应了。

正跟蝶梦她们聊着，忽然，电脑屏幕上跳出来一个窗口，微微吓了一跳。

"微微。"

窗口上浮现两个字。

微微犹疑地打字："大神？"

"嗯。"

"……你就不能用正常的聊天工具吗？"

"这样方便。"

"……"可是很吓人好不好。

"忽然想起来，亲戚的别墅空着。"

"啊？"

"他家有游泳池。"

"咦。"

"要不要去游泳？"

"要！"微微飞快地回复。

"会游泳？"

"不会！"微微理直气壮地说，"但是我要旁观！"

旁观大神游泳啊，那可是上次看他打篮球时就产生的愿望！

被大神神出鬼没地一打岔，游戏里一时就没顾得上了，芦苇微微的人物定在那里一动不动，雷神妮妮喊了好几声。

"微微。"

"微微？"

"微微微微微微……"

微微连忙说话，制止她的刷屏："来了，刚刚有点事情。"

"哦，还以为你也卡了。"

蝶梦问："微微你是不是在××区？"

××区是B市大学比较集中的地方，微微回答："是的。"

蝶梦说："那××路那家必胜客好吗？"

微微想了想，××路离A大并不远，就答应了下来："好的^_^"

说好见面的时间地点，交换了手机号码，微微又打开大神那个窗口。

"一会儿我要跟蝶梦未醒见个面。"

肖奈过了一会儿才回复："嗯。"

他虽然没说什么，但是微微直觉他并不喜欢自己跟网友见面，于是解释说："在××路的必胜客，只是喝个下午茶，不会很久的。"

肖奈说："到时候我直接接你去游泳，对了，你把我的泳衣带上。"

男式的泳衣，其实就是泳裤吧……

大神的泳裤这种……神奇的存在，微微想到就面红耳赤了，更不用说在柜子里翻了。微微打开了肖奈说的那个衣柜，完全不敢细看，随手拿了一个黑色的面料光滑的应该是泳裤的东西，飞快地塞进包包里，然后就出门去见蝶梦。

半个多小时后，微微到了必胜客。

蝶梦的短信里说自己是栗色长卷发，穿着墨绿色长裙……微微在必胜客里张望了一下，在窗边最里面的位子看到了她。

微微举步向她走去。

蝶梦原本在看着窗外的景色出神，渐渐听到脚步声，眼角余光中似乎有一抹惑人的亮色向她走近，她下意识地一转头，便望进了一双明媚莹亮的眼眸中。

那双明眸的主人看到她，朝她浅浅绽放一个笑容，皓齿微露，那笑容如昙花初开，让人一下子觉得光芒大盛，艳不可挡。

蝶梦心中慢慢浮现一个想法，又觉得不太可能，然而那女孩居然真的停在了她的面前。蝶梦意外之下几近失神，呆了好一会儿才问："……你是芦苇微微？"

微微点点头，在她对面坐下，笑着招呼说："你好，蝶梦。"

微微和蝶梦在必胜客坐到快五点才离开。

其间大部分时间是蝶梦在倾诉，微微在倾听，不过微微也明白，蝶梦心情不好，要的也只是倾听而已。

最后蝶梦还邀请微微共进晚餐，微微不好意思地拒绝了："晚上要去游泳，游泳前好像不能吃东西的。"

蝶梦了然："和男朋友？"

微微点了下头，想到肖奈，眼中不自觉地漾满了光芒。

"你这样的美女，男朋友肯定对你死心塌地的吧。"蝶梦看着她，眼中有一丝羡慕。

微微怔了一下，想说什么，又觉得说什么都不妥，于是笑了一下，低头喝了口茶。

和蝶梦分手后微微打电话给肖奈。

"我这边已经好了。"

"嗯，我马上过去。"其实肖奈工作早已做完，但他教养风度使然，绝不会打电话催促。

微微讲了地点，正要挂电话，肖奈忽然问："你泳衣买了吗？"

"……"

"等我一起去买？"肖奈拿着车钥匙边说边往外走。

"不用了！我自己去买！"

必胜客旁边就有个大超市，微微溜进去，随便买了个泳衣，当然是最保守的那种，下面还有裙边。

从超市里付款出来，微微便看见肖奈的车已经停在路边了。

Part 43　游泳啊游泳

游泳啊游泳……

关于游泳，微微想象中的画面是这样的，大神裸着上半身，穿着轻薄短小的泳裤，矫健的身躯在碧波荡漾中一起一伏……而她呢，就躺在泳池旁边的躺椅上，喝着饮料吹着小凉风看啊看，最好能带个相机……

然而，现实是——

到了别墅，微微从包包里拿出他的泳裤，肖奈接过，眉一挑。

"怎么拿这条。"

"啊？"她看都没看随便抓的，有什么问题吗？

"这条是我拿到游泳冠军后姑姑送的，我从来没穿过。"

"你不喜欢啊？"

"我倒无所谓。"肖奈微微一笑，"只是没想到原来微微喜欢这种款式。"

他去室内换了泳裤出来，微微才知道他说的这种款式是哪种款式……

竟然真的轻薄短小……还紧绷……

微微被这毫无遮挡的男色弄昏了头，在大神说"你怎么不去换衣服"的时候，真的乖乖地去换上了刚刚买的泳衣。

还好出来的时候已经清醒了，抓了条大毛巾披在身上。

肖奈已经在泳池里舒畅地游着，看到她出来，便游到池边，伸手。

"下来。"

"不要，我不会游泳。"旱鸭子微微扯着毛巾宁死不跳水。

"我教你。"

微微想了想还是没有勇气："……最多我在游泳池旁边洗脚好了。"

肖奈无语了，摆出一副不管她的样子，自顾自地游开。微微眼睛跟着他，看他在水中劈波斩浪，俯仰自如，劲瘦精壮的身躯时隐时现，不由得脸上有点发烫。

她真是被大神带得越来越色了啊。

微微一边检讨着自己，一边继续明目张胆地目不转睛。看了一会儿，自己也有点跃跃欲试起来，便在泳池边坐下，把脚伸进了泳池。

顿时一阵清凉的感觉从脚上传来，全身上下好像每一个毛孔都舒服起来。

微微坐在游泳池边玩水玩得欢快，一时没注意肖奈的行踪，等到再发现的时候，肖奈已经游到了她的身边，突如其来地抓住她的脚踝，一把把她拉了下去。

微微猝不及防地掉进泳池，顿时喝了好几口……自己的洗脚水……

然后因为手忙脚乱，被某人以口渡气……

后来又因为怕淹死，紧紧地攀着某人半裸的身躯……

总之……一言难尽……

回去的时候，微微游泳只学会了一点点，但是身心……却遭受了巨大的损失。

肖奈同学以前虽然是校际联赛的游泳冠军，但是对游泳也没热衷到天天都要游的地步。然而这天以后，却忽然热衷起来。亲戚的别墅反正空着也是空着，便天天傍晚带着微微去游上两小时。

微微已经喜欢上游泳了，但对某人以教学之名、行××之实的行为还是坚决抵制的。然而她虽有抵死不从的决心，却没有相应的武力值，还经常一不小心就被色诱……

于是大神亲戚家的游泳池里就经常能看到她在水中扑腾的身影……

某次垂死挣扎中，微微连"我们还没到洗鸳鸯浴的地步吧"这种话都说出来了。想想也是，偌大一个游泳池，就他们两个人，可不就是鸳鸯浴么？！

但是肖奈的反应却是——

"原来微微喜欢激烈的？"

无耻不过人家，微微只好逆来顺受了。

所以又一次接到蝶梦的电话的时候，微微还是蛮开心的。天天上游泳大餐，实在有点营养过剩啊……

蝶梦问："微微，明晚有没有空？一起吃个饭吧。"

"明天吗？"微微略一思索就答应了，"好的。"

微微答应得这么爽快当然不是真的为了躲避和大神一起去游泳，而是想起上次必胜客是蝶梦请的，微微觉得自己应该回请一次。

所以第二天，微微就抛弃了某人，揣着小钱包独自赴约去了。然而站在蝶梦说的酒店门口，看着那华丽丽的装潢，微微不由得有点忐忑。

不会钱不够吧……

不管了，大不了叫大神来救场。

微微拿出手机发短信给蝶梦："我到了，你在哪里？"

很快蝶梦回复："就菊轩。"

包厢里，蝶梦收起了手机。

"她已经到了。"

小雨青青不是很相信地问："她真的是美女？有没有妖妖漂亮啊？"

几十分钟前,在这个由小雨妖妖提出的碧海潮生阁见面会以及和解会上,蝶梦"无意"地说出她见到了芦苇微微的真人,还说她长得十分漂亮。

在座的除了战天下、小雨家族、真水无香,还有几个其他在B市的玩家,大部分人都认识或知道芦苇微微,却都不是很相信芦苇微微是美女。

小雨家族的人更是不信,便起哄让蝶梦把芦苇微微约出来。

于是,蝶梦便假装去外面打了一通电话,事实上,为保万无一失,她昨天就约好了微微。

蝶梦听到小雨青青的问话,并没有立刻回答,吊足了大家的胃口后才道:"来了不就知道了。"

小雨青青"呵"了一声说:"我明白了,肯定没妖妖漂亮,妖妖可是所有服务器的第一美女。"

小雨妖妖半羞半恼地说:"你别这么夸张了啦,什么人都拿来跟我比。"

小雨青青娇俏地吐吐舌头说:"知道啦知道啦,降低你身价嘛。"

蝶梦看着小雨妖妖,心中冷笑。

笑吧笑吧!一会儿看你还笑不笑得出来。

凭什么你这么众星拱月,凭什么你们小雨家族在我建的帮派里颐指气使,不就是靠那张脸和所谓"江湖第一美女"的称号吗?凭什么你这么幸福,你不知道你的幸福很刺眼吗,你不知道你提出的所谓和解会很假惺惺吗?

如果不是你,天下就不会认识小雨青青。

你知不知道,我很讨厌你。

马上,你的考验就来了。

你的爱情能通过考验吗?

通不过吧!

本来就是建立在外表上的所谓爱情。真水无香这样的男人,会不为美色所动?在那样的活色生香艳色倾城面前?

更何况他曾经是芦苇微微的老公，有什么比曾经拥有却无意中错失更令人惋惜和痛苦呢？

但是。

如果通过，那么，我祝福你们！真的祝福！

蝶梦一饮而尽！

众人嘻嘻哈哈地说着话，眼睛却不时地瞄向门口。过了一会儿，门打开了，众人不约而同地看过去，却看见了一张笑着的圆脸。这样也算美女？小雨青青正要嗤笑，才发现原来只是个服务员。

然后，才是一个女生在服务员身后走了进来。

圆脸服务员热情地说："您好，就是这里。"

那女生礼貌地朝她颔首，随着她的动作，几缕发丝滑落下来，极其引人遐思地落在她白皙细腻的颈间。待她转头，只见松松挽就的乌发衬着一张令人心跳不止的艳丽脸蛋，一双明眸亮若星辰。她眼中好像掠过了一丝诧异，长睫一动，美目流转间，竟似有艳光流过。

蝶梦已经见过微微，可是这次她换了一身淡粉色V领系腰的印花裙，竟然又让她看呆了一会儿，过了一会儿才站起来招呼。

"微微。"

她这一声"微微"顿时把众人惊醒了。众人只觉得走进来的这女孩子极美，一时竟没有把她和"芦苇微微"这四个字联系起来。现在被蝶梦一提醒，才意识到她就是芦苇微微。

她竟然是芦苇微微？

她怎么可能是芦苇微微？！

如果她是芦苇微微，那所谓的"江湖第一美人"……

众人不约而同地看向小雨妖妖，几乎同时觉得——

淡了。

在这样夺魂摄魄的明艳面前，小雨妖妖的清纯漂亮顿时就显得太寡淡了。

而且……

身材真的差太多了。

小雨妖妖其实也是很漂亮的，只是她的长相大家都看多了，早没了惊喜。论坛上有照片有视频，见了真人，反而觉得没有照片好看，起码皮肤是远不如照片的。对比之下，反倒是这个毫无美女之名的芦苇微微，不施脂粉容色照人，叫人移不开视线。

于是大家又疑惑起来，如果这个女生是芦苇微微，那小雨妖妖怎么可能从她手上把真水无香抢走？

大家又心有灵犀地瞄向真水无香。

男人最了解男人的好色本性，当初真水无香在游戏里和芦苇微微离婚，迅速娶了小雨妖妖，帮里的男玩家们虽然觉得他不厚道，心里却也暗暗羡慕。但此刻看到芦苇微微，在座的男玩家们以己度人，都觉得真水无香的内在小灵魂恐怕已经在捶胸顿足了。

蝶梦一直在留意小雨妖妖和真水无香的反应，此刻满意地抿了下嘴，对服务员说："服务员，在我旁边加个椅子。"

然后又对微微说："微微，这里坐。"

微微点点头，移动脚步，神色如常，但是心里已经迅速地琢磨起眼前的情况来。

其实刚刚收到消息，蝶梦说在某某包厢时，微微已经察觉到一丝异样，但到底还是相信朋友没有多想，没想到一进来却是这样的状况。

微微并不认识蝶梦以外的其他人，但是小雨妖妖的脸却还是有印象的，既然小雨妖妖在此，那么其他人的身份也不言而喻。

这大概是碧海潮生阁在B城的玩家聚会吧。

却不知道为什么叫她来。

微微在蝶梦身边落座,众人的心才仿佛落回了原处,却仍然有一丝不真实感。小雨青青脱口问:"你是芦苇微微?"

她的嗓音有点尖锐,微微看了她一眼,点头。

"是的。"既来之,则安之,微微落落大方,向大家点头致意,"大家好,我是芦苇微微。"

Part 44　光华

先是一阵静默，然后气氛猛地火爆起来。蝶梦重新找回了中心的感觉，笑着说：“大家自己介绍一下吧。”

"我是蓝之梦。哇，芦苇微微，没想到你这么漂亮啊。"一个穿着紫色T恤的女生首先响应。

"大浪淘沙，我们一起打过太湖龙王的。"

"旱烟。"

"嗨，我是瞳孔深深。"

"Tony 呢。"

"我是停停走。"

"震鸭霸主，哈哈。"

……

先开口的都是跟微微有过来往的人，然后是两个微微退帮后进来的新人。

"我的名字很难念的，你叫我阿不思好了。"

"美女，我叫湖水蓝。"

最后还剩下四五个人没说话，小雨妖妖身边的男生似乎想开口，然而说了个"我"字，却没了下文。

这时蝶梦身边的男人站了起来，看他的神情衣着，显然已经是社会人士了。他端着酒杯做出向微微敬酒的姿势：“芦苇，我是战天下。以前游戏里有些不开心，不过现在大家见了面，以前游戏里的事情就别再放心上了吧。”

"当然。"微微风度极好地说。

战天下这话不只对微微说,还有暗示小雨家族的意思在。小雨妖妖这才秀秀气气地开口:"我是小雨妖妖,芦苇微微,久仰大名。"

小雨妖妖这话听来客气,语气却不怎么让人舒服,室内众人都觉得身上一冷。微微哪里会听不出她语气中的玄机,但她虽有一副伶牙俐齿,却没对她施展的兴趣,笑了笑,无比轻盈地四两拨千斤:"你好。"

她身边的年轻男子又一次开口,终于可以正大光明地将目光落在微微身上,说:"我,是真水无香。"

小雨妖妖另一边的两个女生互相看了一眼,不怎么心甘情愿地说:"小雨青青。"

"小雨绵绵。"

介绍完毕,大家不由得将暧昧八卦的眼神在微微和真水无香以及小雨妖妖之间看来看去,直到小雨妖妖神色渐恼,才有所收敛。

真水无香站起来叫来服务员,又点了几瓶昂贵的红酒,气派地说:"今天我买单,大家放开随便吃。"

"太贵了吧。"

"真水你好有钱。"

大家都为红酒的价格咋舌。

战天下笑说:"今天要不是真水请客,咱们哪能来这里吃,随便一道菜都是三位数。"

小雨妖妖文雅地笑:"我提议的聚会呢,当然要他请客了。"

蝶梦看她摆出女主人的架势,一则暗笑一则又不快,故意转向微微说:"微微你这条裙子真不错,好衬身材,多少钱买的?"

微微望了她一眼,淡淡地撇开视线说:"随便买的,忘记了。"

蝶梦这一问,大家的视线又凝聚到微微这边来,七嘴八舌地说话。

阿不思问："芦苇微微，怎么称呼你？"

这大概是问真名，微微跟他不熟，便假装没听明白，说："就叫我芦苇好了。"

"微微我记得你也是学生哦，哪个学校的啊？"

这句话是蓝之梦问的，微微跟她还算熟悉，可是她的问题却让微微为难。若不回答或含糊过去，恐怕会让她尴尬，但实话实说却也不能。微微向来很懂得保护自己避免麻烦，在这样复杂的情况下，她哪里会暴露自己的真实资料，于是略一思索，笑了下说："我们学校的饭很好吃。"

她这可是实话实说，A 大的饭她的确觉得不错。不过 B 城大学生里却广泛地流传着一句话——A 大的牌子 X 大的饭，E 外的美女 H 体的汉……

蓝之梦果然被误导了，说："原来你是 X 大的，学什么的啊？"

前面一个问题微微忽略，只回答后面一个问题："计算机。"

"我也是 X 大计算机的啊！"突然一个惊喜的声音插进来，名叫旱烟的男玩家又惊又喜地看着微微，可是说完这句话他又疑惑了，"可是我怎么没见过你？"

众人也都疑惑地看向微微。

这么不巧？

微微心中暗窘，脸上却很镇定，正要说话，小雨青青蓦地嗤笑一声，口不择言地说："听说现在有些职业的女人哦，很爱说自己是大学生的。"

大家没想到她会说出这种话来，都错愕不已地愣住了。

微微心中大怒，目光一凛，看着她直接斥道："你一个女孩子，脑子里怎么会有这么肮脏的念头。"

她本来就是盛极的容貌，此刻脸色一沉，竟然很有几分居高临下的气势，不要说被她逼视的小雨青青了，就连旁人都被她的气势镇住。

小雨青青被她一看，竟然心中一慌，眼睛下意识地躲开了。

微微多看她一眼都觉得厌恶，转头不慌不忙地问旱烟："你是哪个分部的？"

微微会误导别人以为自己是 X 大的,是因为以前有次二喜去找 X 大计算机系的同学玩,她跟着一起去了,对 X 大计算机系比较了解。

旱烟回答:"泉山分部。"

"大三你才能搬到本部吧?"微微十分技巧地说。

旱烟顿时恍然大悟了:"原来你是本部的师姐啊,怪不得没见过你,可是一点都看不出来你比我大。"

微微笑了一笑,不再多言。

微微虽然长相美艳,目光却端正干净,绝对没法让人往不良的地方想。众人本来就觉得小雨青青说话太没脑子,现在被微微如此一"解释",更加觉得小雨青青太没家教,想法真的是太肮脏了。

小雨青青的气焰完全被微微压制住了,心里虽然不甘,却也安分了不少,侧头跟小雨妖妖不知道在说什么。

大家被她搞了这么一出,气氛不由得有点尴尬,蝶梦心中快意,适时地出来打圆场,才让室内重新热闹起来。

微微已经打定尽早抽身的主意,举止却不急躁,在他人时不时看过来的目光中,安然地吃了点东西。

窗外骤然闪过几道闪电,雷声响起,过了一会儿,竟淅淅沥沥地下起雨来,包厢里众人的注意力顿时被转移。

"最近怎么老是下雨。"

"没关系,反正马上我们去唱 K,地方就在隔壁,打不到雨。"

嘈杂的讨论声中,微微的手机铃响起,从包里拿出来,果然是肖奈的来电。因为微微坐在里面的位子,走出去显得太刻意,便直接接起。

"下雨了,我去接你。"

"嗯。"微微看看众人也都吃得差不多了,便说,"你现在过来吧。"

"好。"

肖奈是知道地方的，没有多言便挂断了电话。

不知何时众人已经停下交谈，目光都停在了微微身上，蓝之梦好奇地问："微微，是你男朋友？"

微微大方地点了点头。

蝶梦看了看真水无香和小雨妖妖的神色，急忙说："微微你怎么急着走，这边完了我们打算去唱K，你也一起来吧。"

旁边有人起哄："是啊，让我们听听大美女的歌声。"

"男朋友也一起来嘛。"

"我唱歌很一般的。"微微礼貌地笑了一下说，"而且晚上还有事情要做，不好意思了。"

众人仍不死心，但微微去意坚定，客客气气地毫不动摇。很快大家便吃好了，真水无香豪爽地签了单，大家一起往外走。

肖奈还没到，微微站在酒店门口等他。可是其他人居然也站在门口不走，嘻嘻哈哈地说要看看大美女的男朋友长什么样子。

微微心中虽然有些不快，但是这地方也不是她的，她也没法说什么。

小雨妖妖也站在门口没走，虽然她表现得只是随大流才站在这里，心里却也想看看芦苇微微的男朋友是什么样子。想到真水无香这样长得帅又有钱的人还是很少见的，心中隐隐生出几分胜利的感觉。

雨越下越大了。

一辆轿车在雨帘中渐渐驶近，众人从微微的神色中判断出，这肯定就是她男朋友的车了，不由得都兴奋起来。

小雨青青不屑地说："这车也不怎么样嘛，没有真水的好耶，妖妖哦？"

小雨妖妖瞥了一眼微微，占有地挽住了真水无香的手。真水无香下意识地朝微微看去，却见她目光落在那车上，竟完全没注意到这边，心下登时有点不是滋味起来。

夜色中，那车慢慢地停在了台阶下，车门打开，雨幕中一个挺拔的清影撑着雨伞向酒店走来。

雨水冲刷下，行人不管打不打伞都有几分狼狈，急匆匆地走着。那身影走得也不慢，却偏偏给人一种安然徐行的感觉。一刹那间周围的人群仿佛都成了背景，他好像独自撑着伞，行走在水墨蜿蜒的画中。

渐渐地他走上台阶，眉目在灯光下清晰。肖奈的眉目本来就生得极好，只是气质太强，往往被掩盖，此刻霓虹映照，灯光勾勒，竟无一不秀致佳绝，让人心驰神往。

小雨青青等人到此刻已彻底呆住，完全被他的光华所慑。

微微十分不喜欢小雨青青她们的目光，不等肖奈走到身边，便向蝶梦等人告辞："大家慢慢玩，我先走一步了。"

蝶梦再度挽留说："微微，不如叫上你男朋友一起玩吧。"

"不了。"微微淡淡地一笑，意有所指地说，"他性格比较内向，不喜欢见生人。"

她显然话中有话，蝶梦一窒，说不出话来。

就这么一耽搁，肖奈已经走到了她的身边，微微走入他的伞底。

"走吧。"

肖奈知道微微只是出来见蝶梦一个人，现在却见这一大群人，心知有异，却也没多问。他傲慢惯了，不要说是打招呼，便连人都懒得看，偕着微微往台阶下走去。

众人静默地看着他们的背影走远，眼看着雨伞下的一双俪影就要消失在雨幕中，小雨青青咬了咬嘴唇，突然大声喊道："喂，你女朋友在游戏里跟好几个男人结过婚，你知不知道啊？"

微微不可思议地停下脚步，匪夷所思地向她看去。他们并没有走太远，小雨青青的表情仍可尽收眼底，她的脸色已经有点扭曲，眼中射出一种几乎可以说是凶狠的光来。

"她在游戏里红杏出墙勾三搭四，风评很差的，这里的人都知道，这个帅哥你可别被她骗了。"

微微一直活在很单纯的环境里，像小雨青青这般人品卑劣低下的人真是生平仅见，都不知道用什么词来形容。微微心中泛起一股恶心，目光变冷，正要开口，却被肖奈拦住。

微微望向他，以为他要说出自己就是一笑奈何，不料却见他的神色陡然落寞起来。他看着她，语气幽幽却又深情无悔般地说："只要她愿意和我在一起，我不会在意这些。"

车子已经开出去老远了，可是一想到小雨青青那仿佛吃到苍蝇的表情，微微还是忍不住笑得肩头乱颤。

小雨青青大概是想挑拨离间让大神甩了她，可是谁知道，大神却表现得就算她红杏出墙，他也无怨无悔，一副痴心绝对的模样。这下只怕小雨青青更加嫉恨难安了吧。

微微不得不承认，在气死人不偿命方面，大神绝对比她强不止一点点。

肖奈一脸平静地开车。

微微乐了一阵，忽然问肖奈："如果我真的红杏出墙，你真的不介意？"

"不介意。"肖奈回答得轻描淡写。

咦，微微惊讶地看着他，还以为他会砍树枝呢。

察觉到她疑惑的目光，肖奈轻轻笑了一下。红灯，他停住车，转眸看她，"最多，你出墙一寸，我挪墙一寸，你出一尺，我挪一丈。"

他说话声音并不大，微微却听得心头一震，心中泛起一丝难言的感觉。

Part 45　让我做你跟班吧

那天之后蝶梦又给微微打过一次电话，说了一声对不起。微微客客气气地说没关系。之所以会这么容易地说出"没关系"三个字，是因为微微已经不会再把她当成自己的朋友了。

也许她有苦衷，也许她有难言之隐，但是朋友之间不该这样利用欺瞒。

蝶梦似乎也知道，叹息了一声，从此没再联系过她。

微微还是快活地做着她的小实习生。最近她跟致一的员工们是越来越熟了，但是熟也有熟的不好。比如说前天在创意讨论会上她提出了一些家庭互动方面的想法后，虽然得到了大家的肯定，但是很快大家就歪了楼。

"唉，师妹啊，我们都是一群苦孩子，没谈过恋爱，对家庭系统什么的没想法，全靠你了。"

"对对，你就把你想和肖哥做的事写下来，那就是创意了。"

"嘿嘿。"有人突然淫笑起来，"幸好不是肖哥想跟师妹做的事啊。"

众人立即会意地一起淫笑："那就是限制级了。"

微微只能无语望天花板，心里默默地觉得，自己越来越彪悍的未来是可以展望的了。

这天中午，肖奈去和客户谈合作，微微就和愚公、莫扎他一起吃饭，神秘高手 KO 竟然也和莫扎他一起来了。

服务生把菜单给了在座的唯一女士，微微接过菜单，把它递给了 KO：

"KO师兄你点单吧。"

KO很酷地摇了摇头。

莫扎他听着郁闷："你怎么从来不叫我郝师兄？"

公司里的同事都比微微大，所以微微很有礼貌地一律以"某某师兄"为称呼，连愚公都会喊一声于师兄，狠狠长了愚公的面子。甚至在公司里，微微也是喊肖奈师兄的，但是莫扎他的确没被喊过郝师兄，一律以美人师兄称呼。

听到莫扎他的抱怨，微微窘窘地说："……我要是这么叫你，大神会灭了我的。"

莫扎他一想，明白了，连忙说："那你还是别喊了，他不会灭你，只会灭我。"

郝师兄，好师兄。

愚公默默地念了两遍，淫荡地笑起来。

迅速地点了几个菜，三个人边聊边等，之所以是三个人，是因为KO是不说话的。聊着聊着，莫扎他忽然感慨地说："其实我在网游里也有一段情啊！"

微微好奇："跟谁啊？怎么都没听说过。"

莫扎他说："不是在《梦游江湖》里，在《梦游江湖》之前我玩了个游戏，叫《幻想星球》，我在里面玩的是天医。"

微微虽然没玩过《幻想星球》，却也去这个游戏的网站逛过，知道天医这个角色。微微不由得有点惊讶："你玩女号？"

"嘿嘿，这角色长得符合我审美。"

菜陆续地端上来了，莫扎他边吃边说："后来玩了一阵看别人都结婚了，就也想找个人结婚。"

"呃，师兄你不是玩的女号吗？难道你找男人？"

"错，我打算找个妖人。"

这也行？

265

在游戏里人妖是男玩女号，妖人就是女玩男号了，因为角色喜好的关系，妖人在游戏里也是十分之流行的。

"那个游戏里有个男性角色是花箭，设计得那叫一个娘娘腔，基本上真正的男人是不会玩的，女生倒都很喜欢，很多女的在玩。于是我就想找个花箭结婚，还特意找了个名字很诗意一看就是女生的，叫什么手可摘星辰。"

"这名字很豪迈很有气势啊，为什么一定是女的？"

莫扎他委屈地说："我觉得只有女人才想摘星星。为了显示我很有深度，我还特意没问他性别，结果一个月的感情培养下来，他居然是个妖人里的人妖！"

好复杂，微微蚊香圈圈眼："那到底是人还是妖？"

了解内情的愚公在旁边注解："就是还是男人。"

"后来呢？"

"没有后来了，自从我知道他是个男人，就没再玩那个游戏了。"

无语了一阵，微微明察秋毫地说："美人师兄你居然指责别人，其实就是你假扮女玩家欺骗人家感情嘛，还始乱终弃。"

"始乱终弃，没错，三嫂这个成语用得好。"愚公在一边猛烈地点头。

莫扎他喊冤："我的动机是纯洁的。"

一般来说，沉默寡言的KO是从不发言的，他都是沉默速度地吃着饭，吃完后沉默地旁观着别人吃饭。这次他依然沉默速度地第一个吃完，可是吃完他居然放下筷子，看着莫扎他开了金口："你所在的服务器是不是长安月下？"

莫扎他惊诧："你怎么知道？"

KO仍然保持着那副冷酷的表情，很冰寒地说："因为我就是那个妖人里的人妖。"

饭还没吃完，愚公和微微就找个借口溜走了，一出门，愚公长吁一口气："电闪雷鸣太可怕。"

微微心有戚戚："眼神拼杀好激烈。"

"这就是缘分啊。"

"绝对是孽缘。"

"师妹！"

"师兄！"

"我们回公司吧。"

"嗯。"

结果第二天上班，微微和肖奈刚到致一科技的门口，莫扎他就奔了出来："老三，你要给我主持公道啊，KO他办公室性骚扰！"

"他怎么骚扰你了？"微微急忙追问。话一出口就觉得不对，这语气太欢快，微微立刻沉下嗓子肃穆地说，"师兄，他怎么骚扰你了，你详详细细地说出来，千万别漏掉什么，我们一定给你主持公道！"

莫扎他悲愤道："他要我上那个鬼游戏跟他结婚！"

微微兴奋地跟他同仇敌忾："他怎么可以这样！太过分了。"

"是啊！他说当初他被人嘲笑过，他要找回场子，我靠，那游戏里人都换过几拨了吧！找回毛个场子啊。"

微微就是那墙头草，立刻倒戈了："KO师兄说的也是，师兄是你骗人家嘛，要负责的。"

莫扎他萧索地看了她两眼，看向比较靠谱的肖奈："老三，你要为我主持公道！"

谁知肖奈却说："这事不错，我本来还在担心留不住KO，这下不用愁了。"

莫扎他用一种被背叛的小眼神伤心地看着肖奈："老三，你怎么可以这么没良心，居然让我去和亲。"

肖奈沉吟："给你奖金？"

莫扎他立刻贞烈地说："一千块才卖身。"

肖奈用评估的目光上下打量他。

莫扎他昂首挺胸，更加贞烈地摆出"绝不打折"的表情。

肖奈思索了一下，点了头。

莫扎他顿时欢呼一声，欢快地奔向程序部："KO，我们去结婚吧，晚上我请你吃大餐庆祝啊！"

聚拢在周围的旁观者们唏嘘地散去，议论纷纷。

"眉哥的贞操观念太淡薄了。"

"现在的男人啊，像我这么洁身自好的不多了！"

"肖哥出价高了啊，眉哥哪里值一千块，起码得打个对折再赠送点东西吧。"

"眉哥嫁了KO，以后就该叫美眉哥了吧。"

"好名字！美眉哥我们也要大餐，起码发个喜糖啊。"

就在这样欢快的气氛中，暑假已经接近尾声，微微开始抽出一部分时间写暑假实习报告。微微虽然是个好学生，但以往的实习报告却也免不了空洞注水的毛病。不过今年绝对不会了，她有满满的一堆心得可以写，当然，她也会注意到绝对不透露任何关于大神公司的机密。

实习报告写到一半的时候，肖奈有天忽然说："我们去旅游怎么样？"

微微眨眨眼，"去哪里？"

"西安。"

西安倒是没去过，但是去旅游的话，卡里的钱会不会不够啊，又不能打电话向家里要钱，因为她说是来B市实习的。

微微十分苦恼。

肖奈都不用想就知道她在苦恼什么，"包吃包住，就当实习工资。"

微微挺不好意思地问："那住酒店，我……我有单独的房间吧？"

肖奈斜睨她一眼："为了我的清白，当然。"

微微一把抱住他的胳膊："肖哥哥你太好了啊，那我做你跟班吧！"

Part 46 "圆满"的暑假

两天后，首都机场出现了令人发指的一幕——一个长相美艳身材妖娆的大美女拖着一个大大的行李箱气喘吁吁（此乃观众脑补）地往前走，而她身边气质清雅身材挺拔的男生，却空着手悠闲地漫步。

肖奈被无数人用眼神鄙视了。

但是肖奈何许人也，那表情坦然得啊，嫉妒死了一堆做牛做马的男人。

微微欢乐地坐在飞机上，吃着味道居然还不错的飞机餐。

但是，天下果然没有白吃的午餐。

飞机快要降落在西安机场的时候，肖奈折起报纸，漫不经心地说："对了，我父母也在西安，要不要顺便见一下他们？"

微微眨眼，再眨眼……

微微从来不晕机的，可是这一刻飞机都快降落了，她却开始晕了。

微微在惊恐中度过了好几天。

西安的美食没有拯救她，华山的奇秀没有拯救她，大雁塔的壮观也没有拯救她，一切惊恐的根源都在最后一天，那天，要见大神的父母。

"你爸妈怎么会知道我的呢？"微微好幽怨。

"同事告诉他们的。"

"……为什么我们学校的老师也这么八卦。"微微更幽怨了。

"风水？"

完了，大神的冷笑话都没法拯救她了。

肖奈的父母在西安某县挖掘一项全国瞩目的大工程，只有周末才会回到西安休息，所以之前就连微微和肖奈去某县游玩都没有跟他们见面。

但是，还不如早早地见了呢。

倒数第二天，微微惶恐的心情到达了顶点，然后就做了一件很雷的事情，拖着大神去买衣服。其实微微在来B市之前，以"实习的地方很正式要穿好一点"为理由，狠狠地敲诈了老妈好几条裙子的，但是这些裙子根本没带到西安来。

她以为只是来旅游而已，带的衣服都是比较方便的七分裤T恤衫这样的。穿这样的衣服去见大神爹妈，会显得太随便吧。

"你妈妈喜欢什么样子的衣服啊？"

"为什么不问我爸？"

"……"

微微瞅了他一眼，都懒得答他。当然是婆婆的喜好比较重要好不好！不对不对，不是婆婆……微微连忙在心里纠正自己。但是很快又觉得，这和见婆婆也差不多了……

为啥她才二十就要体会见公婆的感觉呢？

"这件怎么样？"

"太素。"收到怀疑的眼神后某人补充，"以我妈的眼光。"

"这件呢？"

"太淡。"

……

"这件？"

摇头。

"那这件？"

"……我妈会喜欢。"

微微低头看看手中的裙子，其实是她随手拿的，那裙子上起码有一百只蝴蝶……大神的娘在传说中明明很清高很学术的好不好，哪里会喜欢这样的衣服啊。

"你又在耍我。"

肖奈笑了："我忽然想到，你第一次见我的时候，是不是也这样买过衣服？"

"……没有，我就随便披了个麻袋。"

微微差点买了一件端庄的麻袋色裙子，还好，肖奈及时阻止了她，再三保证自己的爹妈虽然从事考古相关工作，但是绝对不喜欢接近泥土的颜色。最后微微穿着一条很保守的米色连衣裙去见大神爹妈了。

然而，大神这次居然没耍她。第二天和大神爹妈一起吃饭的时候，大神的娘无比和蔼地对她强调说："小姑娘不用穿这么朴素。"

……大神娘明明自己穿得很简洁很高雅啊，她到底是啥审美啊？

不过比起大神娘出众的审美，更让微微意料不到的是，他们竟然很和蔼很和蔼，完全不是传说中那样的清高脾气。真的只是随便见个面吃个饭而已，什么问题都没有问她，反倒是说了不少他们在挖掘古迹中的趣事。

微微就奇怪了，两个脾气这么好的爹妈，怎么生出大神这种儿子呢……

不过她也不想想，人家对着儿子好不容易动心的对象，能摆出一副臭脸么。

很久以后，微微才知道，为啥大神的娘林教授对她如此满意。据说，大神才跟她在一起没多久，林教授就被同事告知儿子谈恋爱了。因为听说那姑娘也是计算机系的，林教授就去隔壁计算机系主任那里了解了下微微的情况。

Ａ大计算机系主任是个女强人，专业行政一把抓，但是有个问题，就是作风问题抓得很紧，常常矫枉过正，Ａ大学生送称号"灭绝师太"。

然而林教授一问之下，系主任居然对贝微微赞不绝口。林教授一则喜一则忧，喜的是那姑娘肯定坏不了，忧的是，连"灭绝师太"都赞不绝口，难道儿子的女朋友竟然是个小灭绝？

此刻见到微微落落大方，虽然穿着朴素，但基本上还是花枝招展的，林教授大喜过望，放心了，满意了。

在西安一家普通的餐馆里，微微和大神爹妈的第一次见面渐渐接近了尾声。然而完全放松下来的微微，却在最后一刻认识到——林教授，她果然是肖奈的妈。

他们都擅长最后时刻来个关键句——

林教授笑眯眯地说："你们明天的飞机吧，我们也是，正好跟你们一起走。"

于是，微微是和大神爹娘一起搭飞机回去的，因为马上就要开学了，他们也要回学校安排教学工作。

更悲惨的是，飞机上还有自己学校的好几位教授，一路上都以慈爱趣致的目光打量着她……

总之，微微的暑假实习，以"私奔"开头，以"见公婆"结束，真是异常地圆满，绝对无愧于后来暑假实习报告上得到的"优秀"二字。

回到 B 市后就直接开学了，开学初的一阵忙乱后，微微才有空上《梦游江湖》，收到了一堆留言。

先是八月底，雷神妮妮的。

"我几天没来，小雨青青居然退帮了，哈哈哈，虽然不知道为什么，不过我爽啊。"

同一天，隔了几个小时后。

"晕，我知道怎么回事了，搞什么啊，她真是太贱了，怪不得小雨妖妖都不说话了。现在帮里的人都很讨厌她。"

"微微你怎么也去参加聚会了啊？大家都说你是超级大美女哎，还说你男朋友帅得不能再帅了！好想看看啊！"

接下来的留言是九月初，旱烟的。
"你不是我们学校的学生吧，我去问过了，哈哈，我就说如果有你这样的大美女，我怎么会不知道。"
"美女放心吧，我一定会为你保密的。"

再下面几条又是雷神妮妮的，发送时间是两天前。
"微微，怎么回事啊，帮里有人说你假冒大学生哎。"
"他们说你冒充X大的学生，旱烟说你不是他们学校的，怎么回事啊，是不是有什么误会，微微我相信你啦。"
微微想到旱烟之前那条信誓旦旦的留言，无语了。

雷神妮妮此时也在线，看到微微上线，飞快地给微微发来消息。
"微微，我受不了，帮里好肉麻哦。"
"怎么了？"
"真水跟小雨妖妖啦，天天老婆来老公去的，又送坐骑又送衣服，就怕别人不知道他们恩爱似的。以前虽然也肉麻，可是也没这么夸张啊。"
雷神妮妮的抱怨一条接着一条："还说小雨妖妖在某大学念书很厉害，拜托，我学校比她还好呢，也没这么吹啊。"
雷神妮妮抱怨了一通后。
"微微……"
"嗯？"
"你真的是大美女啊？她们还说你男朋友帅到不是人……"
大神的确比较非人啦……
微微窘窘地发了个害羞的表情，然后把雷神妮妮也给窘到了。她忽然福至心灵神来一笔地说："啊！不会一笑奈何就是你男朋友吧！"

微微："……"

这也没有什么不好承认的，微微说："是啊^_^"

"啊啊啊啊啊啊啊啊啊啊啊！"雷神妮妮癫狂了，"你们什么时候开始的？！是网络发展到现实的？啊啊啊，没想到一笑奈何现实居然也那么帅！！！"

消息连珠炮地发过来，微微点"下一条"点得都快手酸了，拣能说的说了一下满足她的好奇心，雷神妮妮才平静下来。

雷神妮妮发了一排打滚的表情："我一想到小雨青青居然当着一笑奈何的面挑拨你们，就觉得搞笑到不行啊，哈哈哈哈哈哈，她要是知道了这个估计会去撞墙吧！"

雷神妮妮："微微，一笑奈何就是你男友这个我可以说出去吗？（祈祷表情）"

这倒无所谓，反正大神很爱名分的。微微说："随你……"

"哈哈哈，太好了，我一定要找个完美的时机说出来。"雷神妮妮兴奋了半天，又想起来问："X大又是怎么回事？"

微微想了想，回复："季羡林季老曾经说过，假话全不说，真话不全说。"

雷神妮妮呆了一会儿："晕，我好像有点明白又不太明白……不过他们说你冒充大学生你不生气咧？"

"无所谓。"

比起游戏里那点流言，不要让游戏里不喜欢的人和事，打扰到现实生活比较重要。

反正在现实中只是陌生人而已。

他们连她是谁都不知道，根本没法对她造成任何影响，估计也不会再见了，又何必在乎他们在背后说什么呢。

Part 47 永不落霞

　　微微没想到居然还会再一次遇见真水无香，而且是在 A 大，自己的学校里。

　　那天微微去图书馆还书，路上遇见了同班男同学，互相点头致意后，微微看见了在同学身边站着的表情惊愕的真水无香。

　　微微也朝他略略点了下头，然后便擦肩走过。

　　身后传来那位同学亢奋的声音："看见没，我们 A 大也是有美女的吧，这是我们系的系花，比你们的校花也不差吧……"

　　这次偶遇转瞬便被微微置之脑后。开学一个多月了，她整天忙得东奔西跑的，不仅要念书，还要在大神公司里做事，实在没空去想别的事情。

　　继续留在致一是愚公提议的。

　　某天一起吃饭的时候，愚公说："三嫂开学后继续在公司做吧，有空就过来呗，在公司里学的东西比学校有用多了。"

　　微微有些心动，在公司里学东西是很快的，致一那里一堆高手，随便跟谁学到点就受用不尽了。而且，她也舍不得《梦游江湖 2》和公司的氛围，当然……每天多瞧几眼大神也是很好的。

　　莫扎他也说："干脆就做个编外人员，老三你也意思意思给点工资。"

　　微微说："工资就不要了，包吃就行。"

　　肖奈点头："也好，那工资就打我卡上吧。"

　　微微："……"

莫扎他："……"

暑假归来读研的猴子酒勇敢地说出大家的心声："老三你太无耻了。"

就这样，微微继续在致一做着免费的实习生。金秋十月，致一科技除了照常的工作，还在忙《梦游江湖2》的宣传。

《梦游江湖2》终于要开始宣传了。

在这之前，网上关于《梦游江湖2》的信息寥寥无几。之所以会这样，一方面是大家觉得宣传期太长反而会降低期待度，另一方面就是为《梦游1》的运营考虑。如今《梦游江湖2》封测在即，宣传便立刻及时跟了上来。

架设网站，整理资料，做各种各样的宣传片，各种各样的活动筹划……微微跟着策划部的人忙得团团转。

不过即使如此忙，微微也没忘记经常上上《梦游江湖》，喂喂小老虎。不把小老虎的属性弄上去，微微总觉得一件事情没有做完似的。小老虎养起来很费钱，微微便经常做点装备卖卖。这天，微微跟一个买家约好在晚上八点交易，谁知道学校老师却忽然调课到晚上，微微不得已，只好让肖奈代劳。

肖奈自然知道她的账号密码，八点准时上了她的号，把装备给了买家，正要下线，却见真水无香出现在了旁边。

他的出现并没有引起肖奈什么波动，肖奈的手指依旧移向右上角的红叉，然而在他按下去的那一刹那，屏幕上出现了两个字。

"微微。"

真水无香喊了一声"微微"。

他不叫"微微"久矣。在离婚之前，他也是喊"微微"的，离婚之后就喊"芦苇"了。现在这样叫了一声，心里不由得七上八下，但见芦苇微微没什么特殊反应，心下又生出几分希望来。

真水无香自己也不知道叫住芦苇微微是要做什么。自从在暑假里见了芦苇微微的真人，他心里便时时不是滋味，连带对小雨妖妖也有几分心不在焉。

直到后来旱烟说出X大没有芦苇微微这样一个人，他心里才好受了一些，对小雨妖妖也重新燃起了热情。小雨妖妖学历总是比芦苇微微高的，他当初的决定并非全错。为了证明自己真情不变，他流水般地给小雨妖妖送东西。只是这种行为说是在讨好妖妖，又何尝不是在说服自己。

然而，他却又一次在A大看到了芦苇微微。

她竟然是A大的学生？！

真水无香一下子浑身难受起来。这种难受，在听到雷神妮妮说芦苇微微的男友就是一笑奈何时，上升到了顶点。

如果……当初他没离婚，是不是……今天就是他了？

不管真水无香的心理经过了怎么样的九曲十八弯，此时他喊了一声"微微"后，发现竟然找不到话说。好在他马上发觉此刻所站着的这块人迹稀少之处，竟是以前和芦苇微微一起来接过任务的地方。

真水无香终于找到了突破口，开始追忆起往昔来。

他说得兴起抒情，肖奈却没耐心一字一字地去看，不过也没阻止他，处理工作时偶尔瞥一眼，甚至在真水无香问芦苇微微一直不说话是不是掉线了的时候，还挪动了一下脚步。

真水无香因为芦苇微微的那一步受到了鼓励，更加追忆起往昔来。终于，在真水无香再也找不到话说的时候，肖奈挪动尊鼠，在对话框里悠然地打了六个字。

"我是一笑奈何。"

什么叫秒杀！

什么叫绝杀！

几秒钟后，真水无香彻底地消失在了芦苇微微面前。

这件事肖奈跟微微一字未提，微微自然也不知道他六个字就灭掉了一个情敌。微微继续养着她的小老虎,有时候自己买丹药的钱不够了,就开一笑奈何的号,转移点财产过来。反正小老虎他也有份嘛,没道理让她一个人抚养的。

就在这样的忙忙碌碌中,十月底,公司一切准备就绪。十一月一日,《梦游江湖2》网站新开,资料宣传片等等一起放出,网站第一天的访问量就破了纪录,发布的资料和宣传片被各大游戏论坛疯狂转载。

微微蹲在宿舍刷了好几个小时的评论,忽然想起去《梦游江湖》看看,那里也应该有不少人在讨论吧。果然,一上线,就看到世界频道上一堆人在说《梦游江湖2》。绝大部分人都是赞美的,少数人即使有些抵触,也是担心自己的装备会贬值。很多人期盼着测试的到来,还在讨论着怎么弄测试号。

大神的游戏得到这么好的评价,微微当然很高兴,可是看着大家都说要去玩《梦游江湖2》,隐隐地,又产生了几分怅然。在长安城里乱逛了一会儿,收到肖奈的短信,说会议已经开完。微微回消息给他:"我在梦游江湖上,你也上来吧,很多人在讨论梦2。"

没多久,白衣琴师就上线了,两人隐去姓名,漫步在长安街头。看着长安街上熙熙攘攘,微微说:"《梦游江湖2》出了,最受冲击的就是《梦游江湖》吧。会不会渐渐地人少了,然后就停止运营呢?"

"不会,《梦游江湖》会一直运营下去。"肖奈身为风腾网游的合作者,对这些自然清楚。

"可是《梦游江湖2》肯定会带走很多人,如果人数一直减少,游戏商会关闭服务器吧?"

"新游戏再好,也有旧游戏替代不了的东西,不会所有人都离开。"肖奈说,"而且永久运营是风腾当初给玩家的承诺。"

"话是这么说,可是以前也有说永久运营最后却关闭的游戏。"

"长了不敢保证,不过我想等到我们孩子能玩游戏应该没问题。"

微微窘了："孩子……"

"嗯。"白衣琴师停下脚步，安然地说，"至少要带他到这里，告诉他，我们在这说了第一句话。"

微微这才发现，他们竟然已经不知不觉走到了朱雀桥边。朱雀桥下依旧是杨柳飘飘，旧时风景。而白衣琴师，也仍然是初见时的模样。

白衣琴师说："走吧，好久没看风景了，我们去逛逛。"

于是他们乘着白雕，又逛了一遍天山雪池、西湖湖底、雪海冰原、蓬莱仙岛……就好像那时度蜜月一样。

最后到了落霞峰。

晚霞绚丽。

微微忽然就觉得，自己纠结了半天的问题一点都不重要了。

就算哪天服务器真的关闭了也没关系。

只要她记得他在何时何地跟她说了第一句话。

记得他们去哪里看了风景。

记得他们共乘白雕掠过的山山水水……

那些记忆并不会因为数据的消失而消失。

所以，就算将来这个游戏关闭了，这个世界上也永远会有一处地方——也许我心，也许彼心，白衣红影并肩而立。

看落霞峰上，永不落霞。

尾 声

又是一年六月。

今年的夏天似乎来得特别早，五月就开始热，到了六月，更热得跟大暑天似的。二喜帮微微扛着凉席，"吭哧吭哧"地往楼上爬，一边爬一边叫苦连天："微微你们这不是高级住宅区嘛，怎么电梯也会坏。"

"高级什么啊，就房价高。"微微也累得不行了，她提的东西比二喜还多呢，手里满满的两袋子零零碎碎，臂弯还夹着两张枕席。

晓玲和丝丝落在她们后面，手里稍微比她们轻松点，一人捧着一套茶具，一人抱着个大花瓶……

这些都是微微刚刚在超市里买的东西……

本来只是一起吃晚饭而已，但是听到微微说今天拿到了婚礼礼服，晓玲她们便吵着要来看。微微就毫不客气地跑了趟超市，买了很多东西，把她们当搬运工了。

晓玲有气无力地问："还有多久到啊？"

"你不是来过的嘛。"

"可是我已经爬昏了啊。"

微微抬手擦擦汗："马上就到了，再爬两层。"

"还有两层啊……"丝丝哀号了。

举步维艰状又爬了两层，微微一打开门，晓玲她们就滚到了沙发上。二喜就着躺卧的姿势，眼睛在室内东瞄西看，忽然突发奇想地说："微微，到时候我找了男人，你让你家大神帮我家设计一个吧。"

"我也要，我喜欢你家的这种风格。"晓玲附和说。她和二喜已经不是第一回到微微这来了，不过每次来都要惯性地赞美几句。

微微一边泡茶一边回她们："我也有设计啊，你们干吗不找我。"

"切，你设计的都是腐朽的部分。"

微微郁闷了。老是这样啊，明明是她和大神一起设计出来的方案，看过的人却都把功劳归在大神身上。

唉，在大神令人眼盲的光芒下，她什么时候才有出头之日呢。

丝丝前两次都有事没来成，今天是第一次到微微这里来，趁着她们说话的工夫，她已经在屋里四处转悠起来。

这套位于明薇苑的高层住宅，是去年中秋微微和肖奈订婚时，大神爹妈买下送给他们的。

说起来，微微从来都不觉得父母有义务给儿女买房子，但是长辈好意的馈赠却也不会矫情地不接受。然而，如果长辈自己还住在学校分配的年代久远的筒子楼里，情况就不一样了。

微微收到房子的时候很有一丝罪恶感。大神赚的钱他父母是分文不要的，所以微微就觉得，大神自己明明有钱，干吗还要父母买。虽然说他们只是付了首付，但是首付也要好几十万了，对于历史系和考古系这样没什么油水的教授来说，几十万也许就是大部分积蓄了吧。

而且他们也不一定要买新房啊，以前肖奈住的房子也不错。

肖奈了解她的想法后很有几分无奈，解释说："他们习惯住学校，因为我外公曾经住在那里，我爸是我外公的学生，他们就是在那间房子里认识的。"

肖奈说着有一丝好笑，"而且我父母也没那么穷。"

后来肖奈的母亲林教授知道了这个事，心里对微微的喜爱又上了一层。付出的心意被感知，是世间顶美妙的事情之一。林教授心情十分之好，一边叮嘱着肖爸爸别老在准儿媳面前念叨考古经费短缺,让准儿媳以为自家"经费短缺",一边翻翻自己的东西,又打算弄点东西送出去了。

这不,婚礼前夕,微微又收到一副据说是家传的羊脂白玉的手镯。至此,微微才知道大神所言不虚。像他们这种书香传世的名门,外人看来清贫,但是搞不好他们墙上随便挂的一幅字画便是有价无市的名家手笔。

不过这副手镯却让微微很紧张。黄金有价玉无价,何况是羊脂白玉,虽然大神娘说只是一般的品质,但微微还是陷入了怕把这手镯弄坏了的惊恐中,打定主意婚礼上戴一回就不戴了。

休息够了,晓玲催促微微:"快点把婚纱拿出来了啦。"

"去卧室看吧,我搬不动。"

微微和肖奈的婚礼是中式的,婚服自然也是纯纯粹粹的古典嫁衣。珠光璀璨的银镏金凤冠,华美异常的镂金曳地大袖衫,精巧秀美的绣花鞋,一整套都是仿《梦游江湖2》的嫁衣制成,满满地装了六七个大盒子。

丝丝小心翼翼地把凤冠捧出来:"这个凤冠漂亮啊,我还以为是帽子那种呢,我就不喜欢那种。"

"帽子那种也漂亮啊,就是太重了。"微微说。

二喜拨弄着上面的珠子:"这得多少钱啊?"

微微说了一个数字,二喜爆发了:"天哪,你居然把一个卫生间戴在头上!"

"……你就不能说得好听点么。"微微郁闷了一下下,然后心虚地辩解,"大神说这个不会贬值,所以不算花钱……"

晓玲也帮腔:"人家都有十几个卫生间戴手上的,微微戴一个也没啥啦。"

二喜蹲在床边看着丝丝手里的凤冠:"就算不会贬值,它也不会生蛋啊,值吗?"

"哎呀,微微能生蛋就好了啦。"

微微脑子里不知怎么地就冒出一幅画面——一个圆溜溜光滑滑的白壳蛋，忽然壳破了，一个白白胖胖的小孩顶着蛋壳摇摇摆摆地爬出来，乌溜溜的眼睛看着她，张开粉嫩的小嘴……

微微在他喊出来前赶紧刹住了想象力之车，默念我是胎生的我是胎生的一百遍……

"我喜欢这个衣服哎。"晓玲摸着婚服上的刺绣，口水都快滴答了，"为啥我们要学西方搞白色婚纱啊，明明我们传统的凤冠霞帔更漂亮啊。"

"是啊。"二喜说，"我小时候最羡慕武侠片里的装扮了，经常裹着被单伪装成古装。"

"微微，换给我们看看效果吧。"

"我不会穿……"

鄙视的目光登时射向她，微微不服气："难道你们会？"

三个女生看看那衣服和腰带上的几条带子，面面相觑，丝丝立刻转了话题，感慨地说："哎呀，没想到你们居然要结婚了。"

二喜附和："就是，要不要这么赶啊，毕业就结婚，又不是怀上了。"

微微被愚公他们调侃得多了，二喜这点程度完全不放在眼里："怕晚了你们走光了收不到红包啊。"

晓玲觉得蛮不可思议的："微微你就这么答应嫁了，干吗不拖他两年。"

丝丝打趣说："你怎么肯定是肖大神急，说不定我们微微比较急呢？"

晓玲一听："对啊！我怎么没逆向思维一下，微微，不会是你求婚的吧？"

微微黑线："当然不是。"

二喜兴致勃勃地追问："那大神怎么求婚的？鲜花有不，戒指呢，有没有下跪啊？"

"……二喜，现在电视剧都没这么土了。"

"快说啦！"二喜推她。

"呃，这两年我不都在他公司实习么，可是我从来没拿过工资哎，有天忽然想起这个，就问他要了啊，然后他说……"

微微一脸窘样。

二喜和丝丝期待地看着她。

"他说……要钱没有，要人一个。"

二喜喷了："你家大神真是几年如一日的阴险。"

晓玲她们把衣服鞋子饰品一样一样仔仔细细地看完摸完，已经快九点，再不回去就太晚了。微微送她们去公交车站，还没走到小区门口，就见一辆黑色轿车缓缓地在她们身边停下来。

车门打开，清俊挺拔的人影从车上迈下。

"师兄。"晓玲她们齐声喊。

肖奈朝她们颔首："你们来了。"

路灯光下，两年后的肖奈愈见清傲风华。而这两年他这个已经毕业的师兄，在师弟师妹们的口中也愈加地传奇。晓玲她们虽然在微微面前很口无遮拦，看到他都会不由自主地乖起来。

丝丝说："我们要走啦，不打扰师兄您了。"

二喜忍了一下，没忍住，贼兮兮地笑着说："师兄，今天你让微微也跟我们回去住吧。"

微微窘了，瞪了她一眼。她要是要回去住，难道还要人批准吗？！

肖奈看了微微一眼，略带笑意地说："今天恐怕不行。"

完全可以忽略的问题，他居然还一本正经地回答一下，又让微微郁闷地瞪人。肖奈假装没看到她抗议的视线，风度而周到地对二喜她们说："天太晚了，我送你们回去。"

肖奈送舍友回学校，微微便回家收拾床上的嫁衣，收拾着收拾着，忽然想到了什么，停下了动作。想起来，其实有一次，也应该算是求婚吧。

那晚在这张床上,他们又一次草草结束,他抱着她平静了一会儿,忽然在她耳边问:"你什么时候让我毕业?"

"啊?"她不解地反问,"你毕业什么?"

他答:"我不是已经在自动控制系修了两年了吗?"

跟肖奈在一起这么久,微微的理解能力已经达到非人水平,于是迅速地分析求解。

自动控制系……

自控系……

自控……

想到这里,微微的脸都快和手上的衣服一个颜色了。他们今年开学就住在一起了,恐怕没人会相信他们至今都没有逾越最后一步吧。

嫁衣小心翼翼地收回了盒子中,外衫的一角刚刚被二喜垂到了地上,衣缘上有点脏,微微便拿到卫生间用水把那一块清理一下。洗完觉得身上有点黏黏的,顺便又在卫生间洗了个澡,洗好才发现自己一直胡思乱想,竟然没拿换洗衣服。

虽然家里没有人,窗帘也拉得好好的,可是微微毕竟没勇气不穿衣服冲到卧室去。没办法,只好把宽大的外衫披在了身上,虽然很薄很透,但是总比没穿好。

拉开卫生间的门,微微快步地走向卧室,然而距离卧室还有几步远的时候,却听到"咔嚓"一下,门被打开的声音,微微回身僵住。

他怎么这么快就回来了。

开门的人显然也没料到一进门竟然是这样的景致,手指停在了门把上。

微微不禁把衣襟拢紧了点,心里庆幸刚刚没有什么都不穿就跑出来。她哪里知道,她这样披散着潮湿的长发,薄薄的外衫半湿地裹在身上,玉腕微露广袖飘飘,长腿纤腰若隐若现,比什么都不穿不知道诱惑多少倍。

"婚服已经送来了？"肖奈慢慢地关上门。

"嗯，下午送来的。"微微答了一句，觉得自己有必要解释一下为什么穿着这个站在这里，"我、我刚刚洗澡，忘记拿衣服，正好这个衣服脏了扔在卫生间……"

"脏了？哪里？"

"呃，下摆那里，已经……"微微下意识地低头去看下摆，话还没说完，便被人横腰抱起。他竟已来到她的身边，抱着她往卧室里走去。

"换上给我看看。"

"……我不会。"

"我来教你。"

抓着衣襟的手指被掰开，衣衫自肩膀上滑落。她坐在他腿上，只隔着身下薄薄的一层衣料。微微已经不敢看他，侧头埋在他的颈间。

他真的是教她，不急不躁地将衣服一件一件地替她穿上，还慢条斯理地讲解穿法。小衣、上衫、下裙、腰带、外衫……灼热的手指不时轻触到她。微微任他摆布，听话地抬手动作，或站或立。最后又被他抱坐膝上，让他握住她的脚踝，为她穿上绣花鞋。

她已经穿戴完整，一身嫁衣坐在他身上，长睫微垂，晕染如霞。他看着她，突然用力地箍住她的腰，抱起，将她放在了床上。

嫁衣似火，乌发如瀑，肌肤如玉。微微不安地看着他，他的手撑在她头的两侧，压住了她的发丝，眼眸深幽却不动作，微微渐渐受不了那样的视线，不由自主地偏了偏头。

下一秒，便被他猛烈地攫住了唇舌。

他压下来，深深地吻着她，比以往任何一次都要狂放肆意，好像终于忍无可忍地抛开了所有的顾忌。微微被他吻得喘不过气来，只能完全随着他的节奏吞咽呼吸。她感觉到身上的嫁衣被扯开，感觉到他在她颈间噬咬，感觉到自己被他揉弄得生疼，感觉到他的吻越来越下……

空气里越来越热，她神志混乱，轻吟出声，忽觉腰下一凉，裙子被撩起。

他忽然停了下来。

可是微微却没有因为这个停顿而放松。以前到这里都要停了……或者，用别的办法，但是，但是……

微微看着他，视线已经迷蒙。

他身上的衬衫已经乱七八糟，露出精壮的胸膛，急促的低喘声中，他燃着火光的眼眸紧紧地盯着她。然后，像慢动作般，他抓住了她的手，带向他腰间的皮带。

微微已从他动作中明白，心跳突然就失去了控制，身体紧绷得好像连指尖都在颤抖。

"微微，不要紧张。"

一边强硬地逼迫着她的手动作，一边他又重新覆盖住她的唇，带着十足的忍耐，哄骗似的温柔地吻起来。

吻渐渐往后，他含住她的耳垂，喑哑地在她耳边低语："微微，我等不到了。"

虽然累得不行了，可是第二天，微微还是按照生物钟准时睁开了眼睛。天色已经大亮，阳光透过厚厚的窗帘照进来。

她躺在凌乱的嫁衣上，被人从背后紧紧地抱在怀中，手臂横在她的腰间。她动了一下，身后的人立刻发现她醒了，气息紧紧贴过来。

"微微。"一向清冷的声音，染上了情欲的低哑。她好像迷迷糊糊地应了一声，渐渐地颈后被轻轻触吻，渐渐地……

再度醒来已经快中午。

身上传来潮湿的感觉，微微睁眼，他正在用毛巾轻柔地帮她擦去痕迹。

微微有些羞窘，想躲闪，可是一动却发现腰酸酸的，连动一下腿的力气都没有了。

肖奈俯身过来："抱你去洗澡？"

微微摇摇头。

"难受吗？"

微微还是摇摇头，望着他，抬起手臂，环住了他的颈。

现在，只想靠着他就好了。

对于婚前的意外事件，微微并不后悔，但是这件事的后遗症，却让微微很头疼。

后遗症之一，就是那个婚服。

因为……

所以……

总之，那晚之后，婚服根本就……不能看了……皱巴巴的不说，还有很多……痕迹。偏偏婚服又是贵重的丝绸剪裁制成的。丝绸这个东西娇贵得要命，微微根本不知道怎么洗，又不能送洗，最后微微恼怒之下，把事情推给了肇事者。

于是肖奈百忙之中，不得不抽出时间研究丝绸洗涤的问题。

后遗症之二，就是，唉……

微微发觉在婚前一个月那啥实在太不明智了。要么就早早进行，到了结婚前估计也不会这么勤奋了，要么就干脆留到婚后。

在最忙的时候还得应付某人据说已经是有节制了的需索，实在有点精力不济啊。

六月份，真的很忙呢。

好像所有事情都凑在了一起。她要毕业，婚礼要筹备，《梦游江湖2》最新资料片要上市，还有，大神的公司要搬家。

这天晚上肖奈接了一个电话后，便带着微微出门。

"去哪里？"

"到了再说。"

用散步的速度慢慢走着路，渐渐地居然到了极致网吧。站在大门紧闭的网吧门口，微微看着肖奈拿出钥匙打开侧门，走进去按下了开关。

灯光大亮，几百台电脑整齐安静地排列在网吧中。

"明天这些电脑都会搬走了。"

"咦，表舅不做了吗？"

微微知道这个网吧是肖奈很久以前和表舅一起弄的，如今电脑普及，生意早就大不如前，但是表舅恋旧，一直不肯停业。说起来，大神第一次看见她还是在这里呢。

肖奈点头："以后致一就搬到这里，我已经把另一半的产权买下来了。"

一阵惊讶过后，微微开始打量起网吧内的环境，觉得很满意，"嗯，有自己地方最好了。"

肖奈笑了笑，和她往里面走，边走边讨论几句布置，哪里做成会议室，哪里是办公区……走到某处他忽然停下，看着某个地方说："我第一次看见你的时候，你就坐在那里。"

微微顺着他的目光看去，那是楼梯对面的一个座位，微微早不记得自己曾经在那里坐过了。

"嘿嘿，其实你是对我一见钟情吧。"微微调侃他，"我现在发现了，你其实就是一个色狼。"

肖奈扬眉。

"你有意见？"

"没有，不过我觉得程度不够。"肖奈慢悠悠地说，"我至少也是个色中饿狼吧。"

某人最近的确很饿很狼……

微微："……你不以为耻反以为荣！"

肖奈说："作为口味专一的非杂食性色狼，不饿比较可耻。"

"……我去楼上看看。"

调戏变成被调戏,实乃人间惨剧。微微打不过就跑,一溜烟地往楼上奔。

看着她的身影在楼梯上消失,肖奈嘴角浅浅地浮起一丝笑。

第一次见到她是什么感觉呢?

时间太久远,已经有点记不清,不过最初,即使在游戏里结婚后都没动过见面的念头。

只是因为有事来网吧,惊鸿一瞥。

只是觉得这个女生的操作非常绚丽耀目,第一眼吸引了他的目光,于是便多看了几分钟,看她有条不紊地指挥帮战,打了一场完美的以弱胜强。

最初他甚至只关注了屏幕和她飞舞的手指,直到最后一刻,战役结束,他才将视线转移到她的脸上。

那是一个令人赏心悦目的侧面,而且竟然有几分熟悉。

拜良好的记忆力所赐,他很快从大脑资料库中搜索出她的名字。

贝微微。

老远看见,就能让身边的男生们一阵骚动的贝微微。

之后,又是一次巧合。

他已经很久不上《梦游江湖》,那次去是为找一点《梦游江湖》的资料,没想到却在世界频道中频频看到她的名字。

这次她叫芦苇微微。

名字很好记,上次看她打帮战时就记住了。很清新的名字,但是取名的人,也很懒惰不费脑。

她居然被抛弃了?还打算抢亲?

难得地,肖奈也有了兴趣去看一场热闹,只身来到朱雀桥下,看那个被围观者淹没的红影。

她真的会抢亲?

肖奈悠然旁观，不过潜意识却觉得，她似乎拎着大刀去砍那个负心汉才比较合适。最后在她坐下卖药的那一刻，游戏里的众人纷纷被雷倒，电脑外的肖奈哑然失笑。

忽然就生出一股护短的冲动。

这冲动不知从何而来，肯定不在他精密的大脑计算中，以前从未对任何人产生，但是居然很强烈。

他的小师妹，哪能让别人甩，哪能弄得这么落魄。

于是，求婚。

于是，盛大的婚礼。

求婚的时候，并没有百分百的把握她会答应，但是当她那样爽快地说"好"的时候，他的心中，已然生出一丝浪漫。

"你的办公室弄在这个位置吧。"

微微在楼上说话，久久没听见肖奈的回答，便从楼上跑下来，看到他居然还是站在原处。"你在干什么啊？"

"在想你刚刚的问题。"肖奈抬头看向她。

"嗯？"她刚刚有问什么问题吗？

肖奈微微一笑说："我在想，如果早知今日，我一定对你一见钟情。"

如果，我知道有一天我会这么爱你。

我一定对你一见钟情。

（正文完）

外传

外传一 Ａ大美女排行榜

大四篮球告别赛的那晚，肖奈留宿在学校。

因为打败了建筑系，愚公很兴奋，在外面庆祝过一回仍然不过瘾，于是就从别的宿舍拉来两个人，凑了一桌麻将一桌升级，弄点啤酒小吃，大家边打牌边聊天。

聊着聊着，不免就说起晚上发生的粉红色雷人事件——肖天才居然在毕业前一鸣惊人，和校级大美女贝微微成了一对。

老七说："我知道老三一直是效率派的，但是不知道居然这么有效率，迅雷不及掩耳盗铃之势，搞定了学校排行榜第二的美女啊！佩服佩服，五体投地。"

猴子酒说："其实要是老三搞定的是排第一的孟逸然，我倒不惊讶，那个孟逸然老三好像认识？"

老大平时不八卦的，喝了点啤酒话也多起来："我记得去年谁排第一有争议啊，后来三弟妹输了？"

莫扎他说："据说因为三嫂没那个孟什么清纯嘛。"

一片嘈杂中，话题的男主角肖奈出声："什么排行榜？"

众人："……"

正在打升级的愚公喊："你居然连本校的美女排行榜都不知道？"

肖奈说："不知道。"

愚公激动了，扔下手中的牌，打开自己的笔记本电脑，打开学校论坛，找到帖子把笔记本递给他:"看!本校美女排行榜,有照片的。"

宿舍众人挺激动地等着肖奈发表评论,然而肖奈却只是瞄了一眼,然后左手打麻将,右手开始敲键盘。

难道他要在网上留言?

宿舍众人更激动了。

敲了一会儿,肖奈把电脑还给了愚公,猴子酒喊:"快把老三的留言读出来。"

愚公一迭声答应:"好好好。"

然而他一刷新,网页却显示—找不到该网页,愚公不敢相信地刷了一遍又一遍,却发现帖子怎么都刷不开了。可是刷论坛的其他帖子,却一点问题都没有。

愚公悲愤了:"你干什么了?"

"这种数据严重失实的榜单留着干什么。"肖奈语气淡淡的,接着把面前的麻将牌一推,"十三幺,和了。"

外传二 大神宿舍的排行

和肖奈在一起后,有一个问题让微微疑惑了很久,那就是——为什么愚公他们明明比肖奈年纪大,却喊他老三,喊她三嫂呢?

某天想起来问肖奈,肖奈一边看书一边回答:"唔,技术问题。"

"呃?"微微听得云里雾里,"什么技术?"

肖奈说:"扫雷,他们输了。"

后来,微微从愚公那听到了扫雷事件的完整版本,愚公同学激愤地描述了当时年少的肖奈是如何如何的阴险,如何在发现自己年纪最小后,默不作声地拿出了笔记本,如何语气平淡地挑衅:"是男人就靠实力说话。"

愚公同学至今说来仍然郁闷万分:"我干吗要和他比实力啊!"

问话时的微微虽然还不知道这些细节,但是仅仅"扫雷"两个字,就把她窘到了,随即发现了个问题:"咦,那你输给老大了?"

肖奈看了她一眼,一脸"我怎么会输"的表情。

微微窘:"那他是老大啊。"

肖奈说:"我让的。"

微微很怀疑:"你有这么好?"

"老大是默认舍长,要做事。"

微微:"……"

婚后生活撷趣

01. 肖宝贝取名记

林教授今天真是高兴坏了,为啥?自家儿媳怀孕了呗。林教授那个喜啊,自己当年二十出头当妈已经够早的了,没想到今年她才四十七,竟然已经快要当奶奶。

林教授这一天都无心工作,四处找人含蓄地炫耀,每个人起码要说上十分钟。这不,还没到中午吃饭,全历史系就知道,肖家就快再生个天才出来了。到了晚上下班,全A大老师都知道了这个惊人的喜讯。

一下班,林教授就拎着本古老的字典奔向了不远的儿子家。

被儿媳妇迎进门,林教授在沙发上坐下,儿子儿媳坐对面。林教授分外慈祥地看着自家儿媳,哎呀,这个孩子当年是一看就喜欢,现在是越看越喜欢。现在的小孩子,尤其漂亮点的,都注意身材什么的,哪个肯这么快生宝宝,哪像她们那会儿。

林教授把微微从头到脚关切了一番后,慈祥地开口:"今天我来,是商量孙儿的名字的。"

微微看婆婆进门带着字典,心里就有数了,没有被惊到。

"不过路上我已经想好了名字。"

林教授矜持地笑着说:"就叫肖宝贝如何?"

微微被惊到了。

什么叫大俗即雅,什么叫大巧若拙,这名字就是了。林教授太得意了,觉得自己真是取了个绝世好名。生怕儿子儿媳不理解这名字的好处,林教授连忙详加解释。

"微微，你看，这名字里面有你的姓，人家一看名字就知道是你生的。"

微微："……"

"儿子，你看，把微微的姓放孙儿的名字里，人家一看就知道你疼老婆。"

肖奈："……"

林教授越想这名字越满意，寓意好又美满，读起来又顺口，太适合自己盼了多年的孙儿了。不过名字这事攸关一生，一定要慎重。

"我打电话给我一个精通姓名学的朋友再问问。"

林教授今天显然兴奋过度，说着就拎起沙发旁的电话开始拨号，一会儿便跟人在电话里滔滔不绝起来。

对面沙发上，微微仍处于离魂状态，肖奈靠近她，在她耳边低语："我能不能去房里玩游戏？"

居然想留她一个人应付婆婆！微微怒瞪他："一人做事一人当，你敢跑。"

肖奈俊眉微扬，眼中闪过一丝笑意，刻意放慢语速："你确定是我一个人做的？"

你还能更无耻一点吗？微微用眼神表达着自己的鄙视。

能。

大神用语言表达着他的境界："夫人息怒，我一定……"

稍顿，含笑，"敢做敢当。"

那边林教授跟玄学大师已经沟通得差不多了，放下电话高兴地说："大师说这名字好，我看就定下吧，生男生女都合适用。"

神啊，不要啊，她不要被自己孩子埋怨一辈子啊。微微正想找合适的话拒绝，肖奈却早她一步，一口否定："不行。"

"怎么不行？"被儿子否决，林教授很怒。

"重名。"

微微有些怀疑地看着他，不是吧，这么窘雷窘雷的名字，也会有重名？

林教授显然也十分之怀疑，肖奈在婆媳两人十分不信任的目光下，自若地说："我认识一个叫这名字的人，昨天，还叫她好几次。"

微微确定了，大神在胡说八道。昨天是周末，又下雨，他们俩在家当了一天的宅夫宅妻来着，哪里会认识什么叫"肖宝贝"的人啊，还叫好几次⋯⋯

等等！

肖宝贝、肖宝贝⋯⋯小宝贝⋯⋯宝贝⋯⋯

不是吧！

微微脑中闪过昨夜乃至以前很多夜的某些片段，惊疑地看向某人，某人向她尔雅地微笑。

微微的脸色于是——

红了。

青了。

紫了。

最后，某大神的脚，被狠狠地踩了。

"真重名了？那不好，我家孙儿的名字一定得是独一份的。"没注意到自己媳妇怪异的脸色，林教授又重新翻起字典，苦恼地，"到底叫什么才好？"

夜色渐重，快到繁忙时间，老妈徘徊已久，老爹还在家里饿着肚子，于是肖奈干脆利落地结语："他没手吗，等他生出来，让他自己翻。"

⋯⋯⋯⋯

某娘亲：我怎么生了这么个儿子！

某媳妇：我怎么嫁了这么个老公！

某⋯⋯受"惊"卵：我怎么摊上这么个爹，我要重新投胎。

02. 肖宝贝……们

身为计算机系神人和系花的产品，肖小朋友从小就表现出了他对计算机的狂热爱好。具体表现为，刚刚学会爬的时候，他就不畏艰难地爬到了爸爸开着的笔记本旁边，对着键盘心满意足地尿了一场尿，彻底报废了爸爸的电脑。

当然下场也是凄惨的——被客厅接电话回来的年轻爸爸抓住，狠狠地拍了两下他肉嘟嘟的小屁股。

等到稍微大点的时候，他就抱着爸爸的腿不放："爸爸给琮琮买一个小电脑吧。"

爸爸："为什么要小电脑？"

肖小朋友很有志气地回答："工作。"

年轻的爸爸顿时产生了后继有人的自豪感，弯腰抱起他："什么工作呢？"

琮琮："按 ABCD！"

爸爸："……"

肖宝宝的大名是爷爷取的，叫肖明琮。爷爷煞有介事地对这名字做了一番解释——明者，日月也，日月者，天之灵气也。琮者，玉器也，玉石者，地之精华也。

所以我们肖明琮肖宝贝，毫无疑问是天地之灵气，日月之精华啦！

咳……

老人家的自鸣得意先别管。单就小朋友本身来说，说是精华也实在不为过。长相上像美艳的妈妈多些，小小年纪修眉明眸，漂亮俊秀……当然，胖乎乎了点儿。聪明灵敏的脑瓜据说像足了爸爸，一点点大逻辑清楚得不得了，对数字尤其敏感。不过活泼好动十分有破坏力的性格却不知道像谁。

　　一天晚上，微微好不容易把他给哄睡了，拉着肖奈坐在客厅的地板上修玩具。微微看着一堆四分五裂的玩具，有些苦恼："琮琮到底像谁呢，我小时候没这么皮啊，我有些玩具现在还好好的，我妈收着呢。是不是像你？"

　　"不像我。"肖奈一口否决，把小汽车的轮子按上去，说，"我小时候从来不拆自己的玩具。"

　　"……呃，所以？"

　　"别人的应该拆了不少。"肖奈遥思状。

　　微微："……"

　　好吧，知道儿子像谁了，不过琮琮啊，你还是要向爸爸学习！别拆爸爸妈妈给你买的呀。

　　琮琮小朋友精力旺盛，活泼过头，从来不甘寂寞。还不会爬的时候喜欢在摇篮里讲婴儿国的外星话，而且必须有观众在场应和，不然就扭动踢腿表示抗议。刚刚能爬就裹着尿布滚着奶瓶四处乱爬熟悉地形，到能走就更不得了了。

　　哄他睡觉是全家最头疼的事情。小朋友很懂得给爸爸妈妈分配工作的。每天爸爸妈妈下班去爷爷奶奶那接他回家，吃饱喝足后，先坐在爸爸怀里看爸爸用电脑，"咿呀咿呀"地提出一些建议。睡觉前呢，喜欢缠着妈妈玩玩具、讲故事，而且每天都要妈妈陪床才肯乖乖睡觉。

　　这天微微哄他睡觉，不知不觉自己也睡着了。睡了一会儿，觉得身体一轻，被人抱了起来往外走，一会儿又被放置在了另一张柔软的大床上。

　　微微眼眸微睁，拨开某人解睡衣扣子的手："不要，没力气。"

　　扣子只解一半，半遮半掩也别有风情。某人从善如流地不解了，直接扯下来,手从底下伸进去,俯下身在她耳边说:"微微,我们抓紧时间,把该生的都生了吧。"

"啊?"微微被他弄得气息紊乱,一时没听懂。

身上的人似乎带了些恼意,斩钉截铁地说:"再生一个,让他们自己玩去。"

夫妻双方都是独生子女的话,按B市现在的政策是可以生两个的。两人早就这个问题达成共识,决定要两个孩子的,但是这么快就再生微微却是没想过。倒不是担心工作问题,微微还是蛮幸运的,遗传到了她妈妈的体质,怀孕期间居然没有孕吐啥的,脸也白白嫩嫩的,一点没长东西。只要前三个月小心些,后面就可以正常上班了。

生是不怕,可是带呢?现在琼琼大部分时间是爷爷奶奶在带着,大学教授的时间相对比较自由,又请了保姆帮忙,才勉强应付得过来。要是再生个琼琼这样的小魔王,公公婆婆会不会揭竿起义啊。

这事肖奈在床上提了一次就没再提,微微觉得他是一时心血来潮,便也没多想。隔了几天肖奈抱着儿子去了趟书店,带回来一堆童书,然后坐在阳光洒照的地板上给儿子读童书。

他的声线还是一贯的清冷,可是在这光线的照射下,在小孩时不时的咿呀声中,却莫名地显得柔和而慵懒。微微靠着他坐着,随手拿了本菜谱看,一心二用地听着他读故事……听着听着就觉得不对劲了。

按照肖奈的惯例,童话书里的小主角们的名字都被改成了明明或者琼琼。
第一本童书是这样的:
"明明带着妹妹去放羊,他们来到一个小山坡,山坡上长满了青草……"
第二本童书:
"小虫,小鸭,小猪住在森林里,是快乐的三兄妹……"
第三本童书:

"虫虫哥哥和小猪妹妹……"

……

琼琼听了 N 个故事后委屈了，认真地抗议："为什么琼琼没有小猪妹妹！"

微微听到某人漫不经心地回答："很快就有了。"

微微："……"

微微坐起来，拿书敲他："你干什么呀？"

肖奈："培养琼琼做哥哥的责任感。"

微微："……"

琼琼总结发言："妈妈，琼琼要带小猪妹妹玩。"

于是，时隔两年，微微又怀孕了，长辈们最先知道，都欢喜得不得了，人老了还有什么追求，就想着含饴弄孙享享天伦之乐了。

微微的舍友们也飞快地知道了，纷纷来电表示震惊。

晓玲："微微，你家大神为什么对生孩子这么热衷？"

微微："……他热衷闪电战。"

二喜："你跟你家大神，才见面就恋爱了，才毕业就结婚了，才结婚就生孩子了，孩子才生没多久就生二胎了。微微啊，接下来你想干吗了？"

微微："……晚上我问问他下一步计划。"

丝丝："呜呜呜，你都有两孩子了，我还剩女着，不行，下个相亲对象不管咋样我都嫁了！"

至于公司里，因为微微又穿上了孕妇装，于是大家也不告而知了。嗷嗷待娶的群众纷纷表示受到了严重的刺激，纷纷觉得肖奈很无耻。哪有这样的，领先一步就算了，领先两步也忍了，居然现在还要再来一步，无耻太无耻。

愚公抢天呼地："老子什么时候才能生小孩啊！"

莫扎他："你还是先摆脱处男吧……"

愚公:"知道你脱处了,别显摆了。"

莫扎他忧郁地炸毛:"脱的是不能生孩子的处,有毛用有毛用!"

大家还没来得及理解他话中的深意,就听传闻有恐女症的阿爽喃喃自语:"我不想要老婆,但是要孩子,怎么弄?"

大家七嘴八舌地表示这事有难度:"……只听说过隔山打牛,没听说过隔空生子的……"

微微的第二胎特别安静,怀得比第一胎还舒服,基本没什么不适感。大家都觉得是个女孩,早早就取好了名字,叫肖明玥。

然而十月落地,居然还是一个男孩。大家有点计划外的失落,但是更多是对新生命的欢喜。本来要改名字的,但是奶奶熟悉的那个命理大师说,这时辰这斤两,叫肖明玥最好,不能改绝对不能改,于是虽然是个男孩,还是叫明玥。

明玥宝宝生下来就十分安静,最常做的事情就是睡觉,不然就在摇篮里沉思,要是有人来看他,他就静静地躺摇篮里跟人对视,看一阵,研究完毕,扭头,闭眼,继续睡觉。

长得像谁一时还不太看得出来,不过微微觉得是像大神多些,不过大神也没这么闷啊。

唉。

微微觉得很疑惑,为啥生了两个孩子,一个极度闹腾,一个极度安静呢?就不能中和一下吗?这基因是怎么分配的!

极度无聊的微微坐月子的时候,就靠思索这个问题来打发时间了。

自从弟弟出生,琮琮就安分了不少,经常踩着小板凳趴在摇篮上看弟弟,跟弟弟说话,间或用小胖手摸他,捏他,但是明玥宝宝就是不理他。

明琮唱电视里学来的歌给他听,本来还在沉思中的小宝宝听了一会儿,翻过肉乎乎的小身子,拿屁屁对着他,开始睡觉了。小哥哥不爱对着胖屁屁唱歌,停了下来,失落了好半天,然后忧虑地跑到妈妈的床前说:"妈妈,弟弟好像有点笨。"

正在喝鸡汤的微微被呛到了。

明琮为笨弟弟担心了好多天,直到不久后上了幼儿园了才释然。上幼儿园第一天回来,他就很高兴地对妈妈说:"妈妈,弟弟笨点也没关系,幼儿园的小朋友都很笨。"

微微:"……"

03. 哥哥弟弟之床前明月光

微微教明琮背诗。

"床前明月光，疑是地上霜。举头望明月，低头思故乡。"

虽然琮琮一教就会，但是微微觉得小孩子会忘记，于是第二天又教了一遍。第三天，微微继续给他复习："床前明月光……"

琮琮严肃地问："妈妈，你只会这一首诗吗？爷爷和奶奶会很多首。"

微微羞愧："妈妈是理科生……叫你爸爸来教你……"

被儿子鄙视的微微泪奔去书房找老公，把手里的诗集摔给他："你去教吧，你家的基因太欺负人了……"

被赶出书房的爸爸走到儿子身边坐下，看手里的书，微微买的——《启蒙诗词一百首》，里面选的都是很简单朗朗上口的。肖奈翻了翻，把书扔在一边，把儿子抱过来，信手拈来一首教他——

"天上白玉京，五楼十二城……"

仍然是李白大大的诗，诗名叫《经乱离后天恩流夜郎忆旧游书怀赠江夏韦太守良宰》……诗名长，全诗更长……

小琮琮纠结了。某人丝毫不以欺负儿子为耻，满意地摸摸他的小脑袋："以后不要欺负爸爸的老婆。"

*** *** ***

幼儿园的王老师非常喜欢琮琮，逗他说话："琮琮会背诗吗？"

琼琼："会。"

"会背什么诗？"

琼琼扭头："都会。"

老师汗："那琼琼最喜欢什么诗呢？"

琼琼一边玩小火车一边随口背诵："床前明月光，疑是地上霜。举头望明月，低头思故乡。"

老师没想到他背得这么流畅，惊喜地问："琼琼为什么喜欢这首诗啊？"

琼琼抬头，响亮地说："因为弟弟是月亮！"

老师茫然 ing：你在说啥东东……

很快幼儿园要开家长会，老师们要编节目，向家长们展示教学成果。王老师报的节目是肖宝宝背诗。

园长提前检验节目质量，对琼琼背诗很满意，老师见园长喜欢，继续献宝："他还懂这首诗是什么意思。"

"是吗？"园长很惊喜，问琼琼，"琼琼，那'床前明月光'是什么意思呢？"

琼琼堆着积木，奶声奶气十分肯定地回答："床前的弟弟没有穿衣服和裤裤！"

老师："……"

园长："……咳，那个王老师……"

老师泪奔了，明明昨天问他他还说是月光照在床前的啊！！！怎么忽然变成限制级答案了呢？！！

哎，老师啊……他们姓肖的从大到小，都冷不丁会变杀手。

04. 哥哥弟弟之琮琮养弟弟

一

这天微微和肖奈带着两只宝宝一到奶奶家,奶奶就宣布了一个好消息——她帮琮琮答应了一个广告!

虽然是亲戚拜托的事情,而且只是平面照片,不会在电视上播出,但是微微还是很担心,回去的路上一直很纠结。

"琮琮还小吧,拍广告会不会不太好?"

肖奈倒不介意自己儿子露个小脸,男孩子嘛,不必介意这么多。

"没事,让他去玩玩吧。"肖奈开着车说,"他也应该赚奶粉钱养活自己了。"

微微:"……"

微微看看后座上两只加起来才六岁的宝宝,只能默默地把头扭到一边。

虽然肖奈都同意了,微微还是不放心,自己儿子一贯聪明,她索性就当琮琮是个小大人似的商量:"琮琮愿意拍广告吗?"

"广告是什么?"

"就是拍成照片,给很多人看。"

琮琮小眉头深深地皱了起来,很有点小苦恼的样子,最后,他看了看呼呼大睡的弟弟,下定决心似的说:"琮琮拍。"

拍摄那天很凑巧，家里人都有事，微微只好把玥玥也带去了拍摄现场，还好琼琼很乖，不用太费神，自己踩着小胖腿走在微微旁边，还主动拿着弟弟的奶瓶。

一到拍摄现场，可爱的宝宝们立刻得到了围观。微微观察了一下环境，看上去很正规的样子，而且工作人员都很周到细致，摄影师非常和气，一再说不会伤到宝宝眼睛，微微终于放心了。

拍摄的间隙微微去了一趟 WC，委托工作人员帮忙照看几分钟。工作人员里有几个女生，早就被两只可爱的娃娃萌死了，看见妈妈走了，立刻围上来逗弄。

"琼琼几岁啦？"

琼琼奶声奶气："琼琼四岁，弟弟一岁半。"

"琼琼把奶瓶给阿姨，阿姨帮你喂弟弟好不好？"

琼琼抱紧奶瓶，表示不可以。

"好萌啊。"

女生们几乎两眼放光了，"琼琼喜欢拍广告吗？"

琼琼扭头："不喜欢。"

工作人员互相看看："那琼琼为什么来拍啊？"

琼琼被她们看得有点小萎靡，于是抱着弟弟的奶瓶，拖着摇篮，垂着脑袋说："琼琼要赚奶粉钱，养自己，养弟弟。"

微微从卫生间一回来，就发现众人看她的眼神不对劲，这种看后妈的眼神到底是怎么回事啊？

微微很困惑，为啥老在她上完厕所后，世界就诡异了呢……

二

莫扎他非常非常喜欢小孩，但是显然自己不会生，于是经常带着 KO 做的点心奔微微家,试图拐带琼琼和他私奔。

这天他又带着 KO 私家秘制的小花生饼干到了微微家,进行例行诱拐。

"琼琼到哥哥家玩好不好,哥哥教你玩游戏,KO 叔叔还会做很多小点心。"无耻的某人仗着自己脸嫩,经常自称哥哥,不过他也只敢在没人的时候这么自称,因为上次被 KO"叔叔"听到后,回家就在某个不纯洁的场所进行了一场叫"叔叔"的……教育。

莫扎他继续无耻地诱哄:"琼琼到了哥哥家,爸爸妈妈就有空生小妹妹了,琼琼不是要小妹妹吗?"

"不要妹妹了。"琼琼啃完小饼干,认真地摇头说。

"为什么?"莫扎他奇了,明明上次还说要小妹妹的。

琼琼苦恼地说:"因为琼琼的奶粉钱只够养活弟弟一个。"